中華文化思想叢書

文學地圖與文化還原

——從敘述學、詩學到諸子學

下冊

楊義　著

目次

下冊

中　篇

小說：敘事與審美

中國敘事學的文化闡釋

一　關鍵在於回到中國文化原點

　　現代中國的文學研究，大體採用三種不同的思路：一種側重傳統的治學方法，以扎實的考據、版本和文獻功夫，引導出樸實而真切的見解。另一種是側重於引進西方現代理論的觀念和方法，用「另一隻眼睛」重新打量中國文學的經驗，拓展了學術研究的新視野。在現代學術的歷史進程中，這兩種思路都逐漸地暴露出它們各自的若干弱點和局限。前者之弊，是可能流於「板」，難以形成完整形態的現代學理體系。後者之弊，是可能流於「泛」，某些石破天驚的見解也許會給人隔靴搔癢之感。世界上很難找出一種十全十美的學術思路，這是歷代學人焦慮不已的事情。我曾經讀過數千種的中國敘事文獻，但苦於難以理出頭緒，形成自己的創新的學理體系。我也曾經到英國牛津大學當客座研究員，閱讀過不少西方敘事學的著作，在受其啟發而擴大自己的學術視野的同時，也不同程度地感覺到西方理論難以充分地覆蓋中國文學經驗和文化智慧的精華，甚至產生這麼一種想法：西方文學理論的所謂「世界性」，乃是一種不完整的、有缺陷的世界性，精通中國古今文獻、經驗和智慧的學人，完全有資格、有實力與之進行平等的對話。因此我追求第三種學術思路，立足於中國文學的經驗和智慧，融通東西方的理論視野，探索具有現代中國特色的學理體系。這種學術思路在20世紀有一些前輩學者試驗過，為了提高它的有

效性，我用四句話作為基本的學術方法論：返回中國文化的原點，參照西方現代理論，貫通古今文史，融合以創造新的學理。概括起來，就是「還原—參照—貫通—融合」的所謂「八字真言」。

那麼，在建構中國敘事學的創新體系的時候，怎樣才能在中國文化的原點上建立自己的學術邏輯起點呢？這就需要對「敘事」一詞，作語源學和語義學的追蹤。

「敘事」這個詞早在先秦時就出現了。那個時候的「敘」用的是順序的「序」，主要是講奏樂或者喪葬儀式上的順序，使樂器的擺放和儀式的進行都井然有序。它和空間的左右、時間的前後都有關係，只不過它最早使用，不是在語言表述的領域，而是在中國非常看重的禮儀領域。「序事」的「序」字根據《說文解字》的分析：「序」是「廣」字頭，廣在古代是依著山崖所蓋的房子。而且我們古代把堂屋上面的牆叫「序」，堂屋下面的牆叫「壁」，它是一個空間的分隔的牆。我們用語言文字來講述故事，就是要把空間的分隔轉為時間的分隔，按順序來排列了。在古代敘事的「敘」和順序的「序」、頭緒的「緒」都是相通的，我們的敘事學既是頭緒學，也是順序學，又是把空間的分隔換成時間的分隔，重新進行安排的這樣一種學問。這是我們從語義學和語源學的角度，考察出「敘事」這個詞語的意義可能性。敘事這個詞一直到了六朝的《文心雕龍》才出現，《文心雕龍》裏有兩次提到過敘事，但它還不是作為一個關鍵字來討論的，而是用在碑文或哀詞的文體風格的介紹上，敘事是個動賓結構。

真正名詞化了的「敘事」一詞的出現，是在唐代劉知幾的《史通》裏面。《史通》是中國古代歷史學的一部重要著作，它專門設了一章叫《敘事》，它說「國史之美者，以敘事為工」。敘事專門作為一種敘事法是在唐朝出現的，而作為一種文類或文體，則是在南宋時期。南宋時期，朱熹有個嫡傳弟子叫真德秀，他編過一本書叫《文章

正宗》。書中他把文章分成四類：第一類叫辭命，也就是皇帝的詔令和大臣的奏章這類官方的文章；第二類叫議論，也就是諸子這類說道理的文章；第三類叫敘事，在這裏敘事包括歷史的敘事，也包括一些散文的敘事，如墓誌銘裏的敘事；第四類叫詩賦，抒情的文體。這種四分法一直沿用到明清時代。到了明清時代我們一些小說的評點家如李卓吾、金聖歎尤其是毛宗崗，他們把敘事從歷史敘事推廣到了小說敘事和戲劇敘事。也就是說，到了公元17世紀的明清之際，中國的評點家超越了文體的具體界限，趨向於把敘事抽象為人類的一種重要智慧了。真德秀也講過，說「敘事起於史官」。後來的章學誠，他講六經皆史，說「古文必推敘事，而敘事實出於史學」，也就是說，我們最早的敘事是和史學聯繫在一起的。其實歷史的「史」字在《說文解字》中和「事」字是放在同一個部首的，「史」和「事」在很早時就存在著共同的淵源。

可見，中國人這樣看待敘事：敘事學就是頭緒學，就是順序學。中國敘事學以史為源頭，以史為重點，它是從史學裏發展起來的，然後波及小說、戲劇，它是把空間的分隔換成時間的分隔，然後按順序重新排列這樣一個過程。我們研究文藝美學都應該還原，回到我們的原點，從而發現我們中國人實際上是從史學和文化學來看待敘事的，因為史學和文化學在中國是優勢文體。而西方在20世紀索緒爾以共時性置換歷時性來分析語言之後，西方理論家隨之用語言學的方式來解釋敘事學，也就有了語法、語式、時態這樣一些概念。但我們中國人本來是不懂時態的，孔夫子怎麼說和我們現代人怎樣說都是一樣的，不用加時態。西方在20世紀是從語言學的角度來進入敘事學領域的，而我們的優勢文體是史學和文化學，我們應當從文史角度來看敘事學，這樣才能發揮東方思維的優勢。換一個角度看敘事，我們就能發現很多問題，要具體地講內容很多。敘事學的要點就是把握三把尺

子：第一把尺子是結構；第二把尺子是時間；第三把尺子是視角。今天我們著重講敘事時間。講之前，我們先簡要地看一下結構。

二　從敘事結構到敘事時間

西方的結構主義對文學作品的內在結構和功能作出過許多深刻的剖析，但它說「作者死了」，看重文本的結構組合之時，把作者排除在外。那麼中國人是怎樣看結構的呢？中國的「結構」兩個字，「結」就是繩子打結，「構」就是蓋房子，「結構」是個動詞。到了六朝的《抱朴子》，「結構」還是一個動詞。直到明清之際，李笠翁寫《閒情偶記》評戲劇的時候，他還說「結構」第一，還用蓋房子來比喻，不能蓋一間再想怎麼蓋第二間，要先有整體的佈局，每一間房子都是整體的一部分，這就是中國人對「結構」的認識。後來，「結構」變成了名詞，但它還帶有動詞性。所謂動詞性，就是說「結構」是個過程，你寫文章第一筆寫下去就是「結構」的開端，當你收筆的時候，這個「結構」才算完成。動詞性另外一個意思是：「結構」是人和天地之道的一種契約，人通過自己的生命投入，按照天地之道的運行來安排結構文章，因此作者是不能被排除在結構之外的，作者以他的心神元氣來運筆，與天地之道訂了個契約，通過結構來表現。

結構本身隱含的意義，往往比公開的文字表述還要重要。《史記》130卷，並不要歷史學家站出來評論哪個人，只要把孔子放到《世家》裏面，把陳涉放在《世家》裏面，把項羽放在《本紀》裏，這本身就是一種評價，這種通過結構的評價比站出來說三道四的評價還要發人深省。史書要把議論隱藏在敘述的過程中，它要通過結構給每個帝王將相，每個人物一個定位。結構的定位比一般的評價的定位還要重要，所以說，結構本身就不是一個單純的技巧問題。中國人對

結構分成兩個層面來看：一是結構之道；二是結構之技。西方的結構主義的很多議論實際上還停留在結構之技的層面上，而中國人更重視結構之道對結構之技的支配作用。這樣談論結構，我們才能理解結構的多層性和整體性，才能理解結構同文化與人的內在關係。

　　現在，我們講講敘述時間的問題。時間對敘事來說是非常重要的，它的重要性幾乎支配了整個敘事。實際上，我們敘述的時間和歷史發展的時間以及自然的時間是不一樣的。敘事時間在文字中流動的速度，是有很大差異的。我舉個例子，《資治通鑑》寫戰國時代的某一年只用了三個字「魏伐宋」，但是寫「玄武門之變」，公元7世紀的時候，唐初李世民的哥哥，太子李建成與他的弟弟齊王李元吉想暗害他，事情特別緊急的時候，李世民與他的謀臣武將商量，發動了「玄武門之變」，把他的哥哥和弟弟都消滅了，把他的父親軟禁起來了，他當了太子。這個事情只經過了四天的時間，但在《資治通鑑》裏這四天就寫了三千三百多字。一年三個字，而四天就三千多字，也就是說，時間在文字中流動的速度相差十萬倍。《三國演義》的通行本，說完「話說天下大勢，分久必合，合久必分」之後，講完分合的道理後就從周末七國紛爭到秦朝，秦朝後來又楚漢紛爭，再到漢高祖時斬白蛇起義，又到漢獻帝的時候分成三國，六十多個字寫了四百多年。接下來，漢末政治腐敗，引起黃巾起義，用了九百字寫了三十七年。整個《三國演義》實際上從黃巾起義一直寫到三國歸晉，寫了一百年，一百年寫了一百二十回，平均起來幾乎一年一回。但實際開頭的時候，幾百字就幾十年，在一百年中它並不是平均分配的。官渡之戰中曹操打敗袁紹，稱霸中原，一年多的時間，寫了八回。赤壁之戰，如果包括三顧茅廬的話，這一年多一點的時間就寫了十七回，說明時間流動的速度是很不均衡的。「隆中對」只有半天的時間就寫了半回。按這個時間速度來寫《三國演義》就要寫三萬八千回，相當於現

在的《三國演義》的300倍以上，字數達3億字。所以說，敘事時間流動的速度的快慢，是作家（敘事者）有意操縱和控制的。說書人所謂的有話則長無話則短，不光是在其間有沒有發生什麼事情，而且是你心頭有沒有感想。也就是說，時間的流動速度包含著作家的價值觀，價值觀支配著話語權。為什麼戰國時期三個字寫一年？因為戰國時整天打仗，一年三個字就夠了，而「玄武門之變」為什麼要三千多字呢？因為在司馬光看來，「玄武門之變」改寫了一部唐史。時間的流動速度的不同，體現了作家對特定事件的價值大小的不同判斷。這種判斷不一定公開說出來，他使用文字的多少，敘事時間速度的快慢，比起公開的說明來往往更能反映作家的關注程度、褒貶程度。我們看任何一部小說和歷史書，都會發現有的地方詳細，有的地方很簡略，它的價值觀就潛在地體現在裏面。我看《資治通鑑》哪一個年代寫得最多，哪一年的老百姓就受苦受難，哪一年寫得少，哪一年就太平無事，如唐朝開元年間寫得少，天寶年間寫得就多，因為天寶年間是多事之秋。

　　這就涉及敘事的詳略與疏密，用現代語言來說就是敘事時間的速度的不同。敘事時間既然這麼重要，那麼中國人與西方人對時間的把握和表述是一樣的嗎？粗通外語的人都知道，西方人講時間的順序是「日月年」，東方人則是「年月日」，難道東方人、西方人在地球上居住的地域不同，腦子就顛倒過來了嗎？這裏面實際上就存在著時間觀念的不同，文化的差異也就在這裏。什麼是「文化」？文化不是從一部罕見的書裏摘取一個怪僻的例子，而是滲透到你的血肉之間的，你習而不察、習以為常的東西才是我們的傳統文化。西方人講「日月年」，我們講「年月日」，這裏就包含著我們的文化觀念和文化思維方式，它不是說我有年你沒有年，我有月你沒有月，而是順序不同。順序不同就是意義不同，它包含著你的第一關注點的不同，即你首先關

注什麼，第一關注點之後的你的整個思維的範式是怎樣的。順序不同主要體現在第一關注點和思維的範式上。那麼，中國人對時間是怎麼考慮的呢？我們來看看我們的甲骨文，甲骨文用甲子記日，先記日，再記月，再記年，當時的年叫「祀」，每年大祭祀一次。因為當時的「年」字是一個人背著一捆稻子，這個「年」就是年成，有一點收成的意思。這個時候，日月年和英文的表達是一樣的。到了商周之際，那時用金文，也就是鐘鼎文，當時有一段時間是先記月，再記日，再記年，這和美國英語的順序是一樣的。到了《春秋》和《左傳》的時候，我們變成了「年月日」。為什麼會有這樣的變遷呢，它又是怎樣完成的呢？這是值得我們思考的問題。細心讀《左傳》的讀者可能會發現，《左傳》上記載了兩次「日南至」，其實「日南至」就是冬至點，就是太陽到了最南端的那個點，魯僖公五年記載了一次，魯昭公二十年記載了一次，這中間相差153年，153年中有49個閏月，加以約簡就是19年要有7個閏月，這是中國的閏年的定制，有這個閏月制度以後，陰陽才能合曆。如果沒有這個東西，月亮轉個圈就算一個月，轉12回算一年，那麼十幾年後，春夏秋冬就會完全顛倒過來。所以，找到了冬至點也就找到太陽運行的軌跡，有這個19年7閏的制度後我們才能夠有陰陽合曆，才能把握太陽年，把握春夏秋冬，才能對年有個整體的認識，這就是春秋末年《左傳》中的記載。那中國的陰陽合曆發生在什麼時候呢？據我的研究與推測，它是發生在公元前841年前後。因為《史記》的諸侯年表是從公元前841年寫起的。從那以後，我們每一年的事件都記得很清楚，而在此以前每一年發生的事都不是很清楚，所以才有以後的夏商周斷代工程，就是用天文學和物理學以及文獻學相結合的方法來測算上古史上的一些關鍵的年份。

這個事情就發生在西周的中期。在甲骨文中我們也發現過13個月的記載，不過，這是不自覺的，人們看到冷熱周期發生偏差，就給加

了一個月，這種記載是跟著感覺走的，也是很不規則的。到了公元前841年以後，我們陰陽才真正合曆。中國古代的記言體史書《尚書》，也是儒家的六經之一。《尚書・堯典》中記載了堯帝有四個官臣：羲仲、和仲、羲叔、和叔。羲和就是太陽神，或者是給太陽神趕馬車的那個車夫。他派這四個官員到東南西北四個極點，區分春分夏至，秋分冬至，以366天為一個周期，分四時以定歲。這段記載不可能是在傳說中的堯帝的時候就有的，而是在西周中期的時候才確立的。它只是把中國人的陰陽合曆加以神聖化，而且半神話化了，就是說，它是堯帝與太陽神一起制定的，要大家遵守這一規則，按周期來辦事。也就是說，春秋戰國之前，在中國形成完整的宇宙觀念和時空模式之前，中國人就把握了「年」這把時間的尺子，這對中國人的時間觀念產生了很大的帶本質性的影響。

西方人的時間觀念是一種積累性的、分析性的、以小觀大的時間觀念，而中國人的時間觀念是一種統觀的、綜合性的、以大觀小的時間觀念。用年來規定月，用月來規定日，這種時間觀念影響了中國人的敘事，中國人的敘事結構完全受這種時間觀念的控制。西方人講敘事，西方的小說、神話和史詩，敘事總是從一人一事一景開始，如荷馬史詩《伊利亞特》，它是從英雄、美人、戰爭這樣的順序寫下來的，它首先關注，首先聚焦的是阿喀琉斯的女僕兼情人，被主帥阿伽門儂霸佔了，英雄發怒，退出戰場。而中國人的敘事總是從一個巨大的時空框架開始，我們古代的歷史小說、神話小說或者說其他的傳奇小說都是從盤古開天闢地、女媧補天、夏商周歷朝這樣寫起，都是用一個大時空來規定一個小時空。《水滸傳》開頭一回就說：「朱李石劉郭，梁唐晉漢周，都來十五帝，播亂五十秋」，用四句話把五代十國天下干戈的歷史包羅進去了，然後因為天下太亂了，所以上帝就派霹靂大仙趙匡胤下凡，「一條杆棒等身齊，打天下四百座軍州都姓趙」，

從趙匡胤開國寫起，一跳跳到宋仁宗時代，洪太尉誤走妖魔，再一跳跳到北宋晚期端王和高俅的出現，宋徽宗繼位，高俅一腳好球，幾乎踢倒宋朝的江山。這一回半，寫了一百四十年，我們百回本的後面九十八回寫了多少年呢？就從宋徽宗上臺寫起到宋徽宗宣和五年，只寫了二十四年。九十八回寫了二十四年，而一回半就寫了一百四十年，用一個大時空包容一個小時空，這是什麼意思呢？就是用這種結構方式去體驗天地之道，這一百單八將的出現，事關天地運行秘密，事關王朝的氣數。我們再看一個話本小說《杜十娘怒沉百寶箱》，它從洪武開國寫起，然後明成祖遷都北京，一直寫到十一代的皇帝，寫到萬曆年間，老打仗，國庫空虛，然後又舉了一個例子，寫到用錢可以買太學生做，然後才開始正式地詳細地寫太學生李甲和妓女杜十娘之間的愛情糾葛和悲劇。它從一個很大的時空開始，然後才寫一個具體的敘事。我們的很多古典作品都是這樣開始的，也就是說，這個太學生和妓女的故事與整個明朝的命運相關，它的氣數已衰，才出現了這樣一種反常的現象。

從一人一事一景開始和從大時空開始，這是東西方敘事的一個很大的不同，也就是它們的起點不一樣，第一關注不一樣。我們首先關注的是一個大時空，他們首先關注的是一個具體時空。這樣下來就出現了第二個問題，他們關注具體時空，一個具體的事情它就必須交代它的來龍去脈，所以西方的敘事長於倒敘；而東方的敘事呢？在大時空的背景下對書中人物的命運和事態發展的趨勢等都瞭解了，東方的時空有一種預言性，長於預言性敘事，也就是說，事情還沒發生我們就有預感在心，有暗示在文字中了。讀者是帶著一種高深莫測的命運感，去讀那些無巧不成書的故事的。

比如說剛剛講的《伊利亞特》，那個英雄阿喀琉斯退出戰場了，戰爭逆轉了，這是怎麼回事呢？一下就倒退到十年以前戰爭是怎樣發

生的，用倒敘來交代這件事情的原因和經過。我們中國的敘事呢？像《封神榜》，姜子牙還沒下山，就知道各路神仙都要到封神臺上來。《紅樓夢》才寫了幾回，太虛幻境出來了，紅樓十二釵的帶有預言性的冊子出來了，把這些人的命運暗示出來了。當然，不是紅學家的讀者對裏面人物的命運還是不甚了然，隔霧看花，這就刺激了你的憂慮情緒，刺激了你的好奇心。我們是帶著這種命運感去讀書的。西方有沒有預言性呢？有，但這是它的非正常狀況。比如說，莎士比亞的戲劇裏巫婆預言樹林運動，愛丁堡城就陷落，但這是個特殊的例子。我們中國有沒有倒敘呢？也有，我們《古文觀止》的第一篇，也就是《左傳》的《鄭伯克段於鄢》實際上就是一個倒敘，鄭伯打敗他的弟弟段叔，是在魯隱公元年。根據《史記》的諸侯年表，這個時候鄭莊公已經36歲，在這裏用了一個「初」字，就把時間倒退到36年以前，鄭莊公的父親鄭武公娶了他的母親，由於是寤生，也就是在睡覺的時候突然就生下來了，把他母親嚇了一跳，所以她不喜歡鄭莊公，而喜歡段叔，並不斷地為段叔向他要土地，向他要城池的規模，最後釀成了這樣一場兄弟間的大規模的戰爭，鄭莊公把他弟弟趕跑了，消滅了。這件事倒退了36年來交代來龍去脈。鄭莊公討伐了他弟弟後，發誓不到九泉之下就不見他的母親了，後來他有點後悔。當時，一個大臣叫潁考叔，到他家吃飯，吃飯時他把肉留著不吃，把它打包帶回家，鄭莊公很奇怪，問他為什麼，潁考叔說因為他的母親喜歡吃這個。鄭莊公就說，你們做臣子的都有這個福分，我就沒有。因為鄭莊公說要在九泉之下才見他母親，潁考叔就給他出了一個主意，讓他挖個地道，挖到能見泉水，就可以在這個有泉水的地道中見他的母親，這不就是九泉之下嘛。我們發現這個故事前面是倒敘，後面是補敘，補敘了後面幾年發生的事，因為潁考叔獻計，很可能不是當年發生的。

　　我們中國古代的編年體史書，對於重大的歷史事件都是這樣編寫的，因為一個事件不可能在某一年內從頭到尾完完整整，或者在某一個月內完完整整地發生。因此它必須根據這個事情的高潮或結局在哪一年，把它集中在這一年中交代，然後用「初」字倒敘它的起因和過程，來交代它的來龍去脈，如果還有餘波的話則還要補敘。我們的編年體史書是以年代作為主人公的，而紀傳體史書以人作為主人公，記事本末體以事件作為主人公。既然以年代作為主人公，作為記載的標識，又不想把事件切割得過於零碎，就有必要對時間的順序進行來回的調度和折疊。中國人也會把時間倒來倒去的，但作為一個總的時間框架，宏觀的時間框架，預敘或者預言性敘事是我們正常的方式，尤其在虛構的作品裏面，一直到晚清都是這樣的。晚清有個著名的翻譯家叫林琴南，他譯了一百八十多部外國小說，但他居然不懂外文。林譯小說在晚清的影響很大，這翻譯本身就是一種不同文化間的對話，他總是把一種具體的東西譯成一個宏觀的大時空的方式。比如說《艾凡赫》，書名是個人名，直譯過來，是會使當時的中國人感到莫名其妙，不知所云的。艾凡赫是什麼呢？林琴南當時把它譯成《薩克遜劫後英雄略》，薩克遜是一個種族，寫一場大劫後一個英雄的傳記，他把一個具體的東西翻譯成一個有歷史背景並有大的倫理定位的東西。《湯姆叔叔的小屋》譯成了《黑奴籲天錄》。《黑奴籲天錄》是晚清時的一部重要的翻譯小說，成為民族救亡圖存的教材。《大衛‧科波菲爾》這部自傳體的小說，他譯成了《塊肉餘生述》──這塊「肉」掉下來後九死一生的自述。《堂吉訶德》被譯成了《魔俠傳》：一個走火入魔的俠客的傳記。對中國人來說，一個過於具體的東西看來可能莫名其妙，像美國的長篇小說《飄》，拍成電影後，如果譯為「飄」，那麼票房價值不會飄到你的口袋裏去。中國譯成《亂世佳人》，這樣的話才會有票房價值，把它意譯過來，譯成一個大時空的東西，一個有

意喻的,有歷史的,有倫理定位的東西。這就是東西方思維的第一關
注點和順序的不同,跟我們整個敘事文學都有關係。

三 小說發生學和發展過程的敘事形態

我們的敘事文學的第三個關注點是視角。我想從小說史的角度來
討論這個問題,關於這個方面我寫過一部《中國古典小說史論》。過
去,在20世紀的時候,我們大多數人是按照西方的小說觀來看待中國
小說,和我們小說發展的原本情況存在偏離。現在我們要回到中國的
原位。怎樣回去呢?那需要我們找出我們的立足點,我們的邏輯起點
以及我們的文化身份。「小說」這個詞《莊子》也提過,但它指的並不
是一種文體。小說作為一種文體進入我們的目錄學和正史,是在班固
的《漢書・藝文志》裏,但並不是班固個人的發明,而是劉向、劉歆
父子在皇家的圖書館裏校對群書的時候,分出了一類叫小說。但它也
不是劉向、劉歆父子的發明,還有當時的辭賦家揚雄,還有一個叫桓
譚的,他們幾個都是好朋友,是一個博學的文獻家的群體,他們利用
國家圖書館裏的圖書來進行分類,分出一類叫「小說」。它不是憑空想
像的,是有實物根據的,是經過這麼一個博學的文獻家群體反覆斟酌
過的,才把「小說」這個名稱定下來,而不叫「大說」,也不叫「小
講」之類的,這是一件很實的東西。如果我們要承認這種命名具有本
體價值,那麼中國古典小說的歷史就要重新考量,就要重新書寫。

中國人很重視對事物的命名,「名不正,則言不順」的「正名
說」影響深遠。那麼小說為什麼要定「小說」這兩個字呢,它的語義
學的內涵是什麼呢?「小」字有兩層意思:一層意思是小書、短書。
漢代的書是用竹簡做的,經書有兩尺四長,史書只有一尺八,比較
短,這樣在書架上就好分類。小說書可能只有一尺八,甚至更短,所

以叫短書，篇幅也短小，這是它的書籍形式。「小」的第二層意思就是「小道」，就區別於聖賢之道，那它就必然包含著作家作品的個性。

「說」也有三層意思：「說」的第一層意思，就是說故事的意思，從《韓非子》的《說林》，到劉向的《說苑》，到六朝劉義慶的《世說新語》，其中的「說」，都是講故事的意思。「說」的第二層意思是「解說」的意思。這見於和班固同時代的許慎的《說文解字》，「說」就是解說，通俗化，把天大的事情變得通俗的意思。《說文解字》書名上那個「說」字，也是解說的意思。「說」的第三層意思與「悅」相通，帶有娛樂性。可見，小說這種體裁指的也就是篇幅短小的，帶有作家個性的，是講故事的，但又比較通俗的帶有娛樂性的一種文體。我認為在公元前後，即兩千年前在中國出現的這個文體概念，它的含義比西方的「fiction」和「novel」這些概念要豐富一些，如果我們承認劉向、劉歆、揚雄、桓譚提出的這個名字帶有本體論的價值的話，那麼一系列的問題就來了。學術思維的文化立足點的改變，是一種本質的改變，它會牽一髮而動全身，使我們對中國小說的發生學和發展論的看法，獲得一種實質性的突破。

《漢書・藝文志》記載過15種小說，從《伊尹說》一直到《虞初周說》和《百家》，15種的後面6種是標了年代的，是漢武帝、漢宣帝年代的書，《四庫全書提要》裏面講小說發端於漢武帝。前面還有九種，《漢書・藝文志》是按年代的先後來排列的，前面九種就是戰國末年到漢朝初期，戰國的遊士之風到漢代的黃老之風之間的產物。如果按照這個來推測，應該說中國的小說發端於戰國，從戰國開始我們就寫小說了。我們過去講小說都從漢魏六朝講起，但追溯到中國小說本體的意識，我們要從戰國講起，提前了500年。那麼《漢書・藝文志》裏的前面9種書還有沒有殘篇存在，能不能找到原書呢？歷來小說書不重要，遺失嚴重，另外由於漢末董卓大亂，董卓軍隊把皇家圖

書館裏的竹簡拿去當柴火，拿帛卷去當帳篷，許多書籍蕩然無存。但是，在呂不韋召集他的門客編寫的《呂氏春秋》裏面還有《漢書‧藝文志》的第一種小說——也就是《伊尹說》的片斷，這是經過嚴肅的考證的，裏面講了伊尹的很有趣味和想像力的故事。伊尹是商湯王的時候相當於丞相這樣的一個角色，伊尹的母親懷他的時候，就夢見一個神人告訴她說若看到一個石臼出水的話，就趕快跑。第二天他母親看到石臼出水了，就趕快往東跑，跑了十幾里之後，她回頭一看，那裏黑壓壓的一片，被洪水淹沒了，她可能受了一驚，也有可能是後悔了，就變成了一棵桑樹，從桑樹裏爆出了一個小孩。這就像我們小時候問母親，我是哪裏來的，母親告訴你是「從樹裏爆出來」的。後來有莘國的一個女子去採桑葉 的時候，看見了這個小孩，就把他帶回家去，當了一個奴隸，後來成了一個廚子。故事的前半部分有洪水神話和異生神話的投影，這是小說與神話的合體。小說的下半部分講，商湯王巡遊全國的時候，發現伊尹非常聰明，就想把他召到自己國家裏，但是這個小國不願意，所以商湯王就娶了那個部落的公主，這樣伊尹就作為陪嫁奴隸到了商湯王帳下。伊尹用烹調術來遊說商湯王，說，治理一個國家就像做一鍋好飯菜一樣。你看，中國的食文化可真了得。《老子》說，「治大國如烹小鮮」。過去說一個宰相如何能幹，就說他能夠「調和鼎鼐，燮理陰陽」，把食文化和政治文化比附在一起了。伊尹說，飯菜要做好第一要把各種材料，把天下各地、東西南北的山珍海味，挑其最好的都集中起來；第二要把調料配好；第三要掌握好火候。這樣就把人才、時機，還有處理它們之間的協調關係用做飯的道理說出來了。這種遊說人主的方法也就是戰國時期縱橫家的一種方法，可見這又是子書與小說的合體。也就是說，最早寫小說的人不知道自己是在寫小說，這類小說混合著神話傳說、子書議論和歷史的影子，是一種「四不像」。這種文體的模糊性和朦朧性是文體發

生學初期的一種必然現象。同時，文體發生學的另一個問題也出來了，小說開始一直寄生在別的文體之中，沒有完全獨立出來，那麼由寄生到獨立過程，它必然有一個「一朝懷胎，十月分娩」的階段，中國小說出現了「多祖現象」。明清時代很多研究者說莊子是小說的祖先，這也有人說，韓非子和列子是小說的祖先，這並不是說他們就創造了小說，而是說莊子他們的思維方式培養了一代又一代的小說家的思維方式，又由那些人寫出了一代又一代的小說，還有人說，《山海經》是千古語怪之祖也，也就是志怪小說的祖先，也有的說千古小說之祖當推司馬遷。我們中國小說的祖先一個是子書，一個是神話書，一個是歷史書，還應加上口頭傳說，這就是小說文體發生學的多祖現象。當然，「多祖」並不等同於獨立的完整形態的小說本身，而是小說的父之父，爸爸的爸爸。這種現象與文體發生時由寄生到獨立這個過程以及我們原來的書籍的歸類體制有關，尤其是歷史的敘事對中國小說敘事的影響是非常巨大和深遠的。

比如說，《史記》是「二十四史」之首，《史記》中寫得最好的是哪一篇呢？是《項羽本紀》。它又是怎樣寫項羽的呢？《項羽本紀》共一萬多字，開頭有兩千多字寫項羽的身世，是項羽和他叔叔項梁的合傳。項羽小時候不愛讀書，他要去學劍，劍又學不成，項梁很生氣，項羽就說，學劍只是一人敵，他要學萬人敵。然後他又學兵法，後來逃到浙江，看到秦始皇過錢塘江，他就說「彼可取而代之也」，這就是霸王之氣，天不怕地不怕的精神就呈現出來了，還有一種破壞性，項羽一夜就活埋秦軍投降的士兵20萬人，一把火燒掉了阿房宮，要回故鄉彭城（徐州）當霸王，說「富貴不歸故鄉，如衣錦夜行」，這兩千字就把項羽的本性交代得很清楚了。中國人講究追本溯源，不僅追溯到項羽家族的源頭，而且追溯到他的精神源頭。後面八千字基本上寫了三個故事：第一個故事是鉅鹿之戰，他率兵北上在河北鉅鹿

這個地方消滅了秦軍的主力，這是項羽最大的戰功，打了半個多月；第二個故事是鴻門宴，因為張良獻計，項羽沒有殺死劉邦，造成了項羽命運的轉折；第三個故事是垓下之圍和烏江自刎，寫他突圍後逃到安徽烏江，無顏見江東父老，這就構成了一個悲劇英雄的結局。這三個故事加起來，鉅鹿之戰約有半個多月，鴻門宴只有一天，而由垓下之圍到烏江自刎也只有十天或八天，這三個故事加起來也只有一個月多一點。項羽二十四歲起兵，三十一歲自刎，一共有八年，但這一個月多一點的三個故事就寫了六千字，可見敘事時間流動的速度。現在，一個有趣的問題來啦。垓下之圍劉邦和韓信把項羽圍在安徽北部的垓下，張良還出了個計謀叫四面楚歌。項羽聽到楚歌後認為楚地都被劉邦佔領了，感到非常悲傷沮喪，就在中軍帳和虞姬一起喝酒唱歌：「力拔山兮氣蓋世，時不利兮騅不逝。騅不逝兮可奈何，虞兮虞兮奈若何！」這首《垓下歌》唱得慷慨悲涼，但隨之問題也就來了。是誰把它記下來的？虞姬自殺了，項羽在烏江自刎了，江東八百子弟兵也全部陣亡了，那麼是誰聽到和記下了這首歌？難道是劉邦派探子或者安了竊聽器在中軍帳嗎？真是查無對證。很可能是太史公好奇，當年他去採訪古戰場的時候，當地的父老鄉親給他講述了這樣一個傳聞，司馬遷就把它記錄下來了。而且《霸王別姬》到今天已經成了一個保留節目，好像項羽沒有這樣一幕，悲劇英雄這個圓圈就畫不圓，兩千年來中國人就接受了這樣一個虛構的東西。《史記》向來被認為是「信史」，這一點不必過分懷疑。垓下之圍是有的，烏江自刎是有的，這些大的事件框架是真實的，問題出在中軍帳裏那一幕。實際上我們接受的是一個傳說，所以說，歷史書中含有小說的寫法。

另外，我們還可以從《國語》中，舉出一個小說筆法闖進歷史書的典型例子。《國語》是春秋時的國別體史書，裏面寫了一個故事叫《驪姬夜泣》。晉獻公打敗驪國之後，就把驪姬當自己的妃子了，驪

姬生了一個兒子，並想把太子害死，讓她自己的兒子當太子，就在晉獻公的耳邊告枕頭狀，說太子申生，老二重耳，也就是後來的晉文公的壞話，想讓晉獻公廢掉太子。這樣的對話在我們現在標點本的《國語》中有五六頁。當年陳涉（就是陳勝、吳廣起義的陳勝）看到這裏就說，這是好事者所為，民間的夫婦，他們在夜裏說什麼也沒有人能知道，何況是一國國君？陳涉的博士官解釋說，古代有外史有內史，外史記朝廷大事，內史記隱私的事情。這簡直就是一派胡言！假如一個國君和他的妻子睡覺的時候，有一位史官拿著本子和筆站在床頭旁邊，你們說一句，我就記一句。這個國君也就當得太沒有味道了吧！可見，歷史書中包含著一些推測和合理想像。司馬遷的《史記》寫到這個地方，大概覺得它不可靠吧，三言兩語就交代過去了。

史書中的小說因素膨脹到一定比例，甚至虛實互置的時候，它就衍變成了小說。東漢有一本書叫《吳越春秋》，是當時很重要的一部類似於小說一樣的作品，甚至可以說是中國最早的長篇小說之一。全書共十章，第十章寫的是越王句踐臥薪嚐膽，最後滅了吳國，稱霸中原之後，孔子帶著他的弟子去見越王句踐，越王問他帶了什麼禮物，孔子說我帶來了先王的禮樂，我可以在你這裏演習古禮和古樂。越王說，我們越國是好戰的，我們以船為馬，以槳為鞭子，你這套古禮古樂我們用不上，孔子就灰溜溜地帶著他的弟子走了。但是稍有歷史知識的人都知道，孔夫子死於魯哀公十六年，越王句踐稱霸是在魯哀公二十二年，孔子不可能死而復生到越國去。它是一種小說家言，它寫成了一個非常好的文化寓言，儘管它經不起歷史的考證。寓言裏孔子與越王的見面，顯現出中國文化的多樣地域性，不同形態的文化發生了碰撞。古越文化講究血性，崇尚報仇雪恥，是一種充滿了陽剛之氣的文化；而孔子代表的魯國文化、周孔文化是禮樂治世、溫文爾雅、繁文縟節的一種文化，兩者一剛一柔、一野一文。所以說，這是個非

常有意味的文化寓言，它思考著中國文化多元共構的地域差異之間的碰撞和融合這樣一個深刻的歷史命題。

所以史書一寫得拉雜了，把傳說也寫進去了，就帶有小說的意味了。太史公筆法影響了我們整個小說的發展，我們說史書是小說之祖，這是很有道理的。由於中國古代小說的起源和小說的發生學，帶有多祖現象，所以後來小說到了漢魏六朝時期就出現了多元發展的格局，志怪小說、軼事小說，就是記人的，如《世說新語》這樣的小說，還有一種雜史小說，在歷史構架中混合了很多傳說與想像，變成了三種小說體裁、三種小說智慧同時發展，其中尤其是志怪小說影響重大。

志怪小說混合著民間的原始思維，在魏晉時期存在從神話到仙話這樣一個發展變化的過程。我們讀魏晉時期的志怪小說，如果是人神之戀這樣的小說，凡男方是個天神或者是個野獸，而女方是人間的女子，這樣的作品就帶有神話性，因為它所包含的哲理和倫理的原始野蠻性，是人間社會承擔不起，也難以包容的。如果男方是人間的青年男子，女方是一個仙女，一個狐狸精或一個女鬼，這類小說就屬於仙話。文明社會的禮儀制度壓抑人的天性和情慾，就通過這樣一種傳說的方式求得發洩和補償。人物角色的顛倒變化，使神話變成了仙話。干寶的《搜神記》裏有一篇《蠶馬》的故事。這個故事講，有一個家庭的父親到邊疆去打仗，留下一個女兒在家，她非常寂寞和苦悶。有一天，她對家裏的公馬說：誰要是把我父親接回來，我就嫁給他。那匹馬聽了就發起性子，掙脫了繩子，跑到戰場上去，她父親看到這匹馬在蹦跳折騰，很奇怪，感到家裏一定出什麼事了，就騎著這匹馬回去了。回來後，這匹馬不吃也不睡，就等著成其好事了。父親覺得很奇怪，就問他的女兒是怎麼一回事兒，女兒告訴他來龍去脈，父親認為這件事有辱家風，就埋伏了弓箭手，把馬給射死了，並把馬皮剝下

來，晾在院子裏面。有一天，他的女兒在院子裏玩，在院子裏跳舞，看見馬皮就用腳去踹，說：這個畜性，還想娶人間的女人！突然這塊馬皮就立了起來，把這個女孩包了起來，然後跑出去幾十里地，在一棵其大無比的桑樹上，化成了一隻很大的蠶。這是蠶神崇拜的一個想像，帶有神話色彩，也許是古人看到蠶像馬的腦袋加上女人的身體，[1]就想像了這樣一個故事。但是這個故事充滿著神話性，比如說，第一，承諾就是命運，你答應的事情是要付出生命的代價的。第二，兩個物種還可以合成第三個物種，這簡直是古老的「基因工程」。這就是說，創世紀的那種神秘的力量還在，而且馬和人間的女子結婚，這超出了人間的倫理所能承受的範圍，只有在神話中才能想像，才能存在著這種混合著獸性、人性和神性的異類之美。

如果男方是人間的男子，女方是另外一個世界的女子，這就是仙話了。過去傳說是陶淵明寫的《後搜神記》裏面的《白水素女》，也就是大家知道的關於田螺姑娘的故事。有一個農家的孩子叫謝端，家裏很苦，父母早就過世了，每天早出晚歸下地幹活。有一天，他撿了一隻大田螺，拿回去放在水缸裏養著。過了不久，他下地回來後，就有人給他燒好了水，煮好了飯。他認為這是鄰居所為，就去感謝他的鄰居，鄰居很納悶：沒有這檔子事呀！但是有人燒水做飯的事情還在繼續。他再詢問鄰居，鄰居對他說，是你自己娶了媳婦，養在家裏，還不肯告訴別人吧。他也覺得納悶，有一天他雞鳴下地，日出回來，從籬笆往裏一看，看見從田螺殼裏走出了一個非常漂亮的女子，走到

1　《荀子》，卷十八《賦篇》，在「蠶賦」中說「此夫身女好而頭馬首者與」，集注云：女好，柔婉也，其頭又類馬首。《周禮》，蠶者。鄭玄云：天文，辰為馬，故《蠶書》曰，蠶為龍精，月值大火，則浴其種，史蠶與馬同氣也。王先謙撰：《荀子集解》，見《諸子集成》，二冊，317頁，北京，中華書局，1954。在人類其它古老民族以亞麻、棉花、羊毛來解決衣裝的時候，中國古代率先發明了蠶絲，並開通了以它命名的絲綢之路。

廚房給他做飯燒水。他急忙進去，擋住了通往水缸的回路，姑娘就告訴他說：我是天河上的天女，天帝看你很辛苦，所以讓我下來幫你的忙。等到十年以後，你豐衣足食後我就回去，但是現在被你看破了，那我就只能回去了，但那個螺殼就留給你，你用它來舀米，你的米就會舀不完。然後一陣風雨，她就飛走了。這完全是農耕社會中一個農民的白日夢，自己下地，有個漂亮老婆在家給你燒水做飯，而且糧食也吃不完。這是在現實社會裏達不到、壓抑著的欲望，借仙話故事求得的一種想像性的補償。

四　視角新解與中國智慧

這裏有個值得思考的問題，我們學習西方敘事學的時候，探討西方文學理論的時候，都說古典小說的描寫視角是全知全能的，而現代小說是限制視角的。大概在西方是這樣的，但中國就不能一概而論。比如說，漢魏六朝田螺姑娘這個故事，這是限制視角的，開頭時我們和謝瑞一樣，視野被擋住了，不知道發生了什麼事情，等你知道它的底細後故事也就結束了。我們的志怪小說寫得好的基本上都是限制視角，妖怪出來不讓你知道它是妖怪，你還以為它是仙女，是個大家閨秀呢，當你知道真相後，故事也就結束了。蒲松齡寫《葛巾》，就是牡丹精，也是這樣寫的。洛陽人常大用到了山東的曹州（菏澤）做客，住在一個花園裏面，看見幾個女子在花園裏遊玩，其中一個女子特別漂亮，以為是誰家的大家閨秀，然後便害了相思病。桑姥姥給他送來了藥，說這是葛巾給你的毒藥，他惴惴不安地喝下去，喝完後滿口清香，遍體舒暢，什麼病都無影無蹤了。後來葛巾來了，她走之後帳子、被子都充滿了清香。這種敘述既擋住你的視角，又透露一點令人尋味的消息，也就是在遮蔽和透露之間產生一個張力，以張力的不

斷推移，驅動故事向前發展。最後他們就結婚了，葛巾的妹妹玉版也
和常大用的兄弟結婚，回到洛陽後生了孩子。當時有富家子弟想調戲
她，她就小施手段，把他們打得落花流水。後來有一年常大用又到山
東曹州，看到牆壁上有曹國夫人的題詩，才知道原來自稱曹國夫人之
女的葛巾是個牡丹精，回去後問她，葛巾和玉版知道事情敗露了，就
把兩個孩子往地上一摔，她們自己也消失了。這兩個孩子摔下的地方
長出洛陽牡丹裏最有名的兩個品種：一個叫葛巾；一個叫玉版。底一
露，故事就完了。所以說，從《後搜神記》到《聊齋誌異》這一千多
年間，寫得最精彩的志怪小說，往往是限制視角的。限制視角打動你
的好奇心，刺激你的驚愕感，使你的神經在閱讀志怪小說的時候，像
拉橡皮筋那樣一松一緊，獲得某種「彈性的快感」。

　　包括小說在內的中國的各種敘事形式，無論是它們的發生學、發
展論，或是形態學諸方面，都是從深厚的中國文化土壤中獲得它們的
特質和神韻的。如果我們總是把西方的小說理論或文藝理論，隨便拿
來套在我們的頭上，往往會把我們最精彩的東西給忽略了，造成許多
令人扼腕歎息的智慧流失和知識盲點。說書人的視角也不能簡單地說
是全知視角。說書人說宋江的時候他是宋江，說李逵的時候他是李
逵，說武松的時候他又是武松，他要進入角色，口到、眼到、手到、
神到。所以，這種視角是一種角色視角、流動視角，用局部的限制在
不斷地流動中達到全知視角。如果你要簡單地把它劃分為全知視角，
那麼我們可能會漏掉很多精彩的東西。明清之際有個說書人叫柳敬
亭，他學藝有三個境界的變化，最高的境界就是達到他的說書與被說
人物精神消融在一起的境界。比如他講武松到景陽岡，在一個無人的
空酒店裏大吼一聲，店裏的空壇空罐嗡嗡作響，這就進入了一種氣
氛、一種角色。《水滸傳》寫武松，寫他醉打蔣門神，它的視角是怎
樣的呢？是一個說書的人與被說的人處於同一視角。武松殺嫂之後，

被發配到孟州府，施恩就好酒好肉好飯招待了他一個月，他的身體也復原了，還在院子裏耍了一通，施恩就把自己的快活林酒店被蔣門神霸佔的事告訴他，訴說自己還被蔣門神打斷一條胳膊，叫武松給他報仇。武松和他約法三章，約定「無三不過望」，說看到一個酒望子，就要喝三碗酒。從施府到快活林，沿途走過了十二三個酒望子，每一個地方都喝了三碗酒，一共喝了四十多碗酒，也許那時的酒精發酵技術還不夠高明吧，總之，施恩看武松時武松並未大醉。金聖歎在這裏評點了一下，說不是武松的臉上無酒，是施恩的心頭有事，他擔心武松喝醉了，自己還得再搭上一條胳膊。這以下的視角就完全是說書人與被說的武松還有我們讀者融合在一起，往前走，遠遠地看到一個林子，看到一棵大槐樹底下，躺著一個胖大漢，武松就想這可能是蔣門神了。再向前走到丁字路口，看見酒店屋簷上，一條竿子掛著酒望子，寫著「河陽風月」四個大字。可見，這與法國雨果《巴黎聖母院》的寫法是不一樣的，武松看不到的東西我們也看不到，他猜不透的東西我們也猜不透，完全是按照武松的視角。它不是跳出來像《巴黎聖母院》那樣，去寫巴黎聖母院的歷史、房子的結構，還有各種各樣的故事的演變，它沒有跳出來，而是讓你和他一塊走。再往前轉到一排綠欄杆，就看到快活林酒店的對聯了：醉裏乾坤大，壺中日月長。武松進去了，看到一邊是白案，一邊是紅案，白案做饅頭、麵條，紅案切肉。再往裏走，又看到一個年輕漂亮的女子在櫃檯上，他就想這可能是蔣門神的妾，還有幾個酒保，三個酒缸，每個酒缸還有半缸酒——這可是武松的視角，若是李逵的視角就不是這樣的，他就看不見這樣的東西，衝上去，板斧排頭砍去，就完事了。武松卻比較精細，他要看準了才會想怎樣打。然後武松瘋瘋癲癲地要酒要肉，要這個要那個，挑逗蔣門神的妾，一直到她發怒，要跟他拼了的時候，他才開打，把人統統丟到酒缸裏去了。這就是武松的視角、說書人的

視角，說書人和武松一起在快活林中游動著，觀察著。所以，我們說這是個流動的、限制的視角，在流動的過程中聚合了多個限制視角，才逐漸形成的一個全知的整體視角。這種視角的複雜性和特殊性，就在於它動態地處理了一與多、局部與全域的辯證關係。

所以，我們對西方理論不能一味消極地接受，不能圖個省心去生搬硬套，需要再回到我們文化的原本的地方，瞭解我們中國的作品中最精彩的東西是什麼——要是不看到這個東西，就把我們的本可以貢獻給世界的東方智慧給抹殺了。中國學者有責任從我們源遠流長、博大精深的文學經驗和文化智慧中，發掘出具有現代價值和鮮活生命力的學理和學說，用以豐富現代人類的總體智慧，這一點應該成為我們走進新世紀的姿態和共識。

《閱微草堂筆記》的敘事智慧

一　以王充、應劭雜說改造志怪文體

　　論者常把《閱微草堂筆記》看做與《聊齋誌異》相對峙的作品，認為它有反《聊齋》的意味。從小說史的發展過程來比較清代這兩大志怪書的審美異趣，並非沒有道理。但是，僅僅如此論定《閱微草堂筆記》的創作旨趣，未免有些以偏概全。《聊齋》儘管已經名重當時，但作為一代文宗的紀昀不可能不顧身份地把自己著書的宗旨，局限於與一個前代寒士計較短長。他更多地從古今文章源流的角度確認自己的著述位置。《姑妄聽之》的弁言就講得很清楚：

> 今老矣，無復當年之意興，惟時拈紙墨，追尋舊聞，姑以消遣歲月而已。……緬昔作者，如王仲任、應仲遠，引經據古，博辨宏通；陶淵明、劉敬叔、劉義慶，簡淡數言，自然妙遠。誠不敢妄擬前修，然大旨期不乖於風教。

　　比起奉旨編纂《四庫全書》，紀昀追尋異聞成私家著作之時，心境要恬淡得多。雖然孔子「不語怪力亂神」，但歷盡宦海、退而養性的紀昀，卻在蘇東坡「黃州說鬼」中發現了與自己相契合的精神類型。《觀弈道人自題》詩中說：「平生心力坐銷磨，紙上煙雲過眼多。擬築書倉今老矣，只應說鬼似東坡。」又有《舊瓦硯歌》：「銅雀臺址

頹無遺，何乃剩瓦多如斯？文士例有好奇癖，心知其妄姑自欺。」這種特殊心態，使《閱微草堂筆記》形成了怡悅性情和著述傳世，抒寫胸懷和寄寓勸懲相交織的複雜品格。

六朝志怪於是成了紀昀靈感的一個源泉。但有意味的是，他獨不提寫《搜神記》的干寶。據《四庫全書總目》，舊題陶淵明的《搜神後記》「文詞古雅」；劉敬叔《異苑》「詞旨簡淡，無小說家猥瑣之言……有裨考證亦不少」；劉義慶《世說新語》中的「軼事瑣語，足為談助」。這其間可看出是包含有《閱微草堂筆記》在文體和旨趣上的追求的。然而紀昀作為進退百家、窮源究委的大學問家，是不會滿足於稗官小道的。因而，他又推崇王充和應劭。《四庫全書總目》稱：應劭《風俗通義》「因事立論，文辭清辨，可資博洽，大致如王充《論衡》」。二書皆歸入子部雜家類雜說，「雜說之源，出於《論衡》。其說或抒己意，或訂俗訛，或述近聞，或綜古義。後人沿波，筆記作焉。大抵隨意錄載，不限卷帙之多寡，不分次第之先後。興之所至，即可成編。」這裏的「筆記」，大概也沒有排除《閱微草堂筆記》。可以說，紀昀採用了王充、應劭的一些趣味來改造六朝志怪。因而他的「筆記」乃是學者志怪書，而非《聊齋》式才士（以傳奇筆）志怪書。

紀氏筆記頗有些記述見聞、訂正訛誤的條目，筆意近於「雜說」，可以起到廣見聞、資考證的作用。他曾因洩露機密，由翰苑謫戍烏魯木齊，有機會留意漢、唐交通西域的歷史遺跡。《槐西雜誌》記喀什噶爾山洞的漢代壁畫以及吉木薩爾李衛公所築唐北庭都護府古城遺址，都留下了邊地歷史的悲涼印痕，可供修「西域志」者參考。作者對古籍涉獵既廣，記述今事之時往往能探索源流，考辨古物之時又能揭剔世俗的謬誤，在舉重若輕的筆底，閃爍著博學的眼光。《灤陽續錄》記載當時對聯的趣聞，便追溯「門聯唐末已有之，蜀辛寅遜

為孟昶題桃符,『新年納餘慶,嘉節號長春』二語是也」。《槐西雜誌》記載開元通寶錢治骨折的奇效,特作注解:「此錢唐初所鑄,歐陽詢所書。其旁微有偃月形,乃進蠟樣時,文德皇后誤掐一痕,因而未改也。其字當迴環讀之。俗讀為開元通寶,以為玄宗之錢,誤之甚矣。」這些都屬於對聯和錢幣發展史上極有趣味的掌故。

最能顯示「雜說」筆墨神采的,是《姑妄聽之》記述河中求石獸一則。佛寺石獸沉入河中十餘年,人們按常識順流尋找,毫無蹤影。設帳寺中的「講學家」批評人們「不究物理」,斷言石堅沙鬆,石獸愈沉愈深,當在原地尋找。一位老河兵根據多年經驗,認為「凡河中失石,當求之於上流」,因為河水衝激石獸的反作用力帶走石頭前方的沙土,石獸反覆輾轉,必然溯流逆上。果然,在上游一里外找到了石獸。作者曾花過不少筆墨批評「講學家」株守程朱成見以「格物致知」,這則記述當也有類似的弦外之音。他嘲諷那種「但知其一,不知其二」的臆斷,把石、沙、水流三種因素進行動態的綜合考察,隱隱地顯示了一種辯證的思維。這也許是此書步武《論衡》的地方。

即便記述怪異,談鬼說狐,作者也往往保持學問家的派頭,經常可以看到他把委巷之言拉扯到古代經籍的大雅之堂,造成一種雅俗交錯的敘事境界。《灤陽消夏錄》說鬼,引《左傳》新鬼大、故鬼小之言,印證今人未見伏羲、軒轅時候的鬼的道理。《灤陽續錄》說夢,引《世說新語》衛玠、樂令談夢的起因,又引《周禮》《詩經》占夢的記載,最後還議及唐傳奇《謝小娥傳》中亡靈託夢的不可解之處,運筆行文出入於六經和小說之間。《如是我聞》談狐,排比《史記·陳涉世家》篝火狐鳴,《西京雜記》冢中狐化成老翁託夢報冤,《朝野僉載》「無狐魅,不成村」的諺語,從而勾勒出狐魅意象在古籍中由託狐為怪──到狐幻化為人──再到民間祀奉狐神的衍變過程。作者馳騁翰墨,聯想牽合,極力藉經史記載來解釋和深化世間傳言,從而達

到藉子部雜家來改造小說家言的目的——要想談論《閱微草堂筆記》作為大學問家志怪書的審美特徵,都不應該漠視作者的這番苦心。

二 陷入開明的迂腐和困惑的固執的文化怪圈

博學家著書,面對的是一部思想史和文學史。他必須在辨析百家得失中,有所揚棄和選擇。假若說,以後漢雜說改造六朝志怪,是紀昀在文體上提高「筆記」的嘗試,那麼把志怪與風化相聯繫,「大旨要歸於醇正,欲使人知所勸懲」,則是紀昀面對複雜的文化和文學思潮,以教世苦心力圖使末道小技依附於儒學正統。誠如《灤陽消夏錄》所說:「儒者著書,當存風化,雖齊諧志怪,亦不當收悖理之言。」這種著書宗旨和文體的選擇,使他面對思想史和文學史的兩個強勁的對手:一是既要志怪說鬼,就不能不對宋儒的理氣心性、格物致知有所議論;二是既要以漢晉筆法記異,也不能不對唐傳奇的綺麗想像以及《聊齋》以傳奇筆墨志怪的巨大成功有所反省。

《閱微草堂筆記》的文化構成,帶有「是非不悖於聖人」的雜家色彩。《觀弈道人自題》詩承認:「傳語洛閩門弟子,稗官原不入儒家。」他不願以程朱理學的面孔苛求稗官小說,不失為開明,卻又常常在小說中夾進議論,申說儒家為本,到底也有主見。《槐西雜誌》寫道:「道家言祈禳,佛家言懺悔,儒家則言修德以勝妖:二氏治其末,儒者治其本也。」他企圖溝通儒釋道三教,以鉗制和疏導世俗人心,《灤陽消夏錄》借佛教守經神之口談論:

> 儒以修己為體,以治人為用。道以靜為體,以柔為用。佛以定為體,以慈為用。其宗旨各別,不能一也。至教人為善,則無異。於物有濟,亦無異。……此其不一而一,一而不一者也。

蓋儒如五穀，一日不食則餓，數日則必死。釋道如藥餌，死生得失之關，喜怒哀樂之感，用以解釋冤怨、消除怫鬱，較儒家為最捷；其禍福因果之說，用以悚動下愚，亦較儒家為易入。

因此他主張三教並存互用，無須互相訾謑，各修其本業可矣。他是肯定「先王神道設教」之功的，因為沒有神鬼報應的監督，人們可能在無人覺察之處肆意胡為，這是無真正法律觀念時代，給人心套上的戒律。但他也看到，毀壞這些戒律的首先是那些謀利計功的教徒，因而指斥「儒者沽名，佛者漁利，流弊之深」，認為「神仙必有，然非今之賣藥道士；佛菩薩必有，然必非今之說法禪僧」這種說法，是「千古持平之論」。這裏既要以愚民方式治民，又無法避免宗教徒借民之愚以售其術，遂使作者實際上陷入了開明的迂腐和困惑的固執的文化怪圈之中。

紀氏筆記於怪圈中尋找的出路，是譏貶宋儒和講學家。這種譏貶或直接，或隱晦，或訴諸靈怪、或訴諸人事，情形異常複雜，大抵涉及三個方面：其一，空談性天；其二，各立門戶；其三，臆斷無鬼。《姑妄聽之》借「狐之習儒者」之口，評說「聖賢依乎中庸，以實心勵實行，以實學求實用。道學則務語精微，先理氣，後彝倫，尊性命，薄事功，其用意已稍別。聖賢之於人，有是非心，無彼我心；有誘導心，無苛刻心。道學則各立門戶，不能不爭；既已相爭，不能不巧詆以求勝。以是意見，生種種作用，遂不盡可令孔孟見矣。」《如是我聞》也借狐鬼之口，痛詆「洛閩諸儒，無孔子之道德，而亦招聚生徒，盈千累百，梟鸞並集，門戶交爭，遂釀為朋黨，而國隨以亡」。

至為窮形見相的，是寫狐鬼嘲弄追隨宋儒作風的講學家，揭露他們空談性天，不恤民生，道貌岸然而男盜女娼的虛偽性。作者在這裏

施展了藉狐鬼嘲世的諷刺藝術手腕。《灤陽消夏錄》記載:「以道學自任」的某公在佛寺講宋學,忽聞閣上有怒叱聲:「時方饑疾,百姓頗有死亡。汝……乃虛談高論,在此講民胞物與。不知講至天明,還可作飯餐,可作藥服否?」隨之有巨磚飛下,擊碎杯盤几案。某公倉皇逃走時還歎息:「不信程朱之學,此妖之所以為妖歟!」這裏活畫出一副耽於空談、不究事功的道學面孔,尤其是此公狼狽而逃時還把正言忠告視為妖邪,更有喜劇意味。另一則記述「以道學自任」的兩位塾師會同講學,正在「辯論性天,剖析理欲,嚴詞正色,如對聖賢」之時,微風把紙片吹到生徒們的面前,乃是二人陰謀侵吞寡婦田產的密劄。雖然作者認為這是「熒爽苦節,感動幽冥」所致,但行文已通過強烈反差的場面,嘲諷了道學家以嚴正言辭掩飾醜惡私欲的虛偽性。

作為「瑣記搜羅鬼一車」的志怪之作,《閱微草堂筆記》與宋儒辯論的另一個題目,是鬼之有無和形態。它引經據典以闡明「先王神道設教之深心」,認為「《六經》具在,不謂無鬼神」。《灤陽消夏錄》援引世間習俗和怪異見聞,並且抬出聖人助陣:「『六合之外,聖人存而不論。』然六合之中,實亦有不能論者。……宋儒於理不可解者,皆臆斷以為無是事,毋乃膠柱鼓瑟乎?」另一則記述懸崖無路處,石上有天生梵字大悲咒,「字字分明,非人力所能,亦非人跡所到。」因而得出結論:「天地之大,無所不有。宋儒每於理所無者,即斷其必無。不知無所不有,即理也。」作者大抵把鬼神的有無,付於不知而闕如的領域,他反對斷言無鬼神,而造成「恃無鬼神而人心肆」的狀態。可以說,對於鬼神之有無,他在認識論上安於不可知的狀態,在倫理學上則持「寧可信其有,不可信其無」的主張。正是在這種混沌迷惑中,他在審美心理上為志怪小說留下一片有倫理法則約束的幻想空間。

三　以博學老者晚秋氣象譏評傳奇小說青春氣息

　　對於唐傳奇及其流亞，《閱微草堂筆記》多有微詞。《灤陽消夏錄》借乩仙之口評說唐傳奇《步非煙》，謂「大凡風流佳話，多是地獄根苗」，雖然不必視為作者的直接見解，但在寫完《灤陽續錄》時，作者卻直申自己主張：

> 所見異詞，所聞異詞，所傳聞異詞，魯史且然，況稗官小說。惟不失忠厚之意，稍存勸懲之旨，不顛倒是非如《碧雲騢》，不懷挾恩怨如《周秦行紀》，不描摹才子佳人如《會真記》，不繪畫橫陳如《秘辛》，冀不見擯於君子云爾。

　　這裏引用由唐代到明代的四部傳奇小說，說明兩個問題：其一是創作宗旨是否純正。《碧雲騢》舊題宋代梅堯臣撰，《直齋書錄解題》早已斥其「所記載十餘條，公卿多所毀訐，雖范文正亦所不免。」《周秦行紀》是中唐牛李黨爭的產物，李黨韋瓘託名牛僧孺，以第一人稱寫冥遇前代后妃的異事，對當朝皇上和前朝太后頗不恭敬。如果離開其挾怨構陷的創作居心進入本文，作者和託名的敘事者的錯綜，前代后妃之遇的題材以及第一人稱的敘事角度都有其獨特之處，但紀氏似乎並沒有把它當做敘事藝術品來讀。
　　其二是藝術描寫方式。《會真記》雖然被考證是元稹自敘初戀的作品，並對「始亂之，終棄之」的過失進行文飾，但它已是唐傳奇中寫男女幽會情感的代表作，並經《西廂記》的改編而名滿天下。《漢雜事秘辛》是明代楊慎偽託漢人之作，敘寫漢桓帝選美女入宮，並冊立為懿德皇后的過程，其間對美女的體格檢驗，是漢代小說未嘗出現過的美女裸體畫，無疑流露了明人的趣味。《四庫全書總目》指出：

「其文淫豔，亦類傳奇，漢人無是體裁也。」上述四部作品雖不足以代表傳奇系統的小說成就，但已從不同角度反映了紀昀對傳奇小說的態度：他不屑以傳奇筆墨描寫男女愛情豔跡，只憑忠厚的勸世之心記錄異聞。因此，《閱微草堂筆記》也就排除了小說中傳奇系統的青春氣息，而顯示了一個博學老者的晚秋氣象了。

紀氏對《聊齋》的非議，乃是他對唐以來傳奇之作的態度的延伸。當《聊齋》把古小說的兩個系統融合在一起，以傳奇之筆志怪，它就擾亂或突破了紀氏編纂《四庫全書》時的目錄學框架。《閱微草堂筆記》本文對《聊齋》的非議往往閃爍其詞，較系統的意見是通過門人之口說出來的，這似乎是講究禮儀規格的中國人故意安排的降格處置的方式。

> 先生嘗曰：「《聊齋誌異》盛行一時，然才子之筆，非著書者之筆也。虞初以下，干寶以上，古書多佚矣。其可見完帙者，劉敬叔《異苑》、陶潛《續搜神記》，小說類也；《飛燕外傳》、《會真記》，傳記類也。《太平廣記》事以類聚，故可並收。今一書而兼二體，所未解也。小說既述見聞，即屬敘事，不比戲場關目，隨意裝點。……今燕昵之詞、媟狎之態，細微曲折，摹繪如生。使出自言，似無此理；使出作者代言，則何從而聞見之？又所未解也。留仙之才，余誠莫逮其萬一；惟此二事，則夏蟲不免疑冰。」

這裏儼然以《四庫全書》總纂官的權威口吻，來評價《聊齋》文體和描寫方式的得失，但其不知文體乃是一個歷史過程。《聊齋》正是在融合傳奇和志怪兩個文體系統中，突破舊程序，開拓出新的審美境界的。至於漠視虛構和想像在小說創作中的本質價值，或者只允許

傳聞異辭的虛構性，而取消小說作者想像裝點的虛構性，也只能說是文體保守主義者把小說等同實錄的成見。

《閱微草堂筆記》直接嘲諷《聊齋》的本文，有《槐西雜誌》記述東昌書生夜行的一則。這位書生稔熟《聊齋》青鳳、水仙諸事，希望有狐仙豔遇，忽有寶馬香車載著妙麗如神仙的狐女經過，追隨入門，又享受到豐美的酒肴。心旌搖動之際，他卻被老翁安排為婚儀上的儐相。作者接著講了另一個故事：一位赴京謀食的窮漢，遇到一個騎驢少婦，調笑一番之後，扔給他一條手帕。他拿手帕裏的首飾到當鋪換錢，正好是當鋪失物，結果自投羅網。故事背後隱藏著戒色戒貪的教訓。蒲松齡筆下散發著青春氣息的狐魅意象，到這裏已變得寡情慾而多心計了。它勸誡人們莫作非分之想，它提供的是狐魅的另一類型。

四　借幽怪以閱世和歸隱於心的孤獨感

紀昀雖為名儒顯貴，一生卻幾經宦海浮沉，他教人立身之道時，卻不能忘卻人世立身惟艱。如果說《聊齋》洋溢著一個中年才士對人間的悲憤和憎愛，那麼《閱微草堂筆記》已滲透了一個老年智者對人間的省悟和悲涼。這是一部借幽怪以閱世的書，借狐鬼情狀來抒寫感慨之時，往往能洞見人間的內情和心計，顯得老辣而圓融。

《姑妄聽之》曾經引述梁簡文帝《與湘東王書》中的古諺：「山川而能語，葬師食無所；肺腑而能語，醫師面如土。」作為閱盡宦海的過來人，紀氏對熱衷仕宦者和老於幕府者的機心行徑了然於心，當他採取山川能語、肺腑能語的方式揭破隱情之時，往往能切中世人習而不察的要害。可以說，他是清代盛世靈光下官場陰影的冷峻的嘲諷者。《灤陽消夏錄》借文昌司祿神之口，道出仕宦熱衷者的精神變

態：「仕宦熱衷，其強悍者必怙權，怙權者必狠而愎；其孱弱者必固位，固位者必險而深。……流弊不可勝言矣，是其惡在貪酷上」，因此以冥譴削減其壽祿。把官場躁競相軋、黨同伐異的禍害看得比貪酷更重，是曾受官場朋黨排擠者的痛心之言，其間也給熱衷祿位者兜頭潑了一盆冷水。

作者把更尖刻的嘲諷，投向吏役舞弊和裙帶攀附。《姑妄聽之》借陰司鬼魂對話，揭露吏佐「救官不救民，救大不救小」一類辦案哲學以及老於幕府者深文羅織、顛倒黑白的判訟手腕。作者對此類人物必欲投之於地獄最黑暗的地方，可見其痛心疾首之甚。《灤陽消夏錄》寫天竺老僧入冥，看見地獄獰鬼為諸天魔眾挑選罪人為糧，所挑選都是「最為民害者，一曰吏，一曰役，一曰官之親屬，一曰官之僕隸。是四種人，無官之責，有官之權。官或自顧考成，彼則惟知牟利，依草附木，怙勢作威，足使人敲髓瀝膏，吞聲泣血。是以清我泥犂，供其湯鼎。以白晢者、柔脆者、膏腴者充魔王食，以粗材充眾魔食。」作者寓勸誡於暴露和鞭撻，筆底並非渾無火氣。但他到底也給這四種人留了一條出路：「其權可以害人，其力即可以濟人。靈山會上，原有宰官；即此四種人，亦未嘗無逍遙蓮界者也。」應該說，《閱微草堂筆記》對官場風氣和世態人情是不無憤懣的，它披上「神道設教，使人知畏，亦警世之苦心」的外衣，以個中人揭其內幕，使人窺見官場吏界群醜圖的一角。

這並不能從根底上改變《閱微草堂筆記》內在的官邸氣，一種不同於《聊齋》鄉野氣的特殊氣息。只不過，作者畢竟是官邸間的耿介之士，不堪官場吏界的蠅營狗苟，多少還想呼吸一口山野間的清新空氣。《灤陽消夏錄》以戴東原口述的異聞，寫了一位鬼界隱者。這是一位耿介的鬼，在明代萬曆年間當縣令時，厭惡官場爭權奪利、互相傾軋的風氣，棄職歸田，死後請求閻羅王不要把他輪迴到人間，就當

了陰間官員，不料陰間同樣充滿傾軋，只好棄職歸墓。墓居期間，又不堪群鬼囂擾，他不得已移居到深山岩洞中，「雖淒風苦雨，蕭索難堪，較諸宦海風波，世途機阱」，簡直就象生活在佛教的三十三天上了。想像異常奇特，以陰陽兩界的雙重歸隱，寫盡了耿介之鬼備嘗兩界官場世途苦況之後，竟把淒風苦雨的孤獨感，作為靈魂的解脫和歸宿。在厭世與憤世的情緒交錯中，作者寫了一篇陰鬱悲涼的鬼世界的「桃花源記」。

作者既然對宦海世途的風波和陷阱多有所窺，那麼他對處世立身的哲學和方法也就勤於探究，務得其中三昧。他的一些作品實在可以當做世故寓言來讀。《灤陽續錄》寫一位周旋於文酒之會的狐精，只聞其聲而不現其形。請求他現形，他就問你覺得他應是何種形狀，覺得應當「龐眉皓首」，他就現老人形，覺得應當「仙風道骨」，他就現道士形，覺得應當「星冠羽衣」，他就現仙官形，甚至戲他應當像莊子說的「姑射神人」，他就現美人形，唯獨不願現出真形，笑說：「天下之大，孰肯以真形示人者，而欲我獨示真形乎？」這裏冷嘲著人世間的交往不出自真誠，而以假面具虛與委蛇的社會相，其間似乎隱隱地透露了作者晚年人不以真形示我、我孰獨以真形示人的孤獨感。

這種心理狀態是極易與道家思想找到契合點的。紀氏的一些作品，包含有以道濟儒的意味。《姑妄聽之》稱，「先師陳白崖先生，嘗手題一聯於書室曰：『事能知足心常愜，人到無求品自高。』斯真探本之論，七字可以千古矣！」這種知足無求的人生哲學，使作者在《灤陽續錄》中借狐精之口說出：「以氣凌物，此非養德之道，亦非全身之道也。」另外，作者還選錄了已故門生的寓言《如願小傳》。據《初學記》十八和《太平御覽》四百七十二所引《錄異傳》，如願是水神青洪君贈給歐明的婢女，「所欲輒得之，數年大富」，後來驕橫不再憐愛，結果人去財空。紀氏門生由此生發，想像如願處處皆有，

有四人同訪水府，每人都得到龍神賜予的一個如願。第一人貪求無
饜，結果肆欲身亡。第二人所求非分，如願辭去。第三人有所求、有
所不求，如願相隨不去。第四人「雖得如願，未嘗有求。如願時為自
致之，亦蹙然不自安」，因而道高福厚，天地鬼神都保祐他，「無求之
獲，十倍有求」。這裏的四個人代表著四種人生哲學，或四種人生境
界，其最完美的境界是寓如願於無求之中的，在功成名就而晚年安享
尊榮的作者看來，大概也稱得上深得吾心的。紀氏轉錄門生的這則寓
言表明，他對官場吏界的弊端頗多感慨和嘲諷，甚至憤激到設想鬼也
為此隱遁，狐也為此不願現真形，但他在孤獨空幻之餘，並沒有歸隱
到淒風苦雨的山洞，而是歸隱到自己知足無求的心中了。

五　學問家筆下的「狐鬼」和狐鬼中的「學問家」

紀昀藉筆記論世，於感慨中難免落入空幻，而他最感到充實並知
道可以留下身後名的，唯有學問。這一點折射到筆記中，就出現了不
少博洽儒雅的狐鬼。他們是狐鬼中的「學問家」，也是學問家眼中的
「狐鬼」。如果說最能代表《聊齋》特色的，是一批富有情與才的花
妖狐魅，那麼最能反映《閱微草堂筆記》趣味的，就是一批有學問、
講德行的狐鬼了。它們為志怪文學提供了意味互異的描寫對象類型。

讀過六朝劉義慶《幽明錄》的人們知道，它寫漢代的老狸，能與
董仲舒說經，寫晉代的公雞，能與州刺史談玄，這都折射著漢人崇
經、晉人清談的文化空氣。志怪小說歷代都有作者，但其式樣趣味的
翻新，都與不斷嬗變著的文化空氣的滲透有著內在聯繫。清代乾隆之
世，空談義理的宋學動搖，考據之學昌盛。《槐西雜誌》寫一個溫雅
的鬼與塾師談論《孝經》，引證《呂氏春秋‧審微篇》，來評說今文古
文之爭，就有考據的意味。其後偶而談及太極無極之說，這個鬼就非

常倒胃口，認為「《六經》所論皆人事，即《易》闡陰陽，亦以天道明人事也。舍人事而言天道，已為虛杳；又推及先天之先，空言聚訟，安用此為？」因此，這個鬼再不願向趣味不合的塾師求食，拂袖而去。鬼的這番議論，顯然是針對從宋代理學前驅周敦頤《太極圖說》開始的以「無極而太極」解《易》的，因而這個鬼也感受到清代中葉厭惡和非議宋學的文化風氣了。

　　自然，鬼的學問也有等級，並非個個都是碩學通儒。因此，當人與鬼以學問交友之時，就出現了一些人以學問折鬼，或鬼以學問折人的小喜劇。《灤陽消夏錄》寫儒者和隱士在城郊樹下談《易》，卻被一位自稱崔寅的鬼魅嘲笑他們談的是「術家《易》，非儒家《易》」。他隨之剖析易學源流，認為「聖人以陰陽之消長，示人事之進退，俾知趨避而已，此儒家之本旨也」；而禪家之《易》、道家之《易》以及管輅郭璞的術家之《易》，都是「忘其本始，反以旁義為正宗」。當二人喜歡他的文雅詞致，問他可是「儒而隱者」，他便嘲笑：「果為隱者，方韜光晦跡之不暇，安得知名？果為儒者，方反躬克己之不暇，安得講學？世所稱儒稱隱，皆膠膠擾擾者也。吾方惡此而逃之。先生休矣，毋污吾耳。」說完長嘯一聲，失其所在。這位博學的鬼魅既揭穿了儒者、隱者背離儒宗陷入歧途，又嘲諷他們聚徒為黨、欺世盜名而玷污儒、隱名號的行徑。如此辛辣的諷刺文學，到底也散發著濃鬱的書卷氣。人以學問折鬼，則有《灤陽續錄》蔡中郎祠的鬼，這個鬼與夏夜散步的士人相遇時，自稱是東漢蔡邕，因「祠墓雖存，享祀多缺；又生叨士流，歿不欲求食於俗輩」，求士人賜予野祭。但士人和他談論漢末歷史，他「依違酬答，多羅貫中《三國演義》中語」「詢其生平始末，則所述事蹟與高則誠《琵琶記》纖悉曲折，一一皆同」。這顯然是藉寫鬼，以嘲諷世間攀附名人，欺世求食以及淺學之輩，把小說戲劇情節混同於歷史。因而士人沒有上當，反而笑說，

「惟有一語囑君：自今以往，似宜求《後漢書》、《三國志》、中郎文集稍稍一觀，於求食之道更近耳。」這類諷刺小品，把世俗形象隨手拈來，製造出陰陽交錯、古今雜糅的審美效果，談言微中，也足解頤。

紀昀「久在館閣，鴻文巨製，稱一代手筆」，對世間的治學之徑、文章作風多所習見，感慨多端，因而借鬼語來嘲諷人間文風、學風之時，鬼語即是正論，人間反現鬼相，造成人鬼邪正悖反的審美情趣。《槐西雜誌》記舊家子夜行深山，投宿於岩洞，遇見前輩某公的鬼魂。問他為何不安居於墓穴，鬼魂答道：自己一生功過平平，但墓前巨碑，螭額篆文寫的是自己的官階姓名，但所述的行狀都言過其實，「我一生樸拙，意已不安；加以遊人過讀，時有譏評；鬼物聚觀，更多姍笑」，只好離墓避居到山洞裏來了。舊家子安慰他，這是孝子一片心，也是墓誌銘的慣例，「蔡中郎不免愧詞，韓吏部亦嘗諛墓」。鬼魂卻申述虛詞招謗，於心也愧，就拂袖而去了。真所謂「肺腑而能言，醫師面如土」，由鬼魂現身說法，來評說那些諛墓之詞時，所謂「孝心」「古例」都無處立足了。作者把對人間文風的嬉笑怒罵寓於鬼魂的彷徨悲哀之中，設身處地地從鬼魂角度評論諛墓風氣，實在是匠心獨具，新穎別致。

對於學問文章，紀昀反對泥古而愚，主張有點性靈。《灤陽消夏錄》曾引一則師訓，「滿腹皆書能害事，腹中竟無一卷書，亦能害事。國弈不廢舊譜，而不執舊譜；國醫不泥古方，而不離古方。故曰：『神而明之，存乎其人。』又曰：『能與人規矩，不能使人巧。』」因而他辛辣地嘲諷被重規疊矩堵塞心竅的糊塗學究作風。同書另一則記載，一位老學究夜行，遇到他的亡友。亡友稱鬼神能夠從屋頂的光芒，辨認屋主的學問文章，「凡人白晝營營，性靈汩沒。惟睡時一念不生，元神朗澈，胸中所讀之書，字字皆吐光芒，自百竅出，其狀縹緲繽紛，爛如錦繡。學如鄭、孔，文如屈、宋、班、馬

者，上燭霄漢，與星月爭輝。次者數丈，次者數尺，以漸而差，極下者亦熒熒如一燈，照映戶牖。」老學究有意炫耀自己，就問：「我讀書一生，睡中光芒當幾許？」鬼囁嚅良久，才說：「昨過君塾，君方晝寢。見君胸中高頭講章一部，墨卷五六百篇，經文七八十篇，策略三四十篇，字字化為黑煙，籠罩屋上。諸生誦讀之聲，如在濃雲密霧中。實未見光芒，不敢妄語。」其間雖然也暗示了科場文章的價值，遠不及經、史、辭賦，但更重要的是嘲諷學究讀書，汩沒性靈，把應發光芒的東西，化作一團黑煙。鬼「囁嚅良久」，大概是礙於情面，終於「大笑而去」，也反映了作者讓他發這番議論時的充實。作者對學界流弊，多有省察，並且長久鬱積胸間，借鬼論文，實際上是自抒懷抱。鬼物之有學者氣，乃是作者以怪異手法作心靈自語的緣故。

六　敘事功力和反虛構之間的張力

淵博的學養內在地充實著作者的敘事功力，對傳奇體的偏見又外在地約束著作者的想像能力。《閱微草堂筆記》正是處於這種內在充實和外在約束的審美張力中，尋找自己的敘事方式，建立自己簡淡而不失雍容的藝術風格的。它既作繭自縛，又不息地追求著從繭裏孵化出新的生命。

作者對虛構存在偏見，又不能拒絕某些虛構的存在。他非議《聊齋》的虛構，指責那些摹繪如生的燕昵之詞、媟狎之態，不可能出於當事者自言，也就沒有理由勞作者代言。但在《灤陽消夏錄》中，他又以「理所宜有」，寬容了虛構的合理性：「余謂幽期密約，必無人在旁，是誰見之？兩生斷無自言理，又何以聞之？然其事為理所宜有，固不必以子虛烏有視之。」在這種兩難處境中，作者以博學濟其窮，把虛構理性化，或可信化。《灤陽續錄》寫老儒在燈下寫家書，忽有

風致嫻雅的女子出現，心知是鬼，卻指使她剪燭。女鬼滅燈作怪，他就用手蘸滿墨汁，打在她的臉上。自此，人們再見此鬼在月下走過庭院時，就發現她掩面急走，擔心人們看見她那張墨污狼藉的臉。作者相信有鬼，但懷疑鬼有形無質，何以能沾染墨汁？於是他的博學派得上用場了，他援引《酉陽雜俎》記郭元振在精魅臉盤上題詩，後來發現詩句題在數斗大的白木耳上，這也就證明鬼魅可以借有質之物來幻形了。在這種博學多聞和不願讓虛構留下漏洞之間，作者破壞了單一故事的圓形結構，而採取了連綴敘事、議論、引證多種成分的串珠結構。

對於熟悉大量的古老怪異故事的人，關鍵在於以胸間的一點靈性，對固有的幻想形式進行創造性的點化，幻中出幻，另闢蹊徑。《如是我聞》記書生於鄱陽湖步月，邀人對酒談鬼，其中一人談到，他在京師豐臺花匠家，遇到一位士子和他談論「鬼亦有雅俗」，這位士子曾在西山和一鬼論詩，鬼詩中有「空江照影芙蓉淚，廢苑尋春蛺蝶魂」一類佳句。但這個遇鬼的士子也是鬼，一笑而隱。書生聽了這人的談論，就戲說：「此稱奇絕，古所未聞。然陽羨鵝籠，幻中出幻，乃輾轉相生，安知說此鬼者，不又即鬼耶？」那個說鬼的「人」一被揭穿底細，也化做薄霧輕煙消散了。《陽羨書生》是六朝吳均《續齊諧記》中一篇幻想奇特的作品，鵝籠書生能吐出美婦共飲，美婦乘他醉臥時，又吐出外遇取樂。《如是我聞》也是採取這種連環模式的幻想方式，鬼可遇鬼，被遇的鬼又談到他曾遇鬼。在鬼鬼相遇中，作者已刪去了鵝籠書生幻想中的風流韻事，而使這些鬼吟詩摘句，變得灑脫儒雅了。

在溝通陰陽的幻想中，《閱微草堂筆記》善於順勢推演，把人鬼的某個特徵推到極致，造成強烈的審美效果，又善於自為悖謬，把人鬼的某種行為翻轉一面，散發出濃鬱的嘲諷意味。這類順逆抑揚，深

得辯證的文章章法之妙。一人嗜河豚，終於中毒而死，這已是可怕的癖性，但他死後還要託夢給妻子，責問：「祀我何不以河豚耶？」這已是把人物的癖性隨勢推演，直至死而無悔的程度了。然而，作者接著還要講一個類似的故事：有人因賭博破家，臨終要求兒子「必以博具置棺中。如無鬼，與白骨同為土耳，於事何害？如有鬼，荒榛蔓草之間，非此何以消遣耶！」這則故事與前一則沒有太大區別，可以看做重複推演。但此人的兒子卻不顧「死葬非禮」的眾議，以「事死如事生」的孝心把賭博用具放進棺材中了。人的癖性不僅累其身家，不僅至死不悔，而且制約著後人的行為，這種順勢推演的審美效果是相當強烈的。這兩個以類相從的故事，見於《槐西雜誌》。

自為悖謬的敘事方式更見才華，它在煞有其事地敘寫之後，陡然逆轉，令人在驚愕之餘品味到諧趣。《灤陽消夏錄》寫兩位老儒散步到了墳地，擔心遇鬼。一個老人扶杖而來，和他們傾談程朱學說的高明，排斥有鬼的論調：「世間安有鬼，不聞阮瞻之論乎？二君儒者，奈何信釋氏之妖妄。」魏晉名士阮瞻持無鬼說，鬼是現形和他辯駁的，這裏的扶杖老人也是鬼，卻反而附和宋儒，贊同阮瞻，昌言無鬼。鬼而持無鬼說，自為悖謬，到他倏然而滅的時候，自然也就產生了出人意料的幽默感。

與「自為悖謬」相對立的，還有「他為悖謬」，即一種妄念由於某種外在因素的介入，發生了陰差陽錯，導向具有嘲諷意味的反面。《灤陽消夏錄》寫一個士人想入非非，請求擅長幻術的僧人對瓦片施咒語，使可以劃開牆壁，潛入別人閨閣。僧人答應了他的要求，囑咐他不要說話，一說話幻術就會無效。他果然劃開一處牆壁，緘默不語地與婦人上床狎昵，一覺醒來，卻發現睡在妻子的床上。雖然僧人以小術相戲，無傷大德，但陰司已錄下他萌動邪念的過失，削減其祿籍了。士人的妄念因僧人幻術的介入而得以實現，但是形式上的妄念實現卻包含著反妄念的實質，於顛倒錯綜之間閃爍著犀利的嘲諷鋒芒。

由於真與幻、陰與陽相交錯，以陰界描寫延長陽間的因果鏈條，把陽間的善惡邪正在陰間進行怪異的變形，《閱微草堂筆記》許多帶嘲諷意味的描寫也就具有濃鬱的象徵性。它有別於以往某些志怪小說，不甚熱心於正面描寫地獄，說明作者與佛教地獄設想存在著心理距離。它多寫遊魂散鬼以及地獄邊緣，因而更富於人間形象的暗喻性。《姑妄聽之》寫鄉人遊了一處陰間鬼魂的流放地，看見一個無口鬼，因為他生前「巧於應對，諛詞頌語，媚世悅人」，又看見一個屁股朝上、腦袋朝下、五官長在肚皮、以手行路的鬼，因為他生前「妄自尊大」，要罰他不能仰面傲人，還有一個「指巨如椎，踵巨如斗」的鬼，因為他生前「高材捷足，事事務居人先」，罰他走不動路，最後遇到的鬼「兩耳拖地，如曳雙翼，而混沌無竅」，因為他生前懷忌多疑、喜聞蜚語，只好把他變成一個大耳聾子了。這些顯然都是把人間種種卑劣的品格習性賦予畸形的鬼相，加以怪異化了。它比起對惡貫滿盈者施以湯鼎刀鋸一類地獄酷刑的描寫來，更稱得上是一面返照人世的鏡子。作者寫花妖狐魅遠不及《聊齋》，至於寫鬼，雖然談不上多大的典型概括力，但與人間形象多有關聯，類型上五花八門，手法上揶揄嘲諷，也稱得上蔚為大觀。

七　複式視角和「元小說」

《閱微草堂筆記》對傳奇體小說虛構想像的成見，不僅影響到自身的幻想方式，而且左右著自身的敘事角度。作者說，自己的書使用的不是才子之筆，而是著書者之筆。換言之，就是他的筆記也講究無一語無出處，哪怕這齣處存在於街談巷議，或剪燭抵掌之間。這就在行文中造成了故事人物、講述者和作者交錯出現的情景，作者的尊長戚友經常出面評估其間的人與事，作者本人更是引經據典，大發議

論，或畫龍點睛。這就和《聊齋》大異其趣：《聊齋》雖然有時記錄講述者姓名，文末多有「異史氏曰」，但正文的幻想世界是相對完整的；《閱微草堂筆記》則常常讓真實人物干涉著和出入於幻想世界，它也許是最不講究敘事角度統一性和幻想世界完整性的一部書。

《灤陽續錄》中的一則講滄州酒，即王士禎（阮亭先生）所謂的「麻姑酒」。它先談名酒難得，岸上肆中所賣者多是贗品，當地人提防當局徵求無饜，相戒不以真酒應官，次談製酒工藝之精，舊家世族代相授受，取水和儲藏都非常講究，轉運即變味，接著插入作者亡父對名釀的評論：「飲滄酒禁忌百端，勞苦萬狀，始能得花前月下之一酌，實功不補患；不如遣小豎隨意行沽，反陶然自適。」隨之，作者又恢復了掌故興致，講述名酒之真偽、新陳的鑑別方法，最後才講到故事本身：董曲江前輩的叔父董思任，最嗜飲，當滄州長官時遍訪名釀，因當地人不肯破壞禁約而不可得。罷官後，他再到滄州，住在李進士家中，盡飲其家藏名釀，乃歎息道：「吾深悔不早罷官。」作者收筆時加了一句評點：此雖一時之戲謔，亦足知滄酒之佳者不易得矣。董思任訪名釀的故事，頗得《世說新語》名士趣味。但作者既不拘泥於故事的完整性，也不滿足於六朝軼事式的簡約，而是聚風俗掌故、家君評點、名士軼聞於一爐，從容著墨、搖曳多姿，用現代語言來說，就是把小說散文化了。即便那些寫狐鬼怪異的文字，也每每把狐鬼幻變、人世是非以及講述者的誠實或狡獪，都置於作者的眼光和親友的評說之下，落筆不計程序，時有雋思妙語，甚至可以窺見他們仿傚黃州說鬼時的詼諧灑脫。

多視角的，或者說有如蜻蜓複眼的敘事方式，是極富有調整餘地和彈性的。當作者把他本人和評議者安排到遠離故事中心時，中心故事的敘事角度就可以作出獨立的設計。《如是我聞》記翰林院一位官員從征伊犁，血戰突圍，身中七矛，死後兩晝夜復甦，疾馳一晝夜歸

隊,這完全是客觀的外視角寫法。但是當作者(「余」)和同事在翰林院向那位官員仔細詢問經過時,作品用「自言被創時」一語,把敘事角度轉向主觀的內視角。他被創時毫不感到痛楚地沉睡,漸有知覺後,魂已離體,在茫茫沙海中也明白自己已死:

> 倏念及子幼家貧,酸徹心骨,便覺身如一葉,隨風漾漾欲飛。倏念及虛死不甘,誓為厲鬼殺賊,即覺身如鐵柱,風不能搖。徘徊佇立間,方欲直上山巔,望敵兵所在;俄如夢醒,已僵臥戰血中矣。

這簡直是某種意識流寫法,把人處於生死邊緣上迷離恍惚的意識滑動,寓於靈魂離體後的倏忽徘徊。最後作品又退回外視角,讓一道聽聞這番陳述的同事歎息說:「聞斯情狀,使人覺戰死無可畏。然則忠臣烈士,正復易為,人何憚而不為也!」作品別具匠心地操縱著作者、講述者和評議者的位置,使文筆輪番出入於內外兩種視角之間,顯示了非常高明的審美創造力。

《灤陽消夏錄》有一則老嫗視鬼的故事,在操縱敘事角度上同樣高明,它以人視鬼,以鬼視人,視角幽明錯綜,誠然別具肚腸。作品開頭交代故事來源,是外祖母聽老嫗論冥事;結尾是作者發感慨,歎息「人在而情在,人死而情亡」,強調「先王神道設教之深心」,倒也是作者敘事的通常模式。然而,當能視鬼的老嫗講述一位中年病逝的男子鬼魂,依戀未亡人時,卻以人鬼錯綜的角度,寫得癡情可掬,淒婉動人。鬼聽到妻哭兒啼、兄嫂詬罵,在窗外側耳竊聽,神情淒慘。其後媒人登門,聽到議婚不果,就稍有喜色,議婚告成,就惶惶不安。送聘之日,坐樹下,對著妻子房間落淚。嫁前一夕,時而倚柱哭泣,時而低頭沉思,徹夜不得安寧。又追隨迎娶的隊伍,躲在後夫家

的牆角，望著妻子行婚禮；狼狽逃回家中，聽到兒子哭著要母親，扼腕頓足，一派無可奈何情形。作者為了使癡情之鬼的種種行為顯得「並非杜撰」，特意交代老嫗被邀當未亡人的女伴，歎息過「癡鬼何如是」，還做了「吾視之不忍，乃逕歸，不知其後何如也」一類的解釋。這就別開生面地從鬼的角度感受著未亡人寡居、受兄嫂欺凌、被迫再醮諸類炎涼世態、冷暖人情，並且從人（老嫗，講述者）的角度體察著鬼的癡心、悲愴和靈魂痛苦。這種人鬼互感的雙向視角，把鬼的心理狀態寫得入木三分。這裏對鬼的心理的描寫，和前述類乎意識流的寫法，堪稱《閱微草堂筆記》的兩大奇筆。

作者以出色的功力不拘格套地調動敘事角度，時或使自己和評議者越出虛構敘事的邊界，站在界外挑剔指點界內的小說套數，從而把自己的筆記變成了關於小說的小說。《如是我聞》記載了一個真實的故事：一乞食流民病歿前，把幼女賣給作者祖母為養女，取名「連貫」。連貫只記得家在山東，門臨驛路，距此有一個多月路程，自稱曾聘給對門胡家，胡家也外出乞食了。十幾年後，連貫被配給紀府的馬夫劉登，劉登自稱原姓胡，家離這裏一個多月路程，在山東驛路之旁，小時聞父母為其娶一女。這確實是一個破鏡重圓的好素材，但作者沒有把它編織成傳奇，反而請出他的親友發了一番反傳奇的議論。他的叔父說：「此事稍為點綴，竟可以入傳奇。惜此女蠢若鹿豕，惟知飽食酣眠，可恨也。」但他的朋友邊隨園又不以為然：

> 史傳不免於緣飾，況傳奇乎？《西樓記》稱穆素暉艷若神仙，吳林塘言其祖幼時及見之，短小而豐肌，一尋常女子耳。然則傳奇中所謂佳人，半出虛說。此婢雖粗，倘好事者按譜填詞，登場度曲，他日紅氍毹上，何嘗不鶯嬌花媚耶？先生所論，猶未免於盡信書也。

　　作者的本意是嘲諷傳奇。第一個議論是講現實並不像傳奇那麼完美，第二個議論是講傳奇可以把有缺陷的現實完美化。他提醒人們認清虛構，他自己也就站在了虛構之外。他用真實的理性，剖析了傳奇小說的創造過程。他離開小說成品去考究成品生產的程序，從而把小說之為小說加以「解構」了。這種「關於小說的小說」，和現代西方世界議論紛紛的「元小說」（metafiction）是否有相似相通之處？這也是值得研究的。

文人與話本敘事典範化

一 話本和文人互動互補的審美動力結構

　　話本小說由發生、興盛到定型，凝聚著中近古時代數百年間說話人和文人的雙重智慧。以往的文學史研究對說話人「捷口水注」的辯才和表演家多關注，而對文人化俗為雅、點鐵成金的作用卻較少用心，這勢必影響把話本小說作為敘事藝術品進行研究的深度。顯而易見，文人在不同層面和程度上代表著、攜帶著中國豐富悠長的文化傳統，他們對話本藝術的參與，既意味著對正統的叛離，又必然帶來了對村俗的超拔。他們既接受了說話鮮活潑辣的感染，又使話本滲入了精緻圓融的審美意味，從而逐漸納入了中國書面文學的系統之中。在一定的意義上可以說，沒有文人的介入和參與，就沒有中國話本小說的精緻化和典範化。

　　文人間接或直接地參與說話藝術，大體有三種形式。其一是話本不僅取材於民間傳聞，更重要的是取材於文人筆記和傳奇，從而以獨特的方式使中國文言系統和白話系統的小說相互溝通了。《醉翁談錄・小說開闢》把這一點講得很清楚：「夫小說者，雖為末學，尤務多聞，非庸常淺識之流，有博覽該通之理。幼習《太平廣記》，長攻歷代史書。……《夷堅志》無有不覽，《琇瑩集》所載皆通。」把「末學」變得「多聞」，由「庸常淺識」變得「博學該通」，說話人在敷演筆記傳奇素材的同時，無疑也汲取了這些文人筆墨中潛在的母題和情

節模式。這一點，只要對比一下《夷堅志》和宋元話本中寫人鬼之戀，常有道士法師介入的敘事模式的一脈相通之處，就不難明白了。

然而這種文人參與是被動的，他們寫筆記傳奇只為了獵奇娛情或炫耀辭采，並不存在著期待後世藝人把它編成話本的目的性。屬於主動參與的是另一種形式，即書會才人的參與。現在所能看到的元刊講史平話和明刊較原始狀態的話本，大抵可以推測為由於元代「九儒十丐」的社會政策和中斷科舉的文化政策而浮沉市井的才人手筆。他們或錄瓦舍伎藝以備流佈，或採民間傳聞以供表演，在話本成為「本」中充當了關鍵角色。《白娘子永鎮雷峰塔》（《警世通言》第28卷）話本保留著這樣的話，「俺今日且說一個俊俏後生，只因遊玩西湖，遇著兩個婦人，直惹得幾處州城，鬧動了花街柳巷，有分教：才人把筆，編成一本風流話本。」這是才人借說話人之口聲明自己的著作權。書會才人是市井知識者，是半伎藝人，《武林舊事》第6卷把他們的書會與小說、演史、影戲、唱賺同列於「諸色伎藝人」的名目之下。也就是說，他們不是完全意義上的文人，他們把「說話」由口頭文學過渡到書面文學，卻未能在本質上提高話本藝術的審美層次。《楊溫攔路虎傳》話本透露，「才人有詩說得好：『求人須求大丈夫，濟人須濟急時無。渴時一點如甘露，醉後添杯不若無。』」這種世俗格言式的所謂「詩」是和瓦舍伎藝處在同一審美層次的。因此，書會才人對話本的參與是主動的，但在相當程度上是附庸性的。

真正給話本小說拓開一個新的境界，並以書面文學形式造成廣泛而深遠影響的，是中晚明文人的第三種形式的參與。這次參與是主動的、大規模的，而且在本質上提高了審美層次。明代嘉靖朝人洪楩編印的《六十家小說》，對早期話本作了相當規模的匯集保存工作，為其後的文人參與選輯修改提供了便利。從洪刻殘本，即今題《清平山堂話本》的粗糙訛誤之處著眼，這次編印並沒有多少文人精心參與的

痕跡。大約二三十年後的萬曆年間，又出現了熊龍峰刊行的話本小說。從今存的四種可以同《清平山堂話本》相參照的《馮伯玉風月相思小說》來看，它對原本作了一些文字訂正，對一些場面描寫偶而添改，使在場人物的言談舉止照應得略為周到妥帖，但其去取改削的程度是相當有限的。

論及《馮伯玉風月相思小說》，有必要反過來強調一點：文人虛構言情作品假如沒有經過民間文學的滲透或洗禮，容易帶上一種顧影自憐之態，於綺豔柔靡的風格中顯得境界狹小。這篇作品寫明代洪武年間馮伯玉被收養在臨安趙將軍家中，與其女兒雲瓊相戀相悅、遊宦分離、立功冊封而最終夭逝的思戀歷程，當是明初文人的擬話本。作者借這雙有情人的手大作情詩，使幾乎是一帆風順的戀愛變成了一場小心眼的精神磨難，見風是雨，忸怩作態，似乎帶點神經質。這種文人之作增加了心理描寫的深度，卻付出了人生視境的代價，因此馮夢龍編撰「三言」的時候把它刪落了。

話本和文人各自的優勢是互動互補的，缺一就會趨於鄙陋或平庸。話本啟示文人以開闊的人生視野和新鮮的敘事方式，文人彌補話本以精緻的美感和典範性的操作。在這種互補互動的文學存在形態中，比熊龍峰刊行小說晚出二十餘年的馮夢龍的「三言」取得了令人矚目的成功。「三言」的名目《喻世明言》《警世通言》《醒世恒言》，較之《六十家小說》的集名《雨窗》《長燈》《隨航》《欹枕》《解閒》《醒夢》，於娛情之餘增加了更多的世道人心的反省，追求著明哲、通達和恒遠，散發著哲理意味和人生感悟。作為編撰者的馮夢龍洞察歷代小說源流，認為「大抵唐人選言，入於文心；宋人通俗，諧於裏耳」。他推崇宋以後話本的感人之「捷且深」，但既然他對整個小說源流已有宏觀把握，便能超越宋元明話本自身的評價體系，借助唐人的「入於文心」反省宋人的「諧於裏耳」。因此，他在對宋元明話本的

選擇、修飾中，能夠站在高出曾經選入《玩江樓》的洪楩刊行小說以及曾經選入《雙魚墜記》的熊龍峰刊行小說的審美層面之上，指出「《玩江樓》、《雙魚墜記》等類，又皆鄙俚淺薄，齒牙弗馨焉」（《古今小說‧敘》）。這種統觀全盤，因而能博覽約取、厚積薄發的文人修養優勢，使馮夢龍這一流文人能夠富有成效地推進話本小說精緻化的進程，並最終達到典範化的境界。由於相當精緻的典範化話本小說的感召，作家創作有規矩繩墨可遵循，加上書商出版牟利的刺激，馮夢龍之後出現了凌濛初這樣的擬話本大家。20年間大約有20部作家個人的擬話本集問世，形成了一個頗為可觀的浪潮。又由於文人作家具有與市井說書人不同的文化素質和優勢，擬話本風潮持續一段時間之後，固有程序已不足以完全容納文人才情，因而出現了李漁的《無聲戲》《十二樓》以及艾衲居士的《豆棚閒話》一類走出話本的作品。

在話本和文人的互動互補的審美動力結構中，說話人的辯才和文人的文心構成雙向運行的兩極。而這份文心則經歷了走入話本，推動話本典範化，並最終走出話本的易位過程。本書的宗旨是探討易位過程中最為微妙的一段：推動話本典範化。

二　入話和正話的「有意味的錯位」

文人審美素質的介入，使話本小說體制減少了由於現場發揮而變化多端，又難免草率鄙俚的隨意性，從而逐漸形成了體制規整化及其意蘊內在化的審美特徵。對比《清平山堂話本》《熊龍峰刊行小說四種》和馮夢龍的「三言」，就不難發現，早期話本開頭的「入話」二字以及篇末的「話本說徹，權作收場」一類說話場上的套數被刪除了。而許多話本的「得勝頭回」被強化、拉長，沒有的也補寫上了。即是說，文人的參與，摒棄了話本小說屬於說話場套數的外在形式，

而強化了源於說話場卻更屬於書面文學的內在形式。這便形成了體制上相當規整的、以小故事牽引和闡發大故事的結構方式。這類乎我國古詩之所謂「葫蘆格」，即作詩用韻，前兩個韻腳用一韻，後四個韻腳用另一韻，形成「先二後四」、小大相繼的葫蘆狀，因此，這類話本體制也不妨稱為葫蘆格。

話本小說這類強化和規整化了的葫蘆格體制，把說書場上的程序轉化和提升為文學祭壇上的特種儀式。把入話故事作為說書場上等候聽眾的熱場手段，對於書面文學已屬多餘，但參與話本的文人不是刪節它，反而強化它、增補它，這就不能不令人設想，他們是想利用這種儀式激發「看官」的哲理思維。他們借助入話故事及其前置詩、後置詩證，引導讀者建立某種心理定式，並通過與讀者的議論對話，在把入話故事和正話故事進行正反順逆多種方式的牽合中，引發人們對人間生存形態的聯想和哲理反省。《清平山堂話本》之《柳耆卿詩酒玩江樓記》，被馮夢龍譏為「鄙俚淺薄」，收入《古今小說》第12卷改題為《眾名姬春風弔柳七》，已經作過一番點鐵成金的根本性修改。非常值得注意的是，原文中作為入話的那首「誰家柔女勝姮娥，行速香堦體態多」的甜俗肉麻的詩，即所謂「柳耆卿題美人詩」，被刪棄了，而換上的是取材於《北夢瑣言》第7卷《孟浩然以詩失意》的入話故事（「得勝頭回」）。入話故事的添換，反映了添換者較高雅的審美趣味和廣博的學識，更具本質意義的是改變或重構了整個話本的敘事焦點。它把兩種不同類型的文人，一個「白首臥松雲」的高士，一個出入秦樓楚館的風流才子，以不協調中求協調的方式牽合在一起。於人物類型反差度極大之間，飾選出「不才明主棄，多病故人疏」一詩以及「我不求人富貴，人須求我文章」一詞，並在其同樣觸犯龍顏，造成終生失意這個共同點上，建立了敘事焦點，在懷才與不遇這種荒謬的社會錯位中，傾瀉了江湖山野文人的閒雲野鶴和詩酒風流的

鬱悒情緒，及其對自身悲劇命運的不測感。

據史料記載，這種入話故事即所謂「得勝頭回」，乃是宋代說話人的一種程序。郎瑛《七修類稿》第22卷說：「小說起仁宗時，蓋時太平盛久，國家閒暇，日欲進一奇怪之事以娛之，故小說『得勝頭回』之後，即云話說趙宋某年。」不過，我懷疑初期話本的「得勝頭回」大體上是說話人等待聽眾的一種套數，並沒有後來經文人精心增寫改定之後那麼饒有深意。例如，《醉翁談錄》第1卷的《小說引子》便類乎話本的「得勝頭回」，卻注明「演史講經並可通用」，而且它結尾的兩首詩：「破盡詩書泣鬼神，發揚義士顯忠臣，試開夏玉敲金口，說與東西南北人。」「春濃花豔佳人膽，月黑風寒壯士心，講論只憑三寸舌，秤評天下淺和深。」其所謂憑三寸巧舌評說天下忠臣義士以及佳人膽、壯士心，足以涵蓋話本的主要題材，因而是具有「通用」性質的。不妨推想，由「通用」到「特用」是存在一個衍化過程的。

《清平山堂話本》除了《刎頸鴛鴦會》挪用唐人傳奇作為入話故事，因而造成入話、正話之間一文一白的文體不協調以及《欹枕集》中有一兩處不甚完整的入話故事之外，只有一篇《簡帖和尚》具有較完整、文體又較協調的入話故事，但這個入話故事並非舊本所有。考《也是園書目》，把《簡帖和尚》列為「宋人詞話」。篇中的正話寫東京汴州開封府棗槊巷居住的左班殿直皇甫松，被和尚以一封簡帖騙去妻子，最終又破案團圓。這種題材當是凝聚著南宋人思念舊京的情結，南宋初期的筆記如《夷堅志》《東京夢華錄》都不乏這種情結的表露。然而它的入話故事卻不是宋人所為，而是宋人演說《簡帖和尚》話本若干年後，至早由元人寫定的。因為入話故事本於《醉翁談錄》乙集第2卷《王氏詩回吳上舍》，吳仁叔（上舍）為元人，乃是一個元代故事。這番宋元締姻，已是直接或間接的文人參與了。而且兩個故事的接合處除了有兩句對句之外，還有一首七言八句的「入話

詩」，大概也是兩個不同時代的故事接榫時留下的痕跡。

名為《錯封書》的這個入話故事，是饒有意味的人間插曲。宇文綬屢試不第，為妻子王氏作詩詞嘲諷。後來，他一舉及第，滯留長安，收到王氏催歸的信後，覆函時卻誤封進一幅白紙，當夜夢見妻子啟封在白紙上寫了四句詩：「碧紗窗下啟緘封，一紙從頭徹底空。知爾欲歸情意切，相思盡在不言中。」次日收到妻子回函，果然就是這四句詩。作品把人物故作矜持而壓抑下來的潛意識中的思歸焦慮，通過夢境釋放出來，又在夢與真的匪夷所思的吻合中，巧妙地表達了夫婦間的心心感應。入話故事的添改者把「錯封書」反而增加夫妻間的理解的故事，和那個因第三者（和尚）的「錯下書」而引起家庭破裂的故事，進行反向組合，從而深化了一則「公案傳奇」的意蘊，令人致慨於家庭的幸與不幸，緣於夫婦間心的相知和隔膜。

正話和入話故事的組合，總不是那麼卯榫相應、渾然一體的，這就造成了某種「有意味的錯位」。錯位之所以有意味，就在於它以不同的時空、不同的人物形態、不同的敘事情調的錯綜，飽含著異常豐富的信息量，給人以自由聯想的開闊天地。這種錯位也許乍看給人稚拙生硬之感，但人的想像力和聯想力並不都是在藝術的圓轉自然之處觸發的，稚拙生硬的外觀有時能給想像力和聯想力的勃發提供更有效的觸媒。

《清平山堂話本》之《風月瑞仙亭》，是寫卓文君私奔到成都鬻酒，又因司馬相如的賦為皇上賞識而發跡的一篇獨立話本。移入《警世通言》第6卷《俞仲舉題詩遇上皇》，卻變成了入話故事。儘管入話、正話都宣洩著歷代文人憑藉文字遭際而平步青雲的榮華夢魘，但二者的敘事情調是具有巨大的差異的。司馬相如文名遠播，為一代雄主賞識，乃是一幕正劇。俞仲舉科考失敗，落魄於臨安街頭，題詩酒樓以發洩胸間憤懣。只因南宋高宗傳位孝宗，當了太上皇，不甘於

「樹老招風，人老招賤」的冷遇，看到俞仲舉的題壁詩詞之後，強使兒子授他為成都太守，這無疑是一幕鬧劇。話本小說通過正劇和鬧劇的悖謬對接，令人感慨多端地展示了文人世界榮辱浮沉的命運感。也許進行這番對接，寄託著對接者蹭蹬場屋之後依稀猶存的「若使文章皆遇主，功名遲早又何妨」的夢幻，但是話本小說亦莊亦諧的敘事情調錯綜本身，已形成了對這種夢幻的反諷。因此，由說話人和文人共同創造並趨於典範化的話本小說「葫蘆格」敘事方式，乃是一種具有豐富的哲理意味和比興意味的敘事學儀式，它使我國以平易曉暢、「諧於里耳」著稱的話本文學的意蘊別具一格地深邃化了。

三　由俗趨雅和敘事焦點盲點的調整

以馮夢龍「三言」為代表的文人對話本小說發展的積極參與，乃是對宋元話本的一度深加工。這番加工幾乎達到了脫胎換骨、點鐵成金的深度，以致相形之下，舊版話本及其結集再也不能聊充完美的文體傳世而逐漸軼散。這就令人不能不注意到，文人參與不是僅僅局限於說話人審美層面的文字修補，而是超越說話人審美層面而深入敘事肌理的精心改造。許多文字修改，實際上觸及了話本小說的敘事意向、情趣，甚至敘事視角和心理深度。即是說，許多改動乃是文人借用說話人的辯才談風，來涵容自己的主體意識和文化修養，從而推進了敘事形態由俗入雅，形成審美精緻化和典範化的新文本。

深入敘事肌理的改動，刪除了早期話本所固有的說話人的市井野性和不時可見的顛倒錯亂的敘事風格，而滲入了文人的儒雅風流的敘事意向和典重蘊藉的風格。這也許就是笑化主人《今古奇觀》序中講到的，馮夢龍「三言」有「曲終奏雅，歸於厚俗」的趣味。只需把宋元話本和經過改動而收入「三言」中的新文本相比較，就不難發現這

兩種畸俗畸雅的敘事形態之間非常有趣的差異。《清平山堂話本》之《風月瑞仙亭》重在寫「風月」二字，於大膽描摹之間散發著市井野趣。司馬相如月夜在瑞仙亭上彈《鳳求凰》琴曲，挑逗卓文君來相會，他迎接道：「小生聞小姐之名久矣，自愧緣慳分淺，不能一見。恨無磨勒盜紅綃之方，每起韓壽偷香竊玉之意。」用語在咬文嚼字之間顯得相當大膽，主人公開口就把這番幽期密會稱為「偷盜」女人。磨勒盜紅綃，是唐代裴鉶《傳奇·崑崙奴》中的故事；韓壽逾牆與賈充女相通，見於《世說新語·惑溺》篇。西漢才子援引六朝和唐代的「典故」，這是說話人漫不經心、隨手拈來的時代錯亂。《警世通言》採用這篇話本時把它刪落，改為「小生夢想花容，何期光降」這樣乍驚乍喜的含蓄謹慎的話語了。

還有一處改動更能顯示兩種敘事形態的差別。原本寫司馬相如說：「小姐不嫌寒儒鄙陋，欲就枕席之歡。」卓文君略為告誡他不要「久後忘恩」，兩人就在瑞仙亭上「倒鳳顛鸞，頃刻雲收雨散」了。《警世通言》的新文本，則改為司馬相如欲求枕席之歡，受到卓文君的婉拒：「妾欲奉終身箕帚。豈在一時歡愛乎？」隨即兩人商量私奔的計劃。這樣改動，也許更符合一位富家閨秀的身份。更重要的是它顯示了兩個文本的不同敘事形態：說話人的話本較重肉感刺激，帶有民間野性和直率；文人改動後的話本小說較重詩情昇華，帶有詩書香氣和委婉。

兩種敘事形態的轉換是有得有失的，從審美的角度（而不是從文獻的角度）看當是得大於失，它推動了敘事的規範、完整、繁複和深化，早期話本的隨意、淺陋和粗糙被大為改觀了。熊龍峰刊行的《蘇長公章臺柳傳》，把唐代著名傳奇《柳氏傳》中韓翊和章臺柳的亂世姻緣轉接在宋代臨安太守蘇軾的身上，其移花接木、錯亂時代的敘事手段是非常獨特的。但其間少了一點唐傳奇的亂世沉鬱，而多了一點太

平時世的未免輕薄的風流。它不能入選於明代文人的話本小說合集，不外是因為這種張冠李戴的大幽默不能得到較典雅的文人的賞識。

《清平山堂話本》之《五戒禪師私紅蓮記》也寫到有關蘇軾的逸聞，並且沿用了《蘇長公章臺柳傳》中關於王安石尋了一件蘇軾的「風流罪過」，作為把他貶去黃州安置的話柄。這也許是宋代說話人把複雜的黨爭加以風月化的慣用手法，但已為把此篇編入《古今小說》第30卷題為《明悟禪師趕五戒》的明代文人所不取。舊文本中採取聚高僧與色相於一篋的悖謬敘事結構，描寫淨慈孝光禪寺的住持僧五戒禪師姦污撿回撫養的少女紅蓮，為師弟明悟禪師點破而坐化。這段情節在新文本中沒有多少改動，因為馮夢龍的《笑府》嘲笑醫生殺人、和尚貪色、教師無文、新娘子富有床笫經驗，也是崇尚這種悖謬的喜劇意味的。

然而當情節敷衍到五戒禪師投胎為蘇軾，明悟禪師也隨之坐化，託生為佛印之後，小說文本便出現了根本性改動和敘事形態的變化。舊本也許只是給說話人提供一個演說提綱，除了佛印以四句詩謁見蘇軾還有點戲劇性之外，其餘情節都只是粗陳梗概。新文本則把這千字篇幅擴充為四千餘字了，不僅補寫了蘇軾、佛印是同窗密友，而且在交代佛印出家的緣由時，添寫了一個動機和結果相錯位、相悖謬的喜劇性插曲。蘇軾邀佛印來京應考，適值仁宗皇帝修黃羅大醮祈雨，便讓佛印打扮成大相國寺僧人入內庭觀看法事，卻被仁宗看中，欽度為僧，做了大相國寺住持。蘇軾心存歉意，只好耐著性子聽他說佛，「把個毀僧謗佛的蘇學士，變做了護法敬僧的蘇子瞻了」。這就在陰差陽錯、事與願違一類情節調侃之中，輕鬆自如地把人物心靈軌跡間的分分合合寫得相當清晰和綿密了。

寫得更具心理深度的是蘇軾獄中的夢。蘇軾被王安石門生誣陷下獄，問成死罪，遂作頌愚詩以自嘲，悔不聽從佛印棄官修行的勸告。

於焦慮絕望之際，夢見佛印邀他去孝光禪寺看「紅蓮」，卻有一個似曾相識的女子求他題詩，還抱住他哀告：「學士休得忘恩負義」當夜佛印也作了同樣的夢。在蘇軾遇赦去黃州的途中，兩人結伴遊孝光禪寺，路徑門戶一如夢中，蘇軾在夢中為紅蓮所題的詩，也與五戒禪師的《辭世頌》詩意相合。這是全部話本小說中寫得最有特色的夢境之一。今生夢見前生，夢境印證真境，充滿著宗教神秘主義的哲理意味，從而把人物在生存困境中對佛教的心理體悟寫得非常深刻。舊話本從頭到尾都稱蘇軾為「學士」，隱喻著市井民眾對一代文豪的崇敬，新文本在蘇軾屢遭貶謫之後改稱「東坡」，流露了落拓文人的親切感。這種稱謂的變化，體現了文人改寫者的主體情感的投入，把東坡奇夢寫得如此富有神韻也是理所當然了。

改寫者主體情感的投入，引起了話本小說敘事焦點的轉移和置換。轉移和置換焦點的過程，融入了文人的情思雅興，從而使一些「齒牙弗馨」之作，「顛倒成了風流佳話」，其中顯著的例子是《柳耆卿詩酒玩江樓記》的大幅度改動。原文的敘事焦點如篇題所示，在玩江樓。柳永在餘杭縣宰任上築玩江樓，召歌伎周月仙唱曲侑酒，想霸佔她而遭到拒絕。打聽到她每夜乘船去會情人黃員外，遂令船夫把她姦污，再於玩江樓酒席間吟出她被姦污後所作的愧恨詩，使她無地自容而委身柳永。話本修改為《古今小說》第12卷的《眾名姬春風弔柳七》，其間的人物關係來了個大顛倒：周月仙幽會的是黃秀才，設計姦污她的是劉二員外，縣宰柳永卻出資為月仙除了樂籍，與黃秀才結成夫婦。這是市井趣味向文人趣味的轉變，前者從市井角度看文人，風流可以和品行錯位；後者從文人角度看文人，風流必須和道德相稱。而且，這段情節已成了人物風流行為的小插曲，不再處於敘事焦點的位置了。

新的敘事焦點也如篇名所示，是「弔柳七」或「上風流冢」，也

就是眾名姬與柳永之間的一派風流真情。柳永雖然「朝朝楚館，夜夜秦樓」，與京師名妓陳師師、趙香香、徐冬冬往來甚密，但也許他真正視為天涯知己的，唯謝玉英一人。在這個遠離京師千里的名姬雅室裏，他發現了桌上一冊《柳七新詞》，而且聽到了「妾平昔甚愛其詞，每聽人傳誦，輒手錄成帙」「他描情寫景，字字逼真」一類知音之言。因此，當柳永在餘杭三年任滿，重過江州訪謝玉英未遇時，還作詞懷念她「雅格奇容天與」，懷念那「見說蘭臺宋玉，多才多藝詞賦」的一幕。謝玉英讀了這首詞，即到京師與柳永團聚，在他死後又以身殉情。柳永和這位才色雙絕的名姬之間那一絲知音真情，便成為新文本的敘事焦點。

焦點是與反焦點同在的。柳、謝真情以及柳永對周月仙的俠情之間的關係，是一主一陪的焦點和非焦點的關係。柳永與名姬的風流忘情以及達官顯宦對柳永的銜恨忌刻之間的關係，則是一正一反的焦點和反焦點的關係。這一正一反，即所謂「可笑紛紛縉紳輩，憐才不及眾紅裙」。宰相呂夷簡求柳永寫祝壽詞，柳永寫了一首《千秋歲》之後又附了一首《西江月》：「我不求人富貴，人須求我文章。風流才子占詞場，真是白衣卿相。」呂便在仁宗面前貶抑他「恃才高傲」「留連妓館」，唆使仁宗御筆批他「任作白衣卿相，風前月下填詞」，不再錄用。自此柳永也以「奉旨填詞柳三變」自況。《眾名姬春風弔柳七》便是在改去原話本的「鄙陋淺薄，齒牙弗馨」之處，重造了敘事肌理，使敘事焦點的正、非、反互動互參而形成新的審美生命。

高手敘事，既要善於強化敘事焦點，又要善於控制敘事盲點。盲點是限制敘事角度而形成的，一些突發事件是書中當事人不知緣由的，敘事者特意保留這類盲點，可以造成一些懸念、疑惑和神秘感，增濃行文的審美酵素。《清平山堂話本》之《陳巡檢梅嶺失妻記》，被改編為《古今小說》第20卷《陳從善梅嶺失渾家》，其改動不算太

大，但一些微妙的變化卻涉及敘事盲點的設置。陳從善攜帶妻子張如春到廣東南雄赴任，被化為梅嶺店家的猴精申公攝走妻室。在月夜荒郊中，陳從善不可能知道禍從何來，但原文寫道：「巡檢知是申公妖法化作客店，攝了我妻去。自從古至今，不見聞此異事。」這就把作者所知，不顧情境地誤認為人物所知。於是新文本改為：「陳巡檢尋思：『不知是何妖法化作客店，攝了我妻去？從古至今，不見聞此異事。』」陳述句變作疑問句，知變做不知，正是為了保留敘事盲點，更可以寫出人物的驚惶迷惑。當文人切入話本敘事的肌理時，他精細地安排人物的知點和盲點以及盲點轉化為知點的順序，這就使得敘事過程更加綿密周到，而且增強了其真實感。

四　韻散交錯的精緻化和審美濃度的增加

　　韻散交錯，一向被視為話本小說顯著的敘事特徵。把詩詞駢文和樂曲插入散文敘事之中，是說話人對小說文體的重大創造，它可以發揮單一文體所難以起到的作用：其一，調節敘事節奏和聲情，以招徠和吸引聽眾。其二，醒目悅耳，對相關的情節加以強調。其三，中斷敘事時間順序，引發聽者的思考和聯想。其四，使用格言箴語，宣講世俗哲理。因此，這種韻散交錯的文體構成，是與話本小說娛樂性和勸誡性的雙重敘事意向相適應的，它為嗣後的文人改定和擬作話本所沿用。然而文人參與話本，也對韻散交錯的文體作了一番深加工，把詩詞駢文加以簡約化和精緻化，並把敘事注意力由熱鬧的表面渲染不同程度地轉向深刻的內在發掘之上。即是說，這種文體變動，促使火暴熱烈趨於神韻深沉了。

　　熱鬧火暴，本是瓦舍伎藝所需。話本演說要在能夠容納千百聽眾的瓦舍勾欄中「作場」，與百戲伎藝爭一日之長，就不能不增加說唱

表演的強度，以聲情助其舌辯，這是早期話本詩詞駢文格外多的一個原因。《清平山堂話本》之《刎頸鴛鴦會》寫杭州府淫蕩女子蔣淑貞兩番出嫁，三度通姦，殘害數條人命，招致殺身之禍的故事，頗有點明人小說以色勸色、以淫勸淫的自為悖謬的流風。其入話有一詩一詞，煞尾有一詞一對句，正話中間插以10篇《商調醋葫蘆》小令，而且前面都有「奉勞歌伴，先聽格律，後聽蕪詞」或「奉勞歌伴，再和前聲」的引子，大概在演講話本的過程中有伴奏伴歌者。這正是說話人與百戲伎藝爭奪聽者的套數。

　　瓦舍說話用詩，崇尚平易俗白。《快嘴李翠蓮記》以家常話入詩，自然流動，散發著生活味和幽默感。《張子房慕道記》則多了一點人際的悲涼，人物為了避開韓信等人功高得禍的覆轍，棄官入山修道。但是人物在皇帝面前出口成詩，詞鋒外露，有悖一個避禍者的口吻，大概也不能排除說話人照顧聽眾的成分。在瓦舍百藝競長的場合，各種藝術形式相互滲透、相互借用，乃是一種常例，小說戲劇以及詩話、詞話相互間的界限並不那麼分明。這既可以產生邊緣藝術或雜交藝術，又能使話本的表演手段豐富多彩，話本多詩、韻散交錯乃是環境使然。

　　然而文人的參與使敘事基調發生了變化，話本小說從瓦舍走向案頭，火暴俗白的聲響效果的追求，勢必逐漸讓位於神韻滋味。像《柳耆卿詩酒玩江樓》中柳永在金陵玩江樓上，把李後主的「春花秋月何時了」作為自己的題壁之作的張冠李戴的常識性笑話已經不允許出現了。《欹枕集》之《死生交范張雞黍》的粗直簡捷的煞尾詩「義重張伯元，恩深範巨卿」，也在《古今小說》第16卷《范巨卿雞黍死生交》中，被改寫成委婉而有情致的《踏莎行》詞，供人吟詠那一派「月暗燈昏，淚痕如線」「黃泉一笑重相見」的生死交情了。

　　在韻散交錯文體的精緻化過程中，改寫者相當注意詩詞的格律、

意象和錘字鍊句，以解除讀者認為話本詩詞粗率鄙俚的心理障礙，進入較為精妙和諧的欣賞心境。《五戒禪師私紅蓮記》寫長老姦淫紅蓮而毀了多年清行之後，明悟禪師請他去賞蓮吟詩。這本是寫得極有禪趣的片斷，可惜兩人的絕句都有失黏和失對之疵。五戒禪師的絕句：「一枝菡萏瓣兒張，相伴蜀葵花正芳。紅榴似火復如錦，不如翠蓋芰荷香。」《古今小說》把尾聯改為「似火石榴雖可愛，爭如翠蓋芰荷香？」不僅解決了格律上失黏失對的問題，而且使文氣在轉折和反問中多了一點婉曲跌宕。明悟禪師的絕句是：「春來桃杏柳舒張，千花萬蕊鬥分芳。夏賞芰荷真可愛，紅蓮爭似白蓮香？」前聯平仄失對，並引起後聯失黏，於是《古今小說》把前聯改為：「春來桃杏盡舒張，萬蕊千花鬥豔芳。」在解決格律之餘，順手把第一句的桃、杏、柳三個意象過度堆疊的問題也解決了，並且在第二句中以「豔」字代替「分（芬）」字，也把俗花的妖冶顯現出來了。值得注意的是，以意象或典故的堆砌來顯示火暴熱烈，乃是早期話本的一種慣技。而其中常見的濃豔堆疊，也許是半伎藝人的書會先生借詩炫才而不夠圓熟的產物。後來的文人改寫者去其生硬而趨於圓熟，去其堆砌而歸於淡遠，乃是為了引導讀者與書中人物進行心靈的對話。

　　既然說書場上倚重聲響，案頭講究雅趣，那麼話本小說由說書場走向案頭，在把一些粗糙的詩詞改得精緻的同時，也把一些蕪雜的、無關宏旨的詩詞痛加刪削。這應該看做適應小說由說書場走向案頭的環境變化，而對敘事形態和韻散交錯的文體功能做出的必要調整。

　　當然，話本由說書場走向案頭，重要的還在於提高整個話本的敘事品質。或者說，韻文的刪削必須以敘事品質的提高來補償。《雨窗集》之《錯認屍》原文對敘事觀點的頻繁調動，是很有特色的。喬彥傑外出營商，宿妓不歸，幫工董小二與他的妾周氏私通，後來又姦污他的女兒玉秀。妻子高氏為了遮掩家醜，與周氏一道把董小二殺死，

讓長工洪三把屍體沉到河中。屍體浮起後，被一個皮匠的妻子誤認為失蹤的丈夫，無賴王酒酒看破底細，遂向高氏訛詐，挨了一頓臭罵後告到官府。其後，話本從七個當事人和非當事人的視點，重述了這椿案情。王酒酒借告發來洩憤，斷言喬家三個女人都和董小二有姦情。洪三酷刑成招，只講了事情的前段和後段，不知董小二被殺的經過，也帶有個人感情地認為殺了董小二是「袪除了一害」。玉秀辯解自己是被調戲和騙姦，對小二的死亡並不知道。三個人都以各自不同的認知角度和情感傾向，賦予這椿公案以各異的描述方式。而高氏和周氏是認知角度最少限制的二人，話本為了避免敘述的累贅，以她們「抵賴不過，從頭招認」一筆帶過了。在這五個人的敘事視點上，重述聚焦的繁簡虛實，都是經過斟酌的。

由《錯認屍》改為《警世通言》第23卷《喬彥傑一妾破家》，重要的修改發生在另兩個人的重述上。喬彥傑兩年後財盡返鄉，船戶向他講述他的家庭變故，有些地方講得音影模糊，卻特別提到皮匠婦人錯認屍，又有人認出是他家雇工的屍首，告到官府。新文本把「錯認屍」這段重述刪掉了，因為他家對門的古董店主人還要把這番家庭變故告訴他，其他事情盡可以用「如此如此」幾個字代替，唯獨街頭巷尾的人際恩仇不可省略。因此，皮匠婦人錯認屍和王酒酒首告的關節，不能不從這位街鄰的嘴中說出來了。可見，這兩處改動雖然不大，卻改得非常精當巧妙，把城外船戶的道聽塗說進一步虛化，有意留下一片視點空白，以便對門店家的重述能有觀照和照應，不是獨具匠心是做不到這一點的。新文本在喬彥傑跳湖自盡之後，添寫了他的冤魂附在王酒酒的身上，讓王酒酒自數毀人家室的罪孽之後，也沉湖而死。雖含因果報應的味道，但這怪異之筆有若奇峰突起，也增加了全文的敘事分量。

話本小說中韻文和散文分量的增減伸縮，只是一種手段，要旨在

於增加作品的審美濃度。從《雨窗集》之《戒指兒記》修改為《古今小說》第4卷《閒雲庵阮三償冤債》，其間韻散交錯文體的變動，多圍繞著突出敘事焦點，或增強聚焦的強度，從而使這幕門閥婚姻規範壓抑下的男女愛情故事擁有了更為強烈的悲劇力量。這個話本修改得最具藝術神采的地方，乃是韻散兩種文體雙管齊下，充分發掘作為聚焦意象的「戒指兒」的審美功能。玉蘭讓丫鬟把一枚金鑲寶石戒指兒交給阮三作信物引他進來，未及交談，即被太尉歸府撞散。新文本補寫一些文字，寫阮三「把那戒指兒緊緊的戴在左手指上」，朝思暮想，得了沉重的相思病。其後，這枚戒指兒由朋友轉到閒雲庵尼姑手中，再由尼姑以之為證物，設計把玉蘭引到庵中與阮三相會，在顛鸞倒鳳中致使久病的阮三陽脫喪命。事前，尼姑與玉蘭是避開父母耳目，在廁所商量的。新文本加了「背地商量無好話，私房計較有姦情」的對句進行評議。

> 尼姑一頭說話，一頭去拿粗紙，故意露出手指上那個寶石嵌的金戒指來。小姐見了大驚，便問道：「這個戒指那裏來的？」尼姑道：「兩個月前，有個俊雅的小官人進庵，看妝觀音聖像，手中褪下這個戒指兒來，帶在菩薩手指上。……被我再三嚴問，〔他道：『只要你替我訪得這戒指的對兒，我自有話說。』〕小姐見說了〔意中之事，〕滿臉通紅。……〔小姐道：「奴家有個戒指，與他倒是一對。」說罷連忙開了妝盒，取出個嵌寶戒指，遞與尼姑。尼姑將兩個戒指比看，果然無異，笑將起來。小姐說：「你笑什麼？」尼姑道：「我笑這個小官人，癡癡的只要尋這戒指的對兒；如今對到尋著了，不知有何話說？」〕

　　上述括弧中那些話，是修改成新文本時添加上去的。戒指兒成了打開心靈的鑰匙和溝通心曲的管道，談話並沒有直露地點破陳、阮愛情，又處處暗示著二人愛情的熱烈。亦驚亦喜，亦羞亦笑，談話者心照不宣，卻語語充滿弦外之音，從而把「戒指兒」這個聚焦意象作為愛情象徵的功能，極大限度地發揮出來了。這種韻散交錯的文體變動，往往於一塗一抹、一添一改之中，閃爍著文人改寫者富有才華的重新創造。

五　偽書《京本通俗小說》和宋元話本的敘事方式

　　現在有必要談一談在版本真偽上聚訟紛紜的《京本通俗小說》了。繆荃孫1915年刊行此書時附有跋語，說他避難滬上，「聞親串妝奩中有舊抄本，類乎評話」「搜得四冊，破爛磨滅，的是影元寫本」。但它最大的漏洞是其中的《馮玉梅團圓》，它的本事來自《說郛》第37卷所錄宋人王明清的《摭青雜說》，女主人公是呂忠翊之女，並不姓馮。因此，只可能是《京本通俗小說》把《警世通言》第12卷《范鰍兒雙鏡重圓》中的呂氏之女順哥，改名為馮玉梅，而不可能是《警世通言》按照宋人筆記把「宋本」的馮玉梅改成「呂順哥」，更不用說前人已指出，它的入話詞「簾卷水西樓」是元末明初瞿祐的作品（孫楷第：《中國短篇白話小說的發展》，滄州集，中華書局1965年版），不可能在宋元舊本中被採用了。而且《京本通俗小說》中的作品，無論文本體制、敘事形態或韻散交錯的文體形式，都與馮夢龍「三言」中的作品幾乎毫無二致，屬於已經文人深度加工的典範性敘事形態。它與「三言」之間的文體距離，還比不上僅比「三言」早刊行二十餘年的熊龍峰刊本的可資比較的話本。這只能說明，《京本通俗小說》是根據前人書目著錄和「三言」標示的宋本小說，加以謄錄

匯集，並把其間的「故宋朝」「南宋」這類明顯不是宋人口吻的詞語，還原為「我朝」「我宋」而已。因此，不妨把《京本通俗小說》中的作品看成宋明合璧，看成宋代說話人、元代書會才人和明代文人改寫者在幾個世紀間的共同創造，進而深入地分析其敘事模式和審美奧秘。

前面論及，韻散交錯的敘事文體在由說書場走向案頭的過程中，在外在形式上發生了增減損益的變動。那麼，這種變動趨於典範化之後，又產生了何種內在審美效應？集中地說，這種審美效應在於以散文和韻文的交替使用，有效地控制讀者的審美心理節律和審美心理距離，從而產生一種間離效果。散文敘事是一種常態，夾進詩詞就出現了異態，二者交錯便是常態、異態並陳，在散文化敘事中間插著歌劇化（或詩劇化）的吟詠，使讀者審美心理在時而沉靜、時而亢奮中實現聯想的跳躍。

《碾玉觀音》的開篇不是一個入話故事，而是一套入話詩。如果說它與正話故事組成的還算是「葫蘆格」結構，那就是詩化「葫蘆格」。它首先按時序羅列了三首描寫孟春、仲春、季春景致的詞，然後凝止時序，對人類心理上的悼春歸情結，進行多角度的詠歎和詮釋。它援引王荊公、蘇東坡的詩，指證是東風或春雨「斷送春歸去」，又援引秦少游、邵堯夫的詩，宣稱「柳絮飄將春色去」，或「蝴蝶采將春色去」，隨之平列曾公亮、朱希真、蘇小妹（《警世通言》第8卷作「蘇小小」）的詩，說是黃鶯或杜鵑「啼得春歸去」，或是「燕子銜將春歸去」在言人人殊、莫衷一是的時候，最終歸結到嚴岩叟的詞，悲涼地歎息「是九十日春光已過，春歸去」。如此旁徵博引且富有層次感的詩序列，不外乎出於文人的遊戲筆墨。它自然和正話故事有某些聯繫，如女主人公璩秀秀是咸安郡王遊春時看中並收入府內為刺繡的；碾玉工匠崔寧和她一同逃離王府，也是在一次遊春之後，王

府失火之時。但是這種入話、正話聯繫是鬆散稀薄的，是被虛化和詩化了的。它讓讀者在接觸一對至性至情的平民男女生死不渝的、亦有人味亦有鬼趣的悲劇姻緣之前，先推開浩渺迷茫的審美心理距離，與宋代的詩人詞客進行一番超越時空的、關於花殘鶯老春歸去的心靈對話。它聚集不同時空中的詩人於一箋，讓他們進行別開生面地駁難，充滿妙悟地揭示了對同一自然景象作出多種心理感受的可能性，使讀者在人人對話、人天對話中浮現出清虛空曠的心靈境界。

　　同樣採用入話詩詞序列的，還有《西山一窟鬼》。該篇寫落第士人與女鬼的姻緣，在當時名氣之盛，竟使得一些茶肆以它作招牌。女鬼與愛情，是古典短篇小說最常見的題材之一，它溝通幽明而打破人間倫理阻隔，以怪異之筆寫盡世間男女真性情。只不過《一窟鬼》又安了一條癲道人做法捉鬼的尾巴，也屬宋以後小說中常見的帶道學味的結構。其間寫人情鬼趣相當細膩逼真，令人如臨其境，又不時插入韻語對句，暗示隱伏著的危機，使人警覺地退回旁觀者的位置，以進行理性的審視和思考。行文採取韻散交錯的文體，操縱著讀者忽近忽遠的審美心理距離，操縱著臨境效果和間離效果的相互交替。吳洪到臨安赴考，插了一個對句「一舉首登龍虎榜，十年身到鳳凰池」，結果卻是「時運未至，一舉不中」。吳洪當了學堂教授後娶得鬼婦李樂娘，加上駢語「雲淡淡天邊鸞鳳，水沉沉交頸鴛鴦。寫成今世不休書，結下來生雙縮帶」，結果卻是一路見鬼，膽戰心驚。清明節朋友邀他去西山花園喝酒，夜歸遇雨，到一竹門樓躲避，行文於此插入預示危機的對句：「豬羊走入屠宰家，一腳腳來尋死路。」其後便是一連串怪象：看見野墓中跳出鬼物；逃入山神廟躲避，又有鬼妻鬼婢敲門；下嶺逃入酒店，酒店又化作墓堆子。最後癲道人派遣神將捉鬼，平地刮起一陣風，但見：「無形無影透人懷，二月桃花被綽開。就地撮將黃葉去，入山推出白雲來。」這些詩篇、對句、駢語，攔腰截斷

敘事的時序，把讀者從身臨其境的狀態中超拔出來，進入理性反省的心理層面，或從其韻散對接錯位中咀嚼反諷意味，或在其預示危機時激發某種憂慮的期待。即是說，韻散交錯的文體造成了逼真感和陌生感交互對比的審美張力，使讀者獲得了時而沉浸於其間，時而超脫於其上的審美娛悅。

話本小說追求「今古奇觀」的展示，因而常常採用顛倒悖謬的敘事模式，以顛倒悖謬來製造「奇觀」效應。《志誠張主管》中白髮紅顏之婚，《菩薩蠻》中有德行的和尚受了犯色戒之誣，還有《雨窗集》的《花燈轎蓮女成佛記》寫婚慶花轎內少女坐化成佛，無不在常規和異軌、人物和環境錯位如此等的每相反、偶相成的悖謬模式中，刺激著讀者歎為不可思議的驚奇心理。就以《志誠張主管》而言，行文用各種手段強化悖謬感。東京開封府開線鋪的張士廉員外「年逾六旬，鬚髮皤然，只因不服老，兀自貪色」，托媒人瞞過一二十歲年紀，娶了王招宣府失寵的小夫人。兩人拜堂時，行文為了加強這種白髮紅顏婚姻的悖謬感，特地以一則駢文描繪小夫人青春豔冶的容貌，從而放大了張員外鬚眉皓白和小夫人「人才十分足色」之間的反差，使日後小夫人的異心成為對「媒人誤我」的心理反撥。接著，行文又設置第二個悖謬策略：孤男對怨女的苦苦糾纏，堅拒不沾。小夫人私贈財物給年輕的鋪面主管張勝，引起他辭職避嫌。其後，小夫人盜了王招宣府一百單八顆「顆顆大如雞豆子，明光燦爛」的數珠，自盡化鬼投奔張勝。行文專門寫了一首詩強調財色誘惑的力量：「橫財紅粉歌樓酒，誰為三般事不迷？」這類著力渲染，也給「小夫人屢次來纏張勝，張勝心堅似鐵，只以主母相待，並不及亂。」這種超出常情的行為，造成敘事模式上的悖謬感。不少話本小說便是在這種以悖謬求驚奇的敘事模式中，完成了令人亦喜亦愕的藝術生命體制的。

「無巧不成書」，也是話本小說最常見的一種敘事模式。它在以

曲折離奇的情節刺激讀者亦驚亦喜的快感的同時，透視了或隱喻著人心叵測的生存危機感和世事浮沉的命運撥弄感。在一定意義上可以說，它以喜劇性的輕鬆描寫悲劇性的沉重，是一種深知世故三昧的表現方式。

巧合是作者在情節多種發展的可能中，作出高度隨機性的選擇。《錯斬崔寧》收入《醒世恒言》第33卷，取題《十五貫戲言成巧禍》，就是由於它在多種可能的情節發展中所作出的選擇非常機巧。事情的起因是相當微末的：劉貴得丈人資助十五貫錢開店，乘著酒意戲說這是典賣小娘子的身價。小小的起因卻釀成三條人命的大禍，因果之間大小不稱的悖謬全在於一連串中間環節的巧合：小娘子離家時只把門拽上，當夜恰好有賊人入門偷錢，劈死劉貴；小娘子次晨回娘家討主意，半路上恰好遇上賣絲得錢十五貫的崔寧，與她結伴同行；兩人被告到官府，恰好遇上問官糊塗，重刑逼供，率意斷獄，斷送兩條無辜生命。三樣巧合，缺一難成奇禍；在不可盡數的種種可能性中竟然三項巧合聚頭，這就令人不能不感慨於命運捉弄人。巧合過分而產生的神秘感還在於其後大娘子被靜山大王劫為壓寨夫人。他改行從善後，竟向大娘子懺悔他若干年前盜劫十五貫的罪孽，導致自己的頭顱獻上劉貴、小娘子和崔寧的祭臺。這項巧合的隱性邏輯是因果報應，它已經成為混合著神秘感和道德感的宗教邏輯了。由此可知，文人參與話本小說發展，與同時代的正統文人參與王綱建設有明顯的區別，他們不是闡明道統，而是把儒學倫理世態化，並以佛道幻想作為世俗道德的神秘的心理力量。因此，他們在促進話本小說敘事形態典範化的同時，也顯示了自己不同於正統文人的另一種文人精神形態。

西遊記：中國神話文化的大器晚成

一 「三教歸心」的精神紐結和超宗教自由心態

這個民族厚德載物的器量和品性，使整個文化思潮在宋元，尤其是明中葉以後，趨向儒、佛、道三教歸一。三個在淵源、本質、地位、命運上互異的宗教流派，於爭執正統和教理互借之中，都在「心」字上大做文章，都講究性命之學，並認為心性問題是三教的「共同之源」。這種排除華夷之辨、正統異端之爭的多教共源論，實在是西方世界歷盡宗教戰爭之苦難的人們所難以想像的。而當我們從文化的角度探討《西遊記》之時，是絕不應忽視這種民族器量和思潮流向的。

三教互滲而殊途同歸地探討心性，實際上反映了一種疏離煩瑣教理和辭章考據，返回主體本性，而又以這種主體本性去契合天地玄秘的內在要求。它依然是一種天人合一論，只不過是以「心」為中心的天人合一論。最早反映這種文化潮流的趨向的，是禪宗六祖慧能的《壇經》以及他的兩首「得法偈」：「菩提本無樹，明鏡亦非臺，佛性常清淨，何處有塵埃。」「心是菩提樹，身為明鏡臺，明鏡本清淨，何處染塵埃。」他是從「即心是佛」的角度來契合中國人的天人合一的宇宙觀的，所以說，他把佛教深度地中國化了。明代大儒王陽明把自己的心學體系歸結為「四句教」：「無善無惡是心之體，有善有惡是意之功，知善知惡是良知，為善去惡是格物。」他是以「致良知」這

個心學精蘊，去闡釋著和實踐著孟子之所謂「盡其心者知其性也，知其性則知天矣」的古訓的。

在禪宗和心學兩股潮流的刺激下，道教也以心性修煉，去叩擊「眾妙之門」。明代的道教，以正一、全真二派為盛。全真派不必說，講究內丹命術，因而多言心性；受明代皇室扶植的正一派是個符籙派，拿手把戲是建醮設齋、扶乩降仙。他們的首領明初的正一天師為本派辯解道：「近世以禪為性宗，道為命宗，全真為性命雙修，正一則唯習科教。孰知學道之本，非性命二事而何？雖科教之設，亦惟性命之學而已。」張宇初：《道門十規》值得注意的是，全真教在創教伊始的金代，便主張「心中端正莫生邪，三教搜來做一家」，把《孝經》《心經》和《道德經》作為其徒眾的諷誦經典。這一點，只要比較一下唐玄宗主張「三教並列」時，自注《孝經》《道德經》和《金剛經》頒佈天下，就可以明白它以《心經》取代《金剛經》，適可成為「三教歸一」實際上是「三教歸心」這股潮流的極好象徵了。

這種三教歸一，藉發掘自我的生命根性去體悟天地玄奧的真諦的文化思路，也是《西遊記》作者汲取當時的文化思潮而創造神話世界的基本思路。由於這部神話小說是以唐僧取經作為貫穿線索的，行文間對佛教的襃揚似乎多於道教。不過在車遲國與虎力大仙等的鬥法中，貶抑的是道教的符籙派，在比丘國識破白鹿精以1111個小孩心肝做海外秘方的藥引，貶抑的是道教的外丹派。對於主張性命雙修的內丹派，作者反而是認同的，這不僅表現在它多用心猿意馬、金公木母、嬰兒姹女、靈臺方寸一類比喻性術語，而且它的一些詩詞也取自道禪融合的典籍，如第十四回的卷首詩：「佛即心兮心即佛，心佛從來皆要物。若知無物又無心，便是真心法身佛。」便是點化了宋代道教內丹學集大成者張伯端的《禪宗詩偈》中的《即心是佛頌》：「佛即心兮心即佛，心佛從來皆妄說。若知無佛亦無心，始是真如法身佛。」

　　然而《西遊記》畢竟是才子書，而非學者書，作者吳承恩似乎對民間傳說和道教方術，比對佛教典籍更加熟悉。例如，佛祖釋迦牟尼在派觀音菩薩到東土尋找取經人以及唐僧到達取經終點雷音寺時，兩度談到佛門的「三藏真經」：「我有《法》一藏，談天；《論》一藏，說地；《經》一藏，度鬼。三藏共計三十五部，該一萬五千一百四十四卷，乃是修真之經，正善之門。」如此解釋「三藏」，是不符佛教本意的，以之談天說地度鬼，倒有一點民間道教的氣味。佛說授經勸化東土的原因，在於那裏的人們「不忠不孝，不義不仁，瞞心昧己，大斗小秤，害命殺牲，造下無邊之孽」，則是以儒學的標準評判是非了。至於孫悟空在獅駝山與獅、象、大鵬三怪交鋒受挫，到靈山求援的時候，如來佛如此解釋大鵬的來歷：「自那混沌分時，天開於子，地闢於丑，人生於寅，天地再交合，萬物盡皆生。萬物有走獸飛禽。走獸以麒麟為之長，飛禽以鳳凰為之長。那鳳凰又得交合之氣，育生孔雀、大鵬。」這便是一派道教的宇宙生成論了。

　　在三教教義混雜漫漶之中，《西遊記》關注的一個焦點是《般若心經》。這一點是有玄奘本傳、佛教史籍和志怪傳奇諸方面的根據的。例如，慧立、彥悰的《大唐大慈恩寺三藏法師傳》寫道：

　　　莫賀延磧長八百餘里，古曰沙河，上無飛鳥，下無走獸。（玄奘）是時顧影唯一，心但念觀音菩薩及《般若心經》。初，法師在蜀，見一病人，身瘡臭穢，衣服破污，愍將向寺施與衣服飲食之直。病者慚愧，乃授法師此《經》，因常誦習。至沙河間，逢諸惡鬼，奇狀異類，繞人前後，雖念觀音不得全去，即誦此《經》，發聲皆散，在危獲濟，實所憑焉。

　　值得注意的是，《西遊記》第十九回寫唐僧西行在浮屠山上受

《心經》，把本是心性修持的行為，幻想為奇遇烏巢禪師的情節了。浮屠又譯「佛陀」，以此命名受《心經》之山，可見此經之關鍵。《心經》講究破除眼、耳、鼻、舌、身、意所感知的「六塵」即「六賊」，以達到心無掛礙的「五蘊皆空」的精神境界，被小說稱為「乃修真之總經，作佛之會門」。那位在香檜樹的柴草窩上修行的禪師跳下來授經，聲稱「路途雖遠，終須有到之日，卻只是魔瘴難消。我有《多心經》一卷，凡五十四句，共計二百七十字。若遇魔瘴之處，但念此經，自無傷害。」

　　應該看到，這是《西遊記》神話思維的一個精神紐結。明白了這一點，就可以把西行取經的艱難歷程，當做對人的信仰、意志和心性的挑戰、應戰和昇華的歷程來解讀，解讀出這個紐結是整部神話小說的隱喻所在。唐僧在西行的第一站法門寺，與「眾僧們燈下議論佛門定旨，上西天取經的緣由」，聽眾僧談及水遠山高，毒魔惡怪難降。「三藏箝口不言，但以手指自心，點頭幾度」，然後說：「心生，種種魔生；心滅，種種魔滅。」其後從第十四回到第二十二回，寫的是收服孫悟空、豬八戒、沙僧和龍馬三徒一騎的故事。而收服孫悟空之始，即遇上眼看喜、耳聽怒、鼻嗅愛、舌嘗思、意見欲、身本憂六位剪徑大王，隱喻著《心經》所謂破除「六賊」之義。在收服豬八戒與收服沙僧之間，遇烏巢禪師受《心經》，同時還做了一篇偈子，對心與法的關係作了強調和解釋：「法本從心生，還是從心滅。……只需下苦功，扭出鐵中血。絨繩著鼻穿，挽定虛空結。拴在無為樹，不使他顛劣。莫認賊為子，心法都忘絕。」這種反覆鋪墊、反覆強調的敘述，以及放射性的神話隱喻，可以讓人理會到，唐僧西行取經的第一步驟，是外之收服三徒一騎，內之服膺《心經》。三徒一騎以及《心經》，組構成一個完整的神話哲理體系，具有持心伏妖、降伏外魔和內魔的功能，而且在這個體系中，《心經》起了精神統攝的作用。整

部小說在行文中不斷地呼應著這個精神紐結，如第四十三回到達黑水河，第四十五回車遲國鬥法，第八十回黑松林遇難，第九十三回臨近舍衛城樹給孤園。其間值得注意的是，唐僧聞黑水河水聲而心驚，孫悟空勸他記取《心經》，「祛褪六賊」，方能「西天見佛」以及快到給孤園時，孫悟空自稱「解得」《心經》，唐僧說「悟空解得是無言語文字，乃是真解」。也可以說，正是由於「解得」《心經》在這個神話結構中的位置，前人說：「《西遊》凡如許的妙論，始終不外一個心字，是一部《西遊》，即是一部《心經》。」[1]

　　對於中國近古這個愈寫愈大的大寫的「心」字與《西遊記》的關係，古今論者不乏某種默契。《李卓吾先生批評〈西遊記〉》在第一回猴王尋訪到須菩提祖師的住處「靈臺方寸山」時，夾批「靈臺方寸，心也」，又旁批：「一部《西遊》此是宗旨。」隨之夾批「斜月三星洞」，謂「『斜月』象一勾，『三星』象三點，也是心。言學仙不必在遠，只在此心。」在第十三回唐僧說出「心生，種種魔生；心滅，種種魔滅」之處，旁批「宗旨」二字，並在回批中說「一部《西遊記》只是如此，別無些子剩卻矣。」這些評點的獨到之處，就是揭示小說的「宗旨」在「心」字。魯迅沒有讀到李評本，但他的意見與此不謀而合：「假若勉求大旨，則謝肇淛（《五雜俎》十五）之『《西遊記》曼衍虛誕，而其縱橫變化，以猿為心之神，以豬為意之馳，其始之放縱，上天下地，莫能禁制，而歸於緊箍一咒，能使心猿馴伏，至死靡他，蓋亦求放心之喻，非浪作也』，數語，已足盡之。」這種對《西遊記》宗旨的解說，是和產生這部神話小說的那個時代以心說法、求道於心的文化潮流相符合的。

　　然而，《西遊記》絕不是對《心經》的拙劣的圖解，絕不是一部

1　〔清〕張書紳：《新說西遊記總批》，晉省書業公記藏。

宗教文學，相反，它借用《心經》中一個「心」字，代替了對煩瑣而嚴密的教義教規的演繹，強化了人的包括信仰、意志和袪邪存正的道德感的主體精神。換言之，它在混合三教中解構了三教教義教規的神聖感和嚴密性，從而昇華出一種超越特定宗教的自由心態。沒有超宗教的自由心態，是很難設想會以詼諧的智性和遊戲的筆墨，去綜合宗教諸神和民間幻想而創造出這麼一部充滿奇趣的「新神話」的。

　　需要解釋的有兩點：其一，超宗教並非膜拜宗教，而是從宗教的神聖感中還原出一點人間性。觀世音是民間最信仰的救苦救難菩薩，第四十二回孫悟空向她借淨瓶水撲滅紅孩兒的三昧火，她卻說：「待要著善財龍女與你同去，你卻又不是好心，專一會騙人。你見我這龍女貌美，淨瓶又是個寶物，你假若騙了去，卻那有工夫又來尋你？」釋迦牟尼是佛教教主，但常在中國寺院中侍立在他的兩旁，與他組成「一佛二弟子」的阿難、伽葉向唐僧索取不到賄賂，只給唐僧無字經的時候，他沒有整頓佛門，卻以笑談辯解：「只是經不可輕傳，亦不可空取。向時眾比丘聖僧下山，曾將此經在舍衛國趙長者家與他誦了一遍，保他家生者安全，亡者超脫，只討得他三斗三升米粒黃金回來。我還說他們忒賣賤了，教後代兒孫沒錢使用。」佛祖、菩薩對人間財貨、美色的驀然回首，使之褪去了籠罩全身的靈光，沾染上一點塵世心理，或者人性的弱點。

　　其二，超宗教並非無宗教，而是汲收宗教的智慧加以點化，在跳出說教的樊籬中拓展主體的審美思維空間。在《西遊記》的世界中，佛教和道教諸神之間經常探親訪友，論道談禪，戮力同心。太上老君可以和燃燈古佛講道，觀音菩薩可以赴王母娘娘的蟠桃會，如來佛可以同玉皇大帝同慶「安天大會」，金頂大仙可以為靈山雷音寺守護山門。第八回如來佛的「盂蘭盆會」上，眾神奉獻的是充滿道教精神的福、祿、壽詩；第八十七回玉皇大帝因天竺外郡推倒齋天供奉餵狗而

降下的天罰，卻用禮佛念經作了補償。由此可見，小說汲取了我國一千餘年間宗教發展的智慧，以超宗教的自由心態「入乎其中，出乎其外」，從而開拓出何其開闊而神奇的神話思維空間，開發出何其豐富而綺麗的神話想像力。

「神話文化」是一個比原始神話信仰更寬泛的概念，它考慮到中國神話以及神話素的駁雜、散落和在民間信仰中的廣泛滲透性、歷代文字記錄的零碎性，明顯地具有與西方史詩神話不同的形態、命運和發展歷程。在早期的《山海經》時代，它黏附著山川地域的因緣，具有與史詩神話迥異的、非情節的、片斷的、非英雄主義的、多義性的形態，具有更為充分的初民性和原始美。其後它又受儒家「不語怪、力、亂、神」的貶抑，散落於志怪書和民俗傳說之中，並在宗教潮流的裏挾下，參與建構神譜。誰又能夠想到在我國近古「三教歸心」的潮流中，它又汲取了千年宗教發展的智慧而超越具體宗教的迷執，以超宗教的自由心態煥發出宏偉綺麗的神話想像力，並以《西遊記》代表了我國神話文化的大器晚成。自然，這裏的神怪還有一種占山為王、霸洞為怪的習氣，還帶有《山海經》那種山川地域因緣，以至可以在某種意義上說，這是一部藉唐僧取經為由頭而寫成的史詩式的新《山海經》。但是，它在神話文化形態、結構方式和敘事謀略上，已非《山海經》時代所能比擬了。

二　個性神群體及其精神哲學隱喻

《西遊記》代表著我國神話文化的一次劃時代的轉型。創世神話和自然力神話已經失去了它們的位置，或降低了它們的品位，代之而起的是描繪鳥獸蟲魚的百物神話。並且由於受章回小說已有成就和心學、禪宗、內丹一類宗教潮流的啟發，作品加強了對諸神個性及其內

在生命力的發掘。《西遊記》的出現，以小說的形式把我國神話文化的形態面貌從根本上改寫了。

明代已是近古的文明社會，《西遊記》面對自然萬象之時，中間已隔了一層「文化」的厚霧。它已經不可能恢復人類童年時代的神話信仰狀態和思維方式，重構一個創世神話，儘管全書開卷詩接過了「自從盤古破鴻蒙，開闢從茲清濁辨」的話頭，但是盤古、女媧一類創世神在這個宗教諸神雲集的神話世界中已經沒有插足的餘地。為此，它借用《易經》、道論和術數之學解釋天地生成，形成一種沒有創世主的創世說。所謂「天地之數，有十二萬九千六百歲為一元」，就是把周天度數三百六十（準確一點應為三百六十五）自身相乘，又按十二地支把它等分，因為是天之數和地之數的會合，所以叫做「十二會」。乾坤陰陽之數已經具備，在其交合推移中也就引導出「天開於子，地闢於丑，人生於寅」。於是開天闢地、搏土造人這類有聲有色有主神的神話，變成了神秘的術數推演。

人們大體贊同孫悟空形象的創造，受過唐代《岳瀆經》記載的無支祁傳說的影響，這在猴神形象演變史上是有道理的。但是不要忘記，無支祁只是大禹治水時鎮伏的淮河水神，是附屬於洪水神話的；而大禹治水的遺跡，在《西遊記》中只剩下一塊鎮海神針鐵，成了孫悟空手中武器，即是說，洪水神話降格處理後附屬於孫悟空神話。不僅如此，就是前述的無創世主的創世神話，也是為了說明石猴的出世，是天荒地久地感受著「天真地秀，日精月華」而孕育的靈根。花果山頂上那塊仙石同樣以神秘的數字與天地相感相通，它以周天度數的三丈六尺五寸高度，感應著天，以二十四氣節數字的二丈四尺周長，感應著地。這就把猴神的身世來歷，升格到以天為父、以地為母的程度，成了名副其實的「齊天大聖」。從神話文化類型的升沉演進中可知，個性神已經取代了創世神。

　　這種個性神描寫具有神話思維所擅長的滲透性，滲透到其描寫對象的肖象形體的各個部分，滲透到其心理行為的枝枝節節。孫悟空已經被描寫成闖蕩天地、降伏妖魔，具有極大法力的「鬥戰勝佛」，或者最終修成佛門正果的鬥戰勝神了。但他不是橫眉怒目的金剛，而是一派猴模猴樣、猴腔猴性，渾身散發著令人開心一笑的喜劇氣味。他那雙能夠識別妖魔的「火眼金睛」，那把吹一口氣會變成百十個化身的毫毛，都與猴子的毛頭毛身、紅臉黃瞳有關。就連他腰裏帶著的瞌睡蟲，據說是「在東天門與增廣天王猜枚耍子贏的」，又說是「在北天門與護國天王猜枚耍子贏的」，但是當他把這些瞌睡蟲散在五莊觀仙童，或獅駝山小妖的臉上，鑽入他們的鼻孔，引得他們不住的打噴嚏和昏昏沉睡，我們就發現這些瞌睡蟲原來也「姓孫」。這種猴性甚至傳染給他的法寶和法術，如那瞬間十萬八千里的筋斗雲，那「晃一晃碗口來粗」，「要它小就小得如繡花針，可以揌在耳朵上面」的如意金箍棒，無不令人聯想到猴子身上如小孩一般的頑皮。

　　你也許會說《西遊記》中，孫悟空大鬧天宮時與二郎神的變化鬥法，其後在借芭蕉扇時與牛魔王的變化鬥法，是受了佛教文學，如《降魔變文》中舍利弗和六師設壇鬥法的影響。但是，在六師變化成寶山、水牛、水池、毒龍、惡鬼、大樹，舍利弗則變化成執寶杵的金剛、獅子、白象之王、金翅鳥王、毗沙門天王和風神而摧毀之的鬥法場面中，人們除了能感受到佛法廣大之外，是感受不到鬥法者的個性的。而孫悟空變化的特點，不僅在於變得千姿萬態，令人眼花繚亂，而且在於變得有個性，令人對猴頭的狡黠又嗔又喜。當他變為花鴇，被二郎神一彈弓打下山崖，又就地變為土地廟，張口作廟門，牙齒變門扇，舌頭當菩薩，眼睛為窗櫺，想騙二郎神進來，一口咬住時「只有尾巴不好收恰，豎在後面，變做一根旗杆」，露出了猴性猴相的破綻。隨之他又借變化耍猴，來了個「我變你」，變為二郎神到灌江口

本廟中查點香火，弄得連「廟宇已姓孫了」。

神的個性在神話境界中融合著人間趣味。中國自古流行猴戲，這為猴神的創造增添了不少民間感。《禮・樂記》說：「今夫新樂，進俯退俯，奸聲以濫，溺而不止。及憂侏儒，獶雜子女，不知父子。樂終不可以語，不可以道古，此新樂之發也。」鄭玄注：「獶，獮猴也。言舞者如獮猴戲也，亂男女之尊卑。」這種猴戲擾亂尊卑，沖犯禮防，帶有宣洩性情的喜劇色彩。宋代畢仲詢的《幕府燕聞錄》記載，「唐昭宗播遷，隨駕伎藝人有弄猴者。猴頗馴，能隨班起居。昭宗賜以緋袍，號『孫供奉』。故羅隱有詩云：『何如學取孫供奉，一笑君王便著緋。』」這裏的猴戲主角也姓起孫來了。孫悟空個性中的天國、林野、人間的錯綜以及神性、獸性、人性的融合，不僅表現在日常行為中，如他偷吃王母的蟠桃後，變為二寸長的小人兒在枝葉濃處睡覺，偷老君葫蘆裏的金丹嘗新，「如吃炒豆相似」，而且表現在他作為鬥戰勝神，在險象叢生的相鬥相戰中，也不改猴的脾氣、猴的心計、猴的促狹、猴的瀟灑。在平頂山蓮花洞一難中，孫悟空在事隔二十餘回之後，又與太上老君面前的金爐童子、銀爐童子變的金角大王、銀角大王偷來的金丹葫蘆相遇。這一回可沒有那種吃金丹如吃炒豆的寫意了，而是他一回答出自己的姓名，就會被吸進葫蘆內化成膿汁。他請天帝把天關閉半個時辰，拔一根毫毛冒充「裝天葫蘆」，騙換了這件寶貝。被妖魔奪回後，他即便顛倒姓名為「者行孫」「行者孫」，也難逃被吸進葫蘆。其後總算用毫毛變假葫蘆行了掉包之計，自稱手中的真葫蘆是雄性，妖魔手中的假葫蘆是雌性，害得妖魔跌腳捶胸地感歎：「天那！只說世情不改變哩！這樣個寶貝，也怕老公，雌見了雄，就不敢裝了！」猴神的心計和促狹在這場死活交關的鬥法中表現得何其淋漓盡致：又是「裝天葫蘆」，又是「者行孫」「行者孫」，又是「寶貝怕老公」，把惡戰當遊戲，奇思妙想，舉重若輕，在匪夷所

思的神話變幻中滲透著濃厚的民間幽默。

寫神而重個性的傾向，深刻地影響了取經師徒四眾的組合結構。那些把《西遊記》看做談禪修仙的「證道書」的前人沒有著眼於此，多把取經群體的結構附會於陰陽五行。例如，西陵殘夢道人汪澹漪箋評《西遊證道書》，認為第二十二回唐僧收足三徒一騎是「小團圓」，然後才有一百回的「大團圓」：「取經以三藏為主，則三藏為中心之土無疑矣；土非火不生，故出門即首收心猿，是為南神之火；火無水不能濟，故次收意馬，是為北精之水；水旺則能生木，故次收八戒，是為東魂之木；木旺必須金製，故又次收沙僧，是為西魄之金。合而言之，南火北水，東木西金，總以衛此土，正是水、火、木、金、土之定位相配。」這類說法，臆想居多，但也並非毫無因由。例如，小說第十九回收伏豬八戒後，便「有詩為證」：「金性剛強能克木，心猿降得木龍歸。金從木順皆為一，木戀金仁總髮揮。」以五行分指師徒四眾及白馬，可在行文中不時找到，具體所指雖不一定與評點家契合，但它畢竟給四眾一騎的取經群體的組合，蒙上了一層與陰陽五行的宇宙結構模式相呼應的神秘主義色彩。

然而作為個性神話文化，這個取經群體結構最有活力的地方，卻在於四眾的特徵各異，優勢互補，隱伏著矛盾，卻又能在相互制約中合做到底。觀音菩薩奉命從西天到長安，於千山萬水之中挑中了這四眾一騎，大概由於他們是取經群體的最佳組合。這個組合包含著三條原則。

其一，主弱從強。這條原則也見於《三國演義》中劉備與諸葛亮、五虎將的群體以及《水滸傳》中宋江一百單八將的群體，為章回小說寫群體形象的常見的模式。因為位與智、德與力的分離，給描寫留下許多迴旋的餘地。假若沒有唐僧端莊的儀表和那身據說吃了可以長生不老的肉，就不會引起那麼多妖魔的垂涎，就不可能出現八十一

難。又假若沒有唐僧仁慈而不辨人妖，堅心求道而缺乏法力的性格特點，總是相信孫悟空的火眼金睛和如意金箍棒，就不可能在每次遇難時出現那麼多的曲折和驚險，也不可能顯示出孫悟空那種出生入死、化險為夷的大智大勇。「主弱」是招難之由，「從強」是破厄之術，在這一招一破之，使整個取經行程波瀾起伏、險象叢生、奇境迭出，增加了描寫的曲折性和力度。

其二，對比原則。四眾取經目標雖一，修煉程度各殊，或是墮入凡胎的金身，或是攪亂天國的野神，或是貶離上界的天將，身世、性情、脾氣相當懸殊，是四處牽合來的雜神群體。而豬八戒則是雜神中的最雜者，雜上了俗世諸多情慾，雜上了人性的各種弱點。他本是上界的天蓬元帥，根據中國方術書，天蓬乃是北斗七星和輔佐二星組成的「九星」之首，在神國的品位相當高。但是，一經在群體中與孫悟空相對照，令人頓然明白聖徒中也有俗子。野神與俗神對比，使一部取經神話生色不少。豬八戒有凡夫俗子的傻力氣，充當取經途中挑擔子的「長工」，鈀開八百里荊棘嶺，不辭辛苦和污臭，確有點笨勁。同時，他也有幾夫俗子的貪饞、好色和懶惰的習性，號為「八戒」，實際上什麼也不戒。他挑唆心慈耳軟的唐僧念緊箍兒咒，治一治那位爭強好勝的猴頭，其實也不存什麼歹心，只不過是自己的貪饞偷懶受阻而實行一點小小的報復。平心而論，那猴子也實在好捉弄人，「四聖試禪心」時他已看破黎山老母等的用心，卻讓色欲迷心的豬八戒去昏頭昏腦地「撞天婚」，被縛吊在樹上受了一夜苦。平頂山蓮花洞的魔王確實厲害，他卻讓豬八戒去巡山，當豬八戒偷懶在山坳裏睡覺時，他又變成啄木鳥啄豬八戒的嘴唇，害得豬八戒罵那只鳥「一定不認我是個人，只把我嘴當一段黑朽枯爛的樹，內中生了蟲，尋蟲兒吃的，將我啄了這一下也。等我把嘴揣在懷裏睡罷。」野神和俗神的個性對比和碰撞，給漫長的取經行程增添了無窮的諧趣。那些激烈的降

妖戰役和沉悶的山水行程，加進了他們相互捉弄打趣的精味，便奇蹟一樣地把各種味道都提升出來了。不過，物極必反。如果只有個性碰撞，一旦唐僧被攝走和孫悟空不明下落，豬八戒很可能早就回高老莊當回爐女婿了。

其三，調節原則。不要輕看沙僧這個為唐僧牽馬並不滿街賣嘴的角色。他不僅是降妖的好幫手，而且善於在二位師兄的衝突中周旋、撫慰、調解，講話在理，處事穩重，是這個群體不可缺少的潤滑劑和凝聚力。小說的匠心，就在於他不張揚個性的個性中，確定了他的價值和位置。

《西遊記》堪稱獨步的地方，是在個性神話中增加了「哲理—心理」的複調。它發掘著個性深層的精神意蘊，借神話故事思考著人的主體，思考著人的心性，思考著人的信仰、意志和生命力。即是說，它尋找著人的精神歷程的神話原型，使神話成了精神哲學（或心學）的隱喻。前人讀《西遊記》有過一種迷惑：既然孫悟空是大鬧天宮的造反派，何以又成了皈依佛門的投降派？對神話作過分簡單化的社會圖解，勢必造成對其深層精神密碼的誤譯。從精神現象的角度來看，大鬧天宮隱喻著野性生命力的爆發和宣洩，西天取經則隱喻著為了特定的信仰和理想，排除邪魔而進行心性的修煉和意志的磨煉。它們代表著生命進程的兩個階段和兩個層面。並不是說野性無休無止地發洩，便是生命的最高境界；反不如說，把這種蓬勃的活力引向對人生理想信仰的百折不撓的追求，乃是生命的成熟，並最終達到生命的輝煌歸宿。然而，所謂「沒有規矩，不成方圓」，生命進程的兩個階段、兩個層面的轉換，須有一種規範，或用《西遊記》的語言——須有一個「圈子」。《西遊記》有兩種「圈子」，都有神奇的功能：一個是太上老君的金剛琢，曾經擊倒過大鬧天宮的孫悟空，在取經行程剛好過半的時候，又被獨角兕大王偷到金峴洞，套去了孫悟空的金箍

棒、天兵天將的武器和火龍火馬以及向如來佛借來的金丹砂，但是這個「白森森的圈子」屬於外功。另一個金燦燦的圈子則屬於內功，這就是套在孫悟空頭上的緊箍兒。這個圈子一套，孫悟空就不敢撒潑逞性，「心猿歸正」，野神轉化為真神。觀世音菩薩說，「緊箍兒咒」又名「定心真言」，可見它是約束心性，使之認定理想目標而矢志不渝的，到孫悟空得道成佛，圈子也就自然消失了。《西遊記》一百回，孫悟空戴著這個圈子八十六回。他本來一個筋斗雲十萬八千里，闖入天宮鬧個天翻地覆，但是同樣十萬八千里的取經路程，卻要用十四年而歷八十一難。可見要達到精神的最高境界，比起單純的野性發揚要艱難多少倍。這就是《西遊記》借個性神話作隱喻，達到了一種發人深省的精神成就，它寫成了一部精神世界的「天路歷程」。

三　神魔觀念重構及其拓展的幻想空間

　　《西遊記》以神話想像隱喻人類精神現象，既超越了具體的宗教，又別具一格地組構了神魔觀念。神與魔的界限在這裏不是絕對的、靜止的，而是相對的、變化的，存在著相互滲透、牽連和轉化的種種可能性。神變為魔，魔變為神的運作，使整個神話世界處於充滿活力的大流轉狀態。大鬧天宮的孫悟空似乎是「欺天罔上思高位，淩聖偷丹亂大倫」的「魔」，但他對官階森嚴、權術盛行的天宮的反抗，又散發著率真的正氣。豬八戒、沙僧被貶出天宮，到下界占山霸水，興風作浪，吞食行人，強奪民女，由神變成貨真價實的魔，卻又在唐僧西行取經途中，和孫悟空先後被收為徒眾，加入神的行列了。神魔爭鬥是包含著善惡邪正的，但是由於神中有魔，魔中有神，其間的善惡邪正也就打了或多或少的折扣，出現了某種因果報應的變形。千山萬水間的不少妖魔是菩薩、仙長的侍從和坐騎，甚至是按菩薩的

暗示設難考驗師徒四眾的，因而神話成了魔匣，妖魔和仙佛也有了不解的因緣。

從個性神話文化而言，這種神魔觀念可以改變神與魔性格的單一性，增加其豐富性、複雜性以及喜劇感、悖謬感。如果要探討一下這種觀念的文化哲學的淵源，那是不應忽視心學、禪宗和內丹對心性的某些闡釋的。《涅槃經》說：「一切眾生，皆有佛性。」把佛性如此普泛化，則令人不妨從另一方面設想：「一切眾生，皆有魔性。」在佛性和魔性的區分和轉化上，禪宗認為，心的覺悟是關鍵，即《壇經》所說：「悟則眾生為佛，不悟則佛為眾生。」神魔兩性的相對性以及它們間的滲透、牽連和轉化，都可以從這類議論中找到它們的影子了。心學有「滿街都是聖人」的驚人之論，它的一些觀點與禪宗異曲同工。所謂「良知之在人心，無間於聖愚，天下古今之所同也」，所謂「天下之人心，其始亦非異於聖人也，特其間於有我之私，隔於物欲之蔽，大者以小，通者以塞」，均是以「致良知」代替禪宗之「悟」，從而溝通和轉化聖人及小人，或神性及魔性了。於是神與魔這些冰炭不能相容的兩端，只不過相隔一層紙，這層紙在禪宗是「悟」，在心學是「致良知」，它們把這層紙當做護身（實際上是護心）符。

問題在於這種神魔觀念的重構，深刻地影響了神話敘事的策略。一種新的觀念成了一種新的敘事策略的內在動力。首先是神話想像的空間和維度，變得更加開闊、豐富和錯綜複雜了。對應於三教合一的仙佛天國系統的，是一個非常豐富多彩的多元化妖魔系統。正如天國不屬於一個主神一樣，魔國也不屬於一個主魔，它們往往像封建割據般的各自為政。而各自為政又隱伏著與各界神靈的千絲萬縷的聯繫。大體而言，千山萬水間形形色色的妖魔可以分為兩大類：野性妖魔和神性妖魔。野性妖魔又有兩種：一種是野性中包含著毒性和邪氣，如

蜘蛛精、蠍子精（琵琶精）和蜈蚣精（千目怪），大概屬於中國民俗中「五毒」之類，車遲國的虎力、鹿力、羊力三仙，都入了旁門邪道，毀佛滅法。也許這些是妖魔中的下下品，和仙佛沒有多少瓜葛，只有剿滅了事。另一種野性妖魔則在野性障蔽中尚知道修行養性。因而即便沖犯了取經四眾，最終還是入了神籍。黑風洞的熊精盜了唐僧的袈裟，但他學過養神服氣之術，「也是脫垢離塵，知命的怪物」，最後被觀音菩薩收去做守山大神。火雲洞的紅孩兒以「三昧真火」把孫悟空燒得焦頭爛額，但他曾在火焰山修行三百年，又是「五官周正，三停平等」的孩兒相，也像黑熊怪一樣被觀音菩薩用緊箍兒套住，帶回去當善財童子。

如果說魔性神（如孫悟空、豬八戒）是《西遊記》中最有生氣的神，那麼神性魔就是最有特色、最值得回味的魔了。神性魔也有兩種：一種是天上星宿動了凡人情慾，下界為妖。碗子山波月洞的黃袍老怪把寶象國的百花羞公主攝去做了13年夫妻，她向唐僧透露他的秘密時，又被黃袍老怪變為老虎。黃袍老怪卻是二十八宿中的奎木狼，想和侍香玉女私通，便打發她投胎當公主，自己變妖了宿緣。《西遊記》借用和點化了古代占星術的星禽幻想，以五行和各種禽獸與二十八宿相配。奎木狼也就成了狼精，他在王宮飲酒取樂時，乘醉咬下一個宮娥的頭。二十八宿在天上為神將，也體現對應的禽獸的異能。在毒敵山琵琶洞，昴日星官（雞）啼叫兩聲就嚇死蠍子精；在黃花觀，昴日星官的母親毗藍婆（母雞）用繡花針破了千目怪（蜈蚣精）的金光；在天竺國金平府，二十八宿中的角木蛟、斗木獬、奎木狼、井木犴，降伏了三隻犀牛精。值得注意的是，這些星禽在孫悟空大鬧天宮之日皆非敵手，卻能降服連孫悟空也徒喚奈何的妖魔，這種神話思維是滲透著「一物降一物」的循環制約的原則的。它們已經不是屬於創世神話中的物種起源神話，而是近於維繫世界秩序的物種功能神話了。

　　另一種神性魔是佛陀、老君、菩薩、天尊的侍童、坐騎和在他們身邊聞經得道的飛禽走獸。太上老君的金銀二童子，盜了葫蘆、淨瓶，到平頂山化為金角、銀角大王，要蒸食唐僧肉。其坐騎青牛盜了金剛琢，變成峴金山的獨角兕大王，把孫悟空折騰得精疲力竭。與如來佛牽連的大鵬金翅雕，因與佛母孔雀大明王菩薩一母所生，孫悟空嘲笑佛祖是「妖精的外甥」。大鵬與文殊菩薩的坐騎青毛獅子、普賢菩薩的坐騎六牙白象在獅駝山稱雄，危及取經四眾的生命。這樣，所謂佛教至尊的「華嚴三聖」都與妖魔有了瓜葛。文殊的青毛獅子還在烏雞國害命篡位。此外，彌勒佛的司馨黃眉童子假設小雷音寺，捉拿取經四眾；觀音菩薩的坐騎金毛犼也霸山為怪，奪去朱紫國金聖皇后。於是，以大慈大悲為懷、在中國民間享香火最盛的佛陀、菩薩，也與妖魔犯上了嫌疑。由於神魔之間存在某種因緣，取經途中的神魔之鬥就既有善惡邪正的一面，又更為內在地具有考驗取經者信仰意志的一面。每經一難，取經者的生命與天道的聯繫也就更緊、更深一層了。

　　古人揣測，施耐庵作《水滸傳》，懸掛一百單八將的畫像以旦夕揣摩其神情。類似的揣測移於《西遊記》的作者，也許更合情理。《西遊記》的作者對佛教和道教的寺觀塑像和仙佛畫卷，當是非常熟悉的，並且在逼視這類塑像畫卷的時候，產生某種神魔幻覺和暈眩，從仙佛的侍從、法寶和獰猛的坐騎幻見了隱顯閃爍的魔影。從「善財童子參拜觀音圖」，幻想出火雲洞的聖嬰大王紅孩兒。他被觀音拋出的金箍兒一化為五，套住頭頂、手腳之後，小說寫道：那童子「合掌當胸，再也不能開放，至今留了一個『觀音扭』」，於是「歸了正果，五十三參，參拜觀音」。即便是觀音取笑孫悟空，怕他拐走龍女，大概也因為觀音雕塑或圖像繪有另一位侍從龍女，不禁涉筆成趣。與觀音有瓜葛的妖魔，還有取經中點（行了七八年，已是五萬四千里）的通天河中的靈感大王。觀音擒拿他的時候說：「他本是我蓮花池裏養

大的金魚。每日浮頭聽經，修成手段。那一柄九瓣銅錘，乃是一枝未開的菡萏，被他運煉成兵。不知那一日，海潮泛漲，走到此間。我今早扶欄看花，卻不見這廝出拜。掐指巡紋，算著他在此成精，害你師父，故此未及梳妝，運神功織個竹籃兒擒他。」觀音救苦救難是有種種化身的，觸發這裏幻想的，當是手提竹籃金鯉，身邊有荷花含苞未放的漁婦模樣的「魚籃觀音」，明代甘露寺石刻可資印證。

陷空山無底洞的鼠精掠取唐僧去成親，說她是托塔李天王的義女，大概是以「老鼠娶親」的民俗畫牽合毗沙門天王塑像而觸發神話想像的靈感的。前人對托塔李天王為佛教北方護法天王毗沙門，捏合初唐名將李靖的名字而成，考證甚詳。據說，毗沙門天王「右扼吳鉤，左持寶塔，其旨將以摧群魔，護佛事。」玄奘《大唐西域記》記載，于闐王自稱是毗沙門天王後代，其地有神鼠，「大如蝟，其毛則金銀異色」。後世天王塑像，手上常有銀鼠。因此，當孫悟空拿著無底洞裏供奉的「尊父李天王之位」「尊兄哪吒三太子位」上天告狀之時，哪吒也只好承認，那鼠精「三百年前成怪，在靈山偷食了如來的香花寶燭，如來差我父子天兵，將她拿住。……當時饒了她性命。積此恩念，拜父王為父，拜孩兒為兄，在下方供設牌位，侍奉香火。」只不過孫悟空與她交戰，她以繡鞋變做化身迷惑對手，劫走唐僧；並且稱她「一對金蓮剛半折（拆）」，稱她「繡鞋微露雙鉤鳳」，則是把明代婦女的裹腳風習附會給女妖了。

神魔觀念的重構，不僅拓展了神話性想像的空間和神魔聯繫的廣泛程度，而且增加了神話想像的深度以及神性、魔性和人的心性修養之聯繫的哲理意蘊。《西遊記》有詩：「靈臺無物謂之清」（第五十六回）「人有二心生禍災」（第五十八回）。「人身小天地」，這部小說在神話想像中把人心也當做神與魔交戰的小天地，而進行富有隱喻性的敘寫了。《李卓吾先生批評西遊記》的幔亭過客序，對這一點看得很

透徹：「言真不如言幻，言佛不如言魔。魔非他，即我也。」真假猴王之鬥，採取了人心的神性與魔性相鬥的隱喻。因為這場神魔之鬥，是由取經師徒之間的猜忌離異，即所謂「二心」引起的。孫悟空濫殺剪徑強人，被唐僧責為傷了天地和氣，顛來倒去地念緊箍兒咒，逐離取經行列，於是被六耳獼猴乘虛而入，變成假悟空，打倒唐僧，劫走包袱，而且還來了一個「大真假」，變出假唐僧、假八戒、假沙僧，要以假代真去取經。師徒異心，引出人間異相，寫異相即隱喻著寫異心。而且人心莫測，真假猴王打到觀音菩薩那裏，打到靈霄殿上，打到唐僧面前，都莫辨真假，地藏王菩薩的諦聽獸辨出來卻不敢說穿。到如來佛辨出真假，發眾擒拿的時候，孫悟空以「真我」打殺「假我」，才使取經四眾團圓。這幾回的回目明白無誤地標示：「神狂誅草寇，道迷放心猿」「二心攪亂大乾坤，一體難修真寂滅」，如來佛也說這是「二心競鬥」，可見它是以神話的真真假假的奇詭想像，來隱喻人的精神現象的哲理意蘊。

　　破心中妖魔的思路，貫穿著四眾取經的全部行程，其中反覆出現的聖僧與色魔的情景悖謬，寫得至有特色。色障是明代人關注人性的一個重要焦點，它向唐僧為首的取經群體發起了八次挑戰和威脅：黎山老母等「四聖」化做母女四人，要招他們為偶；白骨夫人變化成美女、老嫗、老翁，迷惑他們；西梁女兒國的女王，想招唐僧為婿；琵琶洞的蠍子精，以色相攪擾唐僧的禪心；木仙庵的杏仙，向唐僧表示情愛；盤絲洞的七位蜘蛛女妖，臍孔吞絲，綁回唐僧，戲弄豬八戒；無底洞的鼠精掠走唐僧，安排婚筵；月宮的玉兔變成天竺國公主，以招親繡球打中唐僧，想成親後汲取他的元陽真氣，以成太乙上仙。佛教把色欲列入五惡、十戒，將其視為心中之魔。這些來自神（四聖）、人（西梁國女王）、左道（杏仙、玉兔）和妖魔（白骨精、蠍子精、蜘蛛精）的色試探和色誘惑，都是企圖挑動唐僧心中之魔，來敗

壞其禪心的根本。因此，唐僧取經的艱難，不僅在男妖要食唐僧肉，而且在於女妖要滅唐僧心。行文既揶揄了唐僧的佛教禁欲主義的尷尬，又借豬八戒有時「淫心紊亂，色膽縱橫」，從而反襯了唐僧禪心的堅定。這就把取經的過程和修心的過程統一了起來，或如孫悟空解釋《多心經》時的四句頌子：「佛在靈山莫遠求，靈山只在汝心頭。人人有個靈山塔，好向靈山塔下修。」（第八十五回）聖僧與色魔的情景悖謬，正隱喻著這種精神哲學。

四　神秘數位和神奇情節相組合的結構體系

《西遊記》的「新神話」，包容著豐富、複雜而新異的文化內涵，在恢弘而奇麗、豪放而詼諧的神魔鬥爭之中，內之以心經為核心，外之以術數為筋脈。術數是以天象地脈、周易八卦、陰陽五行為基本元素而進行前邏輯的數理推衍的宇宙運行模式，它的滲透和組構作用，既為神話幻想和敘事提供了宏大細密的形式結構，又使這種形式結構散發著濃鬱的靈氣、仙氣和玄學氣味。因此，這種形式結構，是框架和氣味兼備的，也就和神話想像的內容血肉相連、渾融無間了。

《易・繫辭上》說：「一陰一陽之謂道。」天數為一、三、五、七、九，屬陽；地數為二、四、六、八、十，屬陰。因此，數字是有文化蘊涵的，分合陰陽，與天地之道相通。當《西遊記》把這種數字滲透到神話敘事的時候，它像一種神奇的味素，把神話的神秘感拔取出來了。一些看似平常的事物和行為，在神秘數字的作用下，令人感受到某種天道運行的超自然的力量。孫悟空被太上老君推入八卦爐中，以文武火燒煉七七四十九日，不僅沒有化為灰燼，反而煉出了「火眼金睛」，這就令人感到這位猴精確實具有「混元體正合先天，萬劫千番只自然」的神功。有趣的是，孫悟空跳出八卦爐時，從爐上

落下幾塊尚有餘火的磚，化做火焰山，害得孫悟空在取經途中千辛萬苦才借得鐵扇公主的芭蕉扇滅火。「那芭蕉扇本是崑崙山後，自混沌開闢以來，天地產成的一個靈寶，乃太陰之精葉，故能滅火氣。」（第五十九回）它也是扇了七七四十九扇，取與天地相契合之數，才斷絕火焰山的火根的。這個神秘的數字，令人浮起了陽數與陰精相結合而驅風滅火的玄思。至於觀音借取托塔李天王的三十六把天罡刀，化做千葉蓮臺捉拿紅孩兒以及孫悟空、牛魔王七十二變，合地煞之數，豬八戒三十六變，合天罡之數——雖然這些變化是受了佛教「變化通力」理論的影響，但在數目上與其說是取於佛教的三十六獸、七十二天之類，不如說是取於《水滸傳》的三十六天罡星、七十二地煞星，更為直接。不過這些數位大概與十二地支以及太歲方位、太陰方位一類占星擇吉之術有關，它們的總和一百零八，又合於佛教一百零八的煩惱數和數珠念經數，因而它們融合著佛道方術對天地運行數理的體驗，體現著一種超理性的神秘意識。

　　《西遊記》的高明之處在於，神秘數字的運用並沒有削弱神話形象的具體可感性及其行為的能動性，反而強化了這些形象的特殊性及其濃鬱的文化隱喻。顯然，孫悟空在老君八卦爐裏燒煉七七四十九日，孫悟空有七十二變，這是讀過《西遊記》的人都不會忘記的。而且人們已經把孫悟空「跳不出如來佛的掌心」，當做俗語來使用了。這也是得力於描寫中使用了一些對比鮮明的、誇張而神奇的數字。孫悟空宣稱「皇帝輪流做，明年到我家」，口口聲聲要奪天位。如來佛卻拿偌大一個天位作賭注，以孫悟空能否一鬥打出他的手掌決輸贏。這簡直是開玩笑，因為這裏有兩個對比得不相稱的數：一筋斗雲十萬八千里；手掌方圓不滿一尺。可是這種數字玩笑，卻把孫悟空「開」進去了。他縱身一路雲光，無影無蹤去了，卻發現五根肉紅柱子撐著一股青氣，認為到了天盡頭。於是，他以毫毛變筆，題字為記，還撒

了一泡猴尿。翻筋斗回到原處,卻發現字題在如來佛手指上,還有些
猴尿臊氣。十萬八千里和不滿一尺這類數字,在神力作用下竟然發生
了如此不可思議的空間變幻,而且散發著令人拍案叫絕的幽默感。當
孫悟空想再翻一個筋斗去查證此事之時,如來佛將五指化做金、木、
水、火、土五座聯山,叫做「五行山」,將他壓了五百年,讓他饑餐
鐵丸、渴飲銅汁。從五指化五行中,似乎可以設想,中國古代以五行
組構天地萬物的模式也是「近取諸身,遠取諸物」而概括出來的。把
中國的五行借用以描寫佛祖的法力,從中也可以看出,小說是以超宗
教、超時空的自由心態來驅遣那些神秘的數字的。

　　除了滲透於具體的想像之外,神秘的數字還對《西遊記》的結構
方式起了關鍵作用,其中最重要的是九九八十一之數。明嘉靖年間的
重臣曾作這種散發著道教術數味的對聯奉承皇帝:

　　　洛水玄龜初獻瑞,陰數九,陽數九,九九八十一數,數通乎
　　　道,道合元始天尊,一誠有感;
　　　岐山丹鳳兩呈祥,雄鳴六,雌鳴六,六六三十六聲,聲聞於
　　　天,天生嘉靖皇帝,萬壽無疆。

　　其實早在《管子・輕重戊》中,已有「作九九之數,以合天道,
而天下化之」的說法。宋代蔡沈的《洪範皇極內篇》模仿周易八八六
十四卦的體例,敷衍《洪範》為九九八十一疇,踵而為之者頗多,開
了術數中的「演範派」。後之星相術士以此附會人事,推斷流年,預
言吉凶,就更使這個數字廣泛流行並蒙上了神秘的色彩了。

　　這個意蘊神秘又廣為流行的數字,被《西遊記》點化為唐僧取經
的歷難次數,便突出地標示出取經行程的漫長、曲折、艱難和兇險。
一路寫來,真是難難相續,難前有難,難後還有難。小說根據民間傳

說和宋元戲文，改寫了唐僧的身世來歷，認為他是「聖胎」：佛陀高足金禪子下凡；狀元和丞相小姐之裔。卻在父母赴江州州主之任時，遭強徒殺劫，才滿月就被拋在江中木板，把生命託付給流水。他被稱為「江流僧」，也可以說他的生命隨流水而來；而且他的舊生命最終隨流水而去。取經終點上靈山過淩雲仙渡，他坐的是「無底船」，只見上流漂來一具死屍，孫悟空笑說：「師父莫怕，那個原來是你。」在嬰孩和死屍的投胎、脫胎的對比中，八十一難隱喻著一個「生命與水」的神話原型。然而，這還不是八十一難的全數，於是有取經回程中，老黿再馱他們過通天河，因唐僧忘記為他向佛祖問因果歸宿，而把他們和經卷抖落水中。通天河是取經途程的中點，這一難後之難，以中點代表全程。取經「乃是奪天地造化之功，可以與乾坤並久，日月同明」，因此「為天地不容，鬼神所忌，欲來暗奪之」，遂有風狂霧慘、電閃雷鳴的震撼乾坤的一幕。這就使八十一難的結穴點，顯得格外有力，格外發人深省了。

　　八十一難雖然只有四十左右的情節單元，有時一個情節單元又包含數難，但是要使這四十左右的情節單元避免重複單調，而能奇中出奇，富於變化而饒有趣味，也是非大想像力、非大手筆不辦的。在這一方面，行文以取經四眾一線貫串之時，採取了「重複中的反重複」的敘事策略，尤為值得注意。觀音菩薩給取經四眾排難解厄七次，前人已看出次次有奇思，次次不落格套：

　　　　有求之而不親來者，收悟淨是也；有不求而自至者，金毛犼是也；至於求而來，來而親為解難者，不過鷹愁澗、黑風山、五莊觀、火雲洞、通天河五處耳。五處作用各不同，其中最平易而最神奇者，無如通天河之漁籃，彼梳妝可屏，衣履可捐，而亟亟以擒妖救僧為事。其擒妖救僧也，亦不露形跡，不動聲

色，頌字未脫於口，而大王已宛然入其籃中。此段水月風標，千古真堪寫照。

孫悟空以鑽腹術破妖，把戰場鏖兵變做肚內搗亂，奇思妙想也合猴頭捉弄人的性格。六次鑽腹，種種鑽腹的方式又有不同：他可以變做仙丹，被黑熊怪吞下可以變做熟瓜，給黃眉大王解饞；變蟭螟蟲隨茶沫鑽進鐵扇公主腹中再變蟭螟蟲伏在無底洞鼠精的酒沫中，卻被彈掉，只好變做花園中的桃子，讓唐僧虛情假意地摘桃表愛，才算得手。不需變化，原樣被稀柿衕的紅鱗大蟒吞下，只需在腹內以金箍棒戳個窟窿就算了事；在獅駝山被青獅大王吞下去，卻在腹內腹外演了一幕諧趣淋漓的鬧劇。孫悟空先是說要在獅魔肚內過冬，支鍋煮雜碎吃，在頂門裏捅個窟窿當煙囱，繼而接飲魔王想藥殺他的藥酒，在肚裏摸爬滾打耍酒瘋，折騰得魔王向他求饒，稱他「外公」，答應抬轎送他師父過山，但他出來之前用金箍棒探路，把想咬住他的魔王迸得牙齦疼痛。最後受妖魔的激將法，從鼻孔被一個噴嚏打出來了，卻事先用毫毛變做長繩，拴住魔王的心肝。在群魔圍攻他時，扯繩把魔王從空中像紡車兒似地跌倒，在山坡上跌出二尺深的坑，害得小妖們高叫：「大王，莫惹他！……這猴兒不按時景，清明還未到，他卻那裏放風箏也！」小說以奇異的想像給吃人猛獸開了一個玩笑，把猴戲搬演到他的肚子裏去，使人但覺「好玩」，從而消解了神魔鬥爭的殘酷性和鑽腹術反覆使用的單調性了。

《西遊記》有一整套數字思路，除了用八十一難作為總構架之外，還有一系列數字與之呼應，組成一個舒展而嚴密的數位結構體系。它以天地運行之數開頭，以唐僧取回經卷之數結尾，有一種首尾呼應的數位機制。這些經目和卷數，大概是借用於某種宗教宣傳的書單，給人信口雌黃之感。取回佛經五千零四十八卷，不合玄奘得經五

百二十夾、六百五十七部之數，卻符合《開元釋教錄‧入藏錄》的佛經卷數。有意味的是，小說還把玄奘取經實際上用去十六年，改為十四年並加上回程的八日，得出了與佛藏卷數契合的五千零四十八日。幾經改動，作者就把數位體系化了，從而也把取經行程和取經結果神聖化了。十四年行了十萬八千里，這個里程是一百零八的倍數，自有其神秘性。把總里程分解為小單元，又出現七處八百里：八百里黃風嶺，八百里流沙河，八百里通天河，八百里火焰山，八百里荊棘嶺，八百里稀柿，八百里獅駝嶺，五山二水，突出了行程的漫長和艱險。這些數位呼應於首尾，貫串於全程，相互關聯，又與天地相契合，作為某種數位結構體系影響著全書的敘事操作。

誠然，與數位結構體系相輔相成的，還有情節結構體系，否則就落入虛玄了。情節給數位所提供的神秘性、哲理性以形象的載體。正如沒有這類神秘數字的情節，很可能流為一般的小說故事一樣，沒有情節的神秘數字，大概也近乎方術咒語。《西遊記》的情節結構體系，有三個方面值得注意。

其一，人們從刻板的結構理論出發，以為「大鬧天宮」與「四眾取經」是兩個不甚協調的敘事單元。殊不知，全書開頭的孫悟空大鬧龍宮、地府和大敗天兵天將，實際上提供了一個包羅佛道以及三界的神譜，為他其後在取經途中籲請和驅使天地神，降妖伏魔，作了威懾力和交往範圍方面的鋪墊。很難設想，沒有這個神譜、這種鋪墊、這番「不打不成交」，會那麼自然描寫起孫悟空被唐僧氣走後，順道到東海龍王那裏喝口香茶，聽龍王講「圮橋三進履」的故事而回頭認師，會那麼繪聲繪色地描寫著孫悟空在車遲國鬥法時，神氣活現地以金箍棒指揮風婆婆、巽二郎、推雲童子、布霧郎君、雷公、電母和四海龍王。正是由於有了這個神譜、這種鋪墊、這番「不打不成交」，才可能得心應手地寫托塔李天王、哪吒三太子為孫悟空助陣，降伏牛

魔王，才可能毫不勉強地寫孫悟空在碧波潭，邀請打獵路過的二郎神一道重創九頭怪，才可能入情入理地寫出孫悟空告發李天王是無底洞鼠精之父時，李天王爆發出的那份憤怒和惶遽。總之，「大鬧天宮」與「四眾取經」在結構上以外在的不協調，達到內在的大協調，打個比喻，就像一條神龍，頭如山峰突兀，身如長蛇蜿蜒，卻能相互呼應，形成神奇的生命。

其二，觀音奉佛旨東來尋找取經人的途程，成了唐僧取經途程的逆向概觀。這條逆行線至少起了三種結構性作用：事先介紹了唐僧的三徒一騎的身世、來路和下落；同時由於觀音曾經舉薦二郎神成為孫悟空大鬧天宮時勢均力敵的對手，其後又成了取經四眾排難解厄的最得力者，又由於她把佛祖託付的錦斕袈裟、九環錫杖傳給唐僧，她的這番逆向行程也就成了大鬧天宮、唐僧出世與四眾取經三個超級情節單元之間的騎縫線。最後，佛祖給她的三個緊箍兒成了後來收服孫悟空、黑熊怪、紅孩兒的法寶，因而這條逆行線又拋出幾條分支線索，遙遙聯結著取經諸難。

其三，牛魔王家族也成了聯結大鬧天宮和取經諸難，而又與觀音線索（第三個緊箍兒）有所黏連的貫串線索。《西遊記》的神魔多有家常禽獸，十二生肖應有盡有，除猴、豬之外，以牛最為突出。牛魔王原是花果山七兄弟之長，其後又是火焰山降雨滅火之關鍵，隱喻著農耕社會對牛的尊崇和對風調雨順的渴思。牛魔王的家族倫常，除了無君無父之外，父子、妻妾、叔侄、朋友皆備。孫悟空在火雲洞與紅孩兒認叔侄而不受，對紅孩兒的收服成為以後諸難中倫理情感的心理障礙。唐僧、豬八戒喝了子母河的水，腹疼成胎，孫悟空就到聚仙庵向如意真仙求取落胎泉水，卻被稱紅孩兒為舍侄的真仙百般留難，這位老叔責問那位「老叔」：「我舍侄還是自在為王好，還是與人為奴好？」三調芭蕉扇之役，是取經群體與牛魔王家族衝突的高潮。孫悟

空聽聞鐵扇公主是牛魔王之妻，連稱「又是冤家」，知道心理障礙又
會作怪。這裏又寫了牛魔王喜新厭舊，以萬年狐王遺女玉面公主為
妾，釀成妻妾猜忌，使孫悟空有隙可乘。孫悟空於真真假假中騙扇和
反騙扇，使牛魔王要在妻妾面前賣弄英雄主義，引起一場震天撼地的
大搏鬥。又因牛魔王曾到亂石山碧波潭赴宴，孫悟空在那裏偷了闢水
金睛獸，所以其後由祭賽國佛塔失寶而引起的與碧波潭萬聖龍王、九
頭駙馬之戰，也成了與牛魔王家族交鋒的餘波。取經群體與牛魔王家
族水水火火地交往和交鋒的四個情節單元，涉及取經八十一難中的十
難，不僅自成系統，相互呼應，而且與大鬧天宮的總鋪墊、觀音東來
的逆行程相互交織，更重要的是它們把神魔鬥爭家常化和人情化了。
一部《西遊記》以神奇的形象和神秘的數字相交織，在超宗教的自由
心態和遊戲筆墨中隱喻著深刻的精神哲學，從而以小說文體寫成了一
部廣義上的「文化神話」和「個性神話」的典範之作。

下　篇
從詩學到諸子學

中國詩學的文化特質和基本形態

一 尊重中國詩學的專利權

　　人類存在兩種精神文化的智慧：一種是敘事學的智慧；一種是詩學的智慧。關於中國詩學的文化特質和它的基本形態這個問題，要講得清楚，就要牽涉我們研究中國詩學，應該採取一種什麼樣的文化態度和文化立場的問題。

　　我認為我們要採取這樣一種文化立場：尊重中國詩學的專利權。因為中國的詩學研究要出現大氣象、大智慧，就必須立足於現代中國文化發展總戰略的思考之上，以擁有文化專利權的創造，作為安身立命之本。進入新世紀，我們面臨著經濟全球化這一潮流和國際政治多極化的趨勢，綜合國力的競爭成為一種根本性的競爭。綜合國力應該包含人文的力量，文化工程就是人心工程，因為文化這一問題涉及一個民族的價值共識，涉及一個民族的理性思維能力，它的潛在力量是非常大的。甚至可以說，人文問題，事關國魂，事關國脈，事關國力，關係到一個民族的凝聚力。沒有一個人文精神委靡不振、疲軟渙散、無所適從的民族和國家，能夠在經濟上、科技上大展雄風的。所以，這要求我們從文化的總戰略上要做好三件事：其一，對傳統文化的深度現代化，即對三千年中國文學發展的經驗進行深入的現代化闡釋和轉化。其二，對外來文化進行深度的中國化，因為外來文化經過轉化就會變成中國的思想。例如，佛教，我們對其進行轉化變成禪宗

之後，禪宗就是中國思想；馬克思主義經過毛澤東將其與中國革命實踐相結合提出一整套理論之後，經過鄧小平將其與中國現代化過程相結合提出一整套的理論之後，它實際上就成了現代中國的思想，所以要把外來文化進行深度的中國化。其三，現實文化的高度學理化。經過這三化，我們既排除了對傳統文化的抱殘守缺，又排除了對外來文化的生搬硬套，還排除了對現實文化的隨波逐流。這樣我們就可以把我們的人文結構建立在一個充滿科學性、現代性、開放性的創新體制上面，以中國經驗作為根基，以世界的視野作為境界，以原創精神作為內核，創造出具有現代中國特色的人文科學的話語體系，包括概念的體系、言說的體系、學理的體系和價值的體系。

我們要立足於中國文學經驗這一基點，追求原創，發掘幾千年來中國詩人的原創性、他的專利、他的文化特質。中國的文學經驗，在詩學上，經過幾千年的民族創造，已經積累了世界上第一流的資源。問題在於我們要高度珍惜和深度開發這種資源，開發這種資源的深層次的智慧，從中轉化出一些古今可以相貫相通的現代品格和中外共用的世界價值，使它成為名副其實的人類共同的精神智慧的財富。在轉化過程中，對西方的現代理論，首先，我們應該借鑑它，參照它，而不要把自己封閉起來，要有世界的眼光。我從來都提倡兩個世界的思維：有一個中國世界；有一個外國世界，有了這兩個世界，那麼這個思維就是開放性的。我是在農村出生的，到了城市之後，有一個農村世界和城市世界，那麼我的思維可能是開放的。其次，對於西方理論我們還要質疑它，任何西方理論我們都沒必要對它進行頂禮膜拜，因為它們很少，甚至不曾考慮到中國的經驗，我們要與它進行平等的對話。西方理論家對中國經驗所知甚少，在倫敦訪學的時候，我和西方一些很著名的文藝理論家交談後發現，他們對曹雪芹和魯迅僅知其名，對他們的智慧的奧妙和文化的命運卻很模糊。既然擁有這麼一種

經驗，那麼我們對西方的理論，所謂的「世界性」，就應該認識到它是一種「有缺陷的世界性」，是一種不完全的世界性，只有加上我們中國的和東方的文學經驗，才能形成多元共構、充滿對話可能的、真正的世界性系統。

西方的理論不管有多麼高明，都是在西方的經驗基礎之上的，是經過文藝復興、宗教改革、啟蒙運動，經過19世紀、20世紀各種思潮的湧動，在這麼一種情況下建立起來的。西方的每一個術語的形成都有它的一個生命過程，一個術語就是一部精神生命史。在西方，在它們的歷史文化積蓄中，它們可能是一種智慧，但是如果我們把它們游離於這個歷史文化背景之外，它們就可能凝結成一種知識。智慧是可以產生結果的生命過程，知識則是游離於生命過程的結果。對智慧與知識的這個區別是不可不辨的。如果我們孤立地把一些外來的術語生硬地切割下來到處使用，它可能就成為無根之木、無源之水。我們要把它們的理論引用過來，就要加入我們自己的智慧，把它們放置在中國特殊的歷史文化背景之中，加入我們的生命體驗，這樣才能把它的生命重新點化出來，才能變成我們的智慧。那種簡單地貼標籤、囫圇吞棗式的生搬硬套，是達不到這種效果的。拜倫在他的《唐璜》中說，理論家都是吃乾草的動物。滿園春色，到處都是綠草如茵，他們不吃青草，卻去吃那些概念之類的無味的乾草。所以，我們中國的學者應該回到我們的文學經驗上來，來吃我們的青草。西方的一些概念，即使涵蓋面很大、較為通用術語，如浪漫主義、現實主義這樣一些概念，如果拿來簡單地套在屈原、李白、杜甫的頭上，都可能使詩學原理中屬於屈原、李白、杜甫的「專利權」的東西發生遮蔽和丟失。

能否發現中國詩人的「詩學專利權」，這關係到是否尊重中國偉大詩人的原創性，是否尊重中國文化的原創性。如果他們的全部創作都逃不出西方術語的標準，那麼他們又從哪裏獲得資格，在人類精神

史上與外國詩人進行平等的對話呢？只有從這種專利權和原創性出發，我們才能使中國詩人獲得恰如其分的世界性位置，才能建立起具有中國特色的現代詩學的理論支撐點和話語體系的原始生長點。對於這種詩學方法論的關鍵之處，我在《楚辭詩學》中已開始思考。我寫過兩部詩學著作，在寫《楚辭詩學》時，我系統地清理了先秦文獻和楚國文物，對楚國的歷史和楚國的文物做了專門的研究。我們過去研究楚辭往往是從中原文化和經學的角度來看楚國人的思維。如果你到荊州博物館去，到長沙馬王堆去看看，楚人思維的那種絢麗和神奇會使你從心靈上一下子受到巨大的振動，這樣你對中華民族文化的理解，就能達到一個新的境界。因為我們過去對中華文化的理解，大體上以中原為中心，近幾十年來我們發現了楚國的文物，發現了四川的三星堆，發掘出青銅面具祭祀的大坑，出土的青銅器具所顯示出的青銅技術是高度發達的；中國農業文明的最早信息是在長江下游這個地方發現的，在江浙一帶發現的河姆渡文化，其中就有七千年以前的稻穀種子。這些東西被發現之後，我們把長江文明加入到黃河文明相對比的這麼一個位置，這樣我們對中華文明的認識，又達到了一個新的境界。因為我兼任少數民族文學研究所的所長，所以我也關心我們邊疆的文明。長篇史詩《格薩爾王傳》，長度在五十萬行以上，相當於世界五大史詩的總和。我把這個文明叫做江河源頭文明，長江和黃河源頭的文明。它集中顯現了一個新的想像的空間和世界的景觀。它加進來以後，會使我們對中華文明的這種多元一體的文化多樣性的看法發生很大的變化，所以我們要從中華文明新的豐富多彩的文化生命中去發現我們的原創性。那麼怎樣去發現呢？我覺得一個根本的出路在於經典重讀和個案分析，因為詩學的邏輯起點不是在哪個概念上，可以說是在對那些經典和那些最偉大的詩進行經典重讀和個案分析上。尤其是具有中國特色的現代詩學，正處於探索和草建這一時期，進行

經典重讀和個案分析就會使我們的根紮在中國這塊經驗豐厚的土壤之上。因為偉大個案具有千古不磨的權威性，它們以天才的敏感和智慧，來支持這一權威性。我們重讀它，對其進行還原，這樣我們的文藝理論家才不是空頭的耍概念的文藝理論家，而成為「文藝史家與思想家」這麼一個具有綜合素質的人。

西方的一些重要的文藝理論，多是從個案分析中得出來的，如20世紀50年代法國的文學批評家喬治·布蘭，他研究19世紀前期也就是一百多年前的法國作家司湯達的作品從而創立了法國的小說詩學；60年代法國的托多羅夫研究敘事學，他以什麼作為個案呢？他以14世紀意大利的《十日談》作為個案，寫了一本《〈十日談〉的語法》，通過研究《十日談》的「語法」來建構他的敘事學原理；蘇聯理論家巴赫金，他是對話詩學理論的創造者，他研究的是什麼呢？他研究的是16世紀拉伯雷的《巨人傳》和19世紀陀思妥耶夫斯基的小說，用這來建立他的以「對話原則」作為基點的文化詩學的理論依據。這些具有世界影響的詩學理論，都是從經典重讀中汲取靈感、資源才形成自己的學理體系的，而不是把哪一個概念拿來演繹一番。從經典中看到人類最深層的智慧，看到這種智慧中最富有生命力的、最生動活潑的形態，這是我們建立當代中國詩學而且具有原創性詩學的一種最根本的方法。把重要的經典當做偉大的個案，進行細讀，進行感悟，把它上升到學理的高度進行思辨，這是我們返回中國文化的原點，確認中國作家的文化發明專利權的基本方法。這就需要我們直接面對經典文本，重視自己的第一印象。何其芳先生就講過，讀書要重視自己的第一印象，你讀一本書，你最初的感覺是什麼，而不是馬上用理論把自己的直覺監禁起來。第一印象就是那種有血有肉的，真正有意義深度的直覺，它那裏包含著我們原創性的最初理論萌芽。從經典重讀創造出來的詩學，是原生性詩學；從概念術語推衍出來的詩學是再生性詩學。

　　我想以屈原的《天問》作為例子，講怎樣從第一印象開始，對其進行個案分析。屈原的《天問》是一篇非常艱澀的長詩，一百多問，可以說是一篇曠世奇詩。它在兩千多年前就出現，是人類文化史的一大奇蹟。人類從神話、巫風中走出來，走到文人獨立創作的黎明期，屈原找到了一種人與天對話的獨特而深有意味的形式。根據我的研究，過去我們講《天問》，說作者的思維跳來跳去，從講神話，講天地的開闢，人類的出現，一下子又講到周朝，周朝的興亡，一會兒又跳到夏朝，一會兒又跳到商朝，這種跳來跳去的行文和思維方式，使我們有些楚辭學者以為這是錯簡。因為過去的書是由竹簡編成的，如果繩子斷了，重新把它編起來的時候，就有可能把簡編錯了。錯簡其實是一種臆說之詞，因為你找不到原簡，原簡在哪？找不到原簡就不能簡單地斷定它是錯簡。屈原的作品，前面有《離騷》《九歌》，後面有《九章》，它們都沒有多少錯簡，唯獨在《天問》這地方錯得一塌糊塗，這很難解釋得令人信服。這是研究者自己不能解釋《天問》而提出的一種假設。

　　如果我們直接面對《天問》的話，就會認識到它實際上是一種時空錯亂，它的時空是一會兒跳到這，一會兒跳到那，它的所謂「錯簡」現象實際上就是時空錯亂。回到屈原《天問》文本本身，作為一種現象描述，我們才可能如同實際存在地承認他這個作品是一種時空錯亂。屈原被流放到楚國的江澤地帶去，神志非常凌亂，在這種情況下，他在精神上可能出現各種各樣的幻覺、各種各樣的聯想，他的天才就是把這種精神現象抓住。《天問》是重現了屈原精神世界中凌亂狀態的一種天才的表現方式。文學天才之所以為天才，就在於他能根據外在和內在世界的無比豐富性，創造嶄新的審美方式。西方的意識流也是時空錯亂，那屈原與它有什麼關係呢？屈原是不可能受西方意識流的影響來寫的。西方的意識流，是從近代心理學這一角度進入人

類精神的深層的，佛洛伊德學說的出現為它的出現提供了理論依據。中國的詩人是從哪個角度進去的呢？是從詩畫相通這一個古老的東方藝術命題進去的。因為中國古代圖畫的時空是移動的，甚至是錯亂的。王逸，東漢人，楚辭編纂者，留下了楚辭最早的本子。他在《楚辭章句》題解中講：屈原被流放到山陵水澤去之後，在流放期間，心情非常彷徨憂鬱。他看到楚先王廟和公卿祠堂上面的壁畫，上面畫著天地、山川、神靈及歷代聖賢、帝王，他在壁上題詩，叫「呵壁之作」，來發洩自己的滿腔憤懣，後人把他的這個東西整理起來，就成了《天問》。王逸是楚地人，他記載的這個事情，可能是聽到當地的傳說而記錄下來的，也許屈原不是在壁上題詩，但這個故事卻向我們透露了一個信息：《天問》這首詩和圖畫有關係。王逸有一個兒子叫王延壽，他寫過一篇賦叫《魯靈光殿賦》，說的是西漢前期，漢武帝的一個兄弟被封為魯恭王，他「好治宮室，苑囿狗馬」，建了一個靈光殿，王延壽的《魯靈光殿賦》就是對這座殿的描繪。他記載的這座靈光殿是在西漢前期修建的，離屈原也就一百多年。在魯國的這座宮殿裏，它的壁畫也是描寫天地開闢以來的神話、傳說、歷史故事、山妖海怪，千姿百態，有「五龍比翼，人皇九頭，伏羲鱗身，女媧蛇軀」以及后妃亂主、忠臣孝子、烈士貞女之類，確實非常奇異也非常具有心靈撞擊力。王逸當年知道他兒子寫了這麼一篇賦，那麼王延壽好像是為他父親寫的楚辭題解作注解了。在這個「魯靈光殿」裏所看的壁畫，和屈原在楚國的先王廟——公卿祠堂裏所看到的壁畫大可以相互參證。我們要知道西漢的帝王是楚人：「楚雖三戶，滅秦必楚」，劉邦、項羽他們都是楚人；劉邦作《大風歌》，漢武帝作《秋風辭》，這是楚音，曾被過去的《楚辭》本子列入「楚辭後語」。劉邦的寵妃，也就是被呂后砍去手腳的那個戚夫人，是唱楚歌跳楚舞的。西漢前期也是楚文化進入王宮的時期，當時漢王朝是喜歡楚文化的。魯靈

光殿是西漢王族的宮殿，所以那殿裏面的東西是楚風，因而對於這篇賦我們不能只簡單地看到一個魯人的靈光殿，還應該知道它是楚風，是楚國的文化的表現。

我們現在看不到楚國的壁畫，也看不到靈光殿了，但是我們可以看到漢朝的很多石畫像，如在南陽、徐州及山東部分地區都發現了幾千種石畫像，稍微完整一點的可能都是時空錯亂的。山東嘉祥有一幅石畫像，頂層是西王母和一些神仙，再下來，可能是歷代帝王，可能有堯、舜、禹，也有夏桀和商紂王，再下來可能是周公輔成王，孔夫子等聖賢像，再下來可能是刺客的故事，再下來可能是孝子的故事，再下來是日常生活中車馬出行，這麼一些場面混雜在一個壁畫裏面，造成了時空的錯亂。所以，我們的詩人看了類似的壁畫之後，受它的啟發寫出了《天問》，並非不可設想。如果我們肯定詩畫同源的話，那麼詩人把自己心靈中如同壁畫一般混亂的幻象，用時空錯亂的方式表達出來，是非常具有原創性的。我們確定這一點非常重要，就等於肯定屈原作為一個天才詩人，他抓住了人類的一種獨特的精神現象，在人類詩歌史上和人類思維史上，他第一次大規模地使用了時空錯亂。西方直到兩千多年之後才搞意識流，才抓住這麼一種精神現象。這樣一講，不是比給屈原套上浪漫主義、想像力豐富、愛國主義，這麼一些常用的術語，更能說明屈原在人類詩史上的偉大創造，更能觸及他的詩學本質嗎？這是非常關鍵的一種學術方法，當你直接面對經典，首先要看到它的原本狀態是什麼，從原本狀態上直接面對前人的智慧，不要過分迷信那些概念，要先把概念撇在一邊，要看它本來是個什麼狀態。這不是給古人戴高帽子，而是看文本的真實面目，看詩人感受到了什麼？他對世界是怎樣感覺的？如果我們尊重我們的第一印象的話，那麼我們就應該承認屈原是人類思維史上第一個大規模地使用時空錯亂的人。

　　不妨再深想一層。《天問》，我們歷來解釋為屈原問天，但是文中明明說的是「天問」。《天問》開頭的第一個字是「曰」，說：「曰，遂古之初，誰傳道之？上下未形，何由考之？」是說很古老很古老的時期，天地還沒有形成，那時沒有人，神話是怎麼傳下來的，又怎麼去考證它呢？根據我們秦漢時期的典籍，凡是題目和開頭兩個字重複的省掉開頭兩個字，所以這個「曰」是「天問曰」，天是主語，這一點非常重要。天在問你呢？那時沒有人，這些神話是怎麼來的？因為天在中國，既是自然，又是主宰者，還代表著天理、天數、命運，那麼夏商周歷朝的君王，鬥鬥殺殺、爾虞我詐、荒淫無恥，這些事情都要我天來負責嗎？你楚國興興衰衰都是我的原因嗎？他這是以一種很超越的眼光來看世界，是以一種理性的懷疑主義來瓦解和解構你的神話觀和你的歷史觀，這是非常了不起的。用天來問人，西方的詩除了個別宗教書之外，哪些是用天來問人的呢？這實在也算得上一種卓爾不凡的創造。天是無所不包的，所以在天面前，它一會兒可以拿這件事情來問你，一會兒可以拿那件事情來問你，這樣時空不就錯亂了嗎？所以我們只要這樣解釋的話，屈原在人類詩史上的地位就出來了。我們要認識到中國的詩人在人類思維史、文明史和詩歌史上是有原創性的，有專利權的，你不能由於西方有現成一個浪漫主義的筐子，就一股腦兒地把我們的智慧果子扔到它那兒去，我們還要先嘗一嘗這果子的味道。擁有中國這麼豐富深刻的文化經驗，我們完全可以創造出世界上第一流的詩學理論，如果我們有志氣這樣做的話。所以，我們要發現原創，把發現原創這四個字作為我們基本的思維方式。一旦確立了這種思維方式和學術方法，我們就會發現中國的詩學是一種生命的詩學，是一種文化的詩學，是一種感悟的詩學，是一種綜合著生命的體驗、文化的底蘊和感悟思維的非常有審美魅力的多維的詩學。

二　生命詩學

我們回到中國文化的原點，來咀嚼中國詩學的味道，就會真切地領會到中國人寫詩講究生命氣韻的流貫，中國人感受世界，講究人和天地萬象的生命境界的融通，中國詩學在很大程度上是一種生命的詩學。這不論從我們的哲學思考上，還是神話思維上，都有充分的根據。中國人對人有特殊的理解，建構了一種特殊的「人觀」。那麼中國人是怎樣認識人自身的呢？《禮記》講，人是「天地之德」，是「陰陽之交」，是「鬼神之位」「五行之秀氣」，也就是說，人和天地、陰陽、鬼神它們是交融在一起的，而不是孤零零的一個「人者，天地之心也，五行之端也，食味別聲被色而生者也。」在這種思維方式下，中國人的生命本質是和天地、陰陽、鬼神、五行、聲色交合在一起的。所以，《老子》講過一句話：「道大，天大，地大，人亦大，域中有四大，而人居其一焉。人法地，地法天，天法道，道法自然。」從以上這些言論中可以看出我們中國人的「人觀」：人和天、地、道是生命相感相貫的。

中國人的宇宙模式和人生模式也使中國人創造出一些特殊的詞語來，如我們講性：性天，人的性命和天；性命，人內在的性和外在的命連在一起。《易·乾》裏講：「乾道變化，各正性命」，即人道對話，各證性命。我們讀過明朝洪應明的《菜根譚》，他說：「性天有化育，觸處都魚躍鳶飛。」你碰到的地方都是充滿著生命的活力，魚在跳躍，鳥在飛。中國人理解的生命不是上帝創造出來的一個被動之物。我們觀念中也有女媧造人這種神話，但在中國更普遍的觀念中，認為人是天地化育的，人的生命和天道之間有著對應性和一體性。我們的神話思維也是這樣體現著人與天地之間的這種關係，「元氣蒙鴻，萌芽茲始，遂分天地，肇立乾坤，啟陰感陽，分佈元氣，乃孕中

和，是為人也；首生盤古，垂死化生：氣成風雲，聲為雷霆，左眼為日，右眼為月，四肢五體為四極五嶽，血液為江河，筋脈為地理，肌肉為田土。發髭為星辰，皮毛為草木，齒骨為金石，精髓為珠玉，汗流為雨澤；身之諸蟲，因風所感，化為黎氓」（《五帝運年紀》）。這就是中國人的天地化育觀。盤古用他的血肉之軀「化育」了天地，在天地的化育中產生了人。這就是我們的神話，這就是先民對人的原始性理解，對人和宇宙關係的理解。既然我們的詩存在於這麼一種原型思維和宇宙模式之中，那麼我們的詩也自然存在於人與天地之道相感相貫的生命體驗之中，存在於人和天地，人和自然氣息相通的宇宙結構當中。20世紀30年代一位美國教授要寫一部世界文學批評的著作，叫錢鍾書先生寫中國的文學批評，並叫他比較一下中國的文學批評和西方的文學批評有什麼不同？他沒寫，但他思考了這個問題，在1937年發表了一篇長文《中國固有的文學批評的一個特點》。在這篇文章中，他把中國傳統文論的一個基本特徵概括為：把文章通盤的人化。我們評文學通常把風骨、氣質、氣韻、肌理這些本來是講人的術語拿來講文章，我們對文學批評高度人化或者生命化。我們的生命詩學既是我們思維內在的一種形式，也是我們文學批評的一種基本方法。

　　生命詩學要從生命的角度來理解它。我們中國的詩人，如李白，他最有特色的思維方式是什麼呢？我們過去說他是浪漫主義詩人，其實他最有特色的思維是醉態思維，在醉態中酒力刺激了他的精神和神經，使他達到了一種生命巔峰狀態，在這種巔峰狀態中體驗天地、體驗世界，並把這種巔峰狀態的體驗鑄進他的詩學思維之中。所以，我們研究李白，應該把最主要的注意力放在他的詩學思維的原創性上，放在他的詩學專利權上。如果我們相信西方有些人說這一千年最偉大的詩人是莎士比亞，上一千年最偉大的詩人是李白，但我們的李白幹了一輩子就只是出色地實踐了西方的浪漫主義，李白地下有知是不會

同意這一點的。因為浪漫主義不是他的原創，他沒有專利權。雨果是浪漫主義，但李白不是按照雨果教的方法來寫詩的。他的氣質和浪漫主義有相通的地方，但是他的本質在於他的原創，我們要有這麼一種認識和解說。那麼，什麼是李白的原創呢？我們先從他用力最多的三個意象系統來考察：一是酒的系統；二是山水的系統；三是明月的系統。在這三大意象系統中，酒最狂肆，山水最雄奇，明月最靈妙。眾所週知，詩和酒的淵源是中國文學史上一個非常重要的、非常廣泛的、非常久遠的文化現象，韓愈把這種現象稱為「文字飲」。李白代表盛唐風采，他從詩酒因緣中創造出了一種非常獨特的醉態詩學思維方式。在這方面，他受到六朝時期的孔融、曹植、阮籍、陶淵明，還有比他年紀大一點的賀知章、孟浩然等人的影響。但是從更深刻的意義上講，他的詩和酒的關係帶有李白的原創性，具有李白的專利權，這是需要我們證明的。例如，「竹林七賢」中的阮籍，嗜酒如命，整天喝得醉醺醺的，但他寫的《詠懷詩八十二首》，八十二首都是五言詩，文字上看不出，句式上也看不出醉態，而且八十二首詩中僅有一首講到酒：「對酒不能言，悽愴懷酸辛」，他對酒說不出話，那麼醉態只是他的一種生活方式，是他的生活態度的一種表現，而非詩學思維方式，因為它沒有滲透到他的詩學思維過程之中。陶淵明把酒和詩的關係推進了一步。他寫了很多述酒詩，但是陶淵明的性情比較高逸恬淡，往往在吟詠酒中「深味」之時，以明淨之心感悟和思考生命哲學，而未能潛入醉態狂幻的詩學思維方式的深處，如他的《飲酒》詩之十四：「採菊東籬下，悠然見南山……此中有真意，欲辯已忘言。」他忘了，即他不能言，說不出話來了。

從阮籍的「對酒不能言」到陶淵明「欲辯已忘言」，從其中一「不能」，一「忘」來看，醉態只是他們的一種生活方式，一種精神境界，還不是一種思維方式。把醉態當成詩學思維方式的是李白，或

者說，使醉態作為詩的思維方式而有實質性的原創性進展的是李白。杜甫曾說：「李白一斗詩百篇，長安市上酒家眠。天子呼來不上船，自稱臣是酒中仙。」李白把酒和他的詩打成一片，「斗酒詩百篇」成為他醉態思維方式的最好的概括說明。我們再用書法打個比喻，王羲之也喝酒，在《蘭亭集序》中他講「又有清流激湍，映帶左右，引以為流觴曲水」，這不是在喝酒嗎？但是你在他的《蘭亭集序》的書法中看不到多少酒氣。但是到了唐朝的張旭、懷素，滿紙雲煙，喝醉了酒用頭髮寫字，「墨池飛出北溟魚，筆鋒殺盡中山兔」，筆鋒強勁奔放，就像墨池中飛出的能化成鯤鵬的北溟魚。在這個時候，他已經是醉態如泥了，把醉態變成一種思維方式融進了筆墨，這是盛唐人的一個創造，是盛唐氣象的一個表現。我們還必須看到，醉態思維對於詩人來說具有本質的意義，因為醉態把精神的自由和生命的狂歡，渾融為一體了。清人吳喬在《答萬季野詩問》中說：「意喻之米，文喻之炊而為飯，詩喻之釀而為酒。飯不變米質，酒形質具變。」詩把生活狀態在形式上進行了很大的改造，而發生了實質性的變化。假如李白沒有醉態思維幾乎不可能寫出這樣的詩句：「君不見黃河之水天上來，奔流到海不復回；君不見高堂明鏡悲白髮，朝如青絲暮成雪。」一句話，把黃河、天上、大海這麼大時空包容在自己眼下，一句話「朝如青絲暮成雪」把早與晚由於憂鬱使頭髮變白了的時間濃縮在一起，把時間凝縮到一朝一暮。醉態在這裏毫無拘束地操縱著時空的變形。「棄我去者，昨日之日不可留；亂我心者，今日之日多煩憂」，這樣的句子如用散文的寫法，只要「昨日不可留，今日多煩憂」就足矣，因為「不可留者」當然是「棄我去者」；「昨日之日不可留」為什麼還加上個「之日」呢？「今日多煩憂」就足矣，「多煩憂」當然是「亂我心者」「今日」再加上「之日」打破了常規，「之日」是滿口雲煙的寫法。接下來「俱懷逸興壯思飛，欲上青天攬明月。抽刀斷水水

更流，舉杯消愁愁更愁」，一會兒是仰視青天，一會兒是俯視流水，俯仰之間出入於人心和天地。我孤陋寡聞，但據我所見，這些詩句都屬於全人類詩歌中最有才華、最為美妙的句子。這是醉態煥發出詩人自由創造潛力的結果。這種充盈著生命、充溢著力度的詩學，體現了盛唐的魄力和盛唐的氣象。我們過去說「大」是杜工部的家畜，「雄奇」是李太白的絕招。李太白寫黃河，時空可以任意伸縮，黃河的大小、緩急竟是隨心所欲的，可以是「黃河之水天上來，奔流到海不復回」（《將進酒》），可以是「黃河西來決崑崙，咆哮萬里觸龍門」（《公無渡河》），也可以是「黃河如絲天際來」（《北風行》），可以是「黃河捧土尚可塞」，又可以是「黃河落天走東海，萬里寫入胸懷間」（《贈裴十四》）。在他的心理時空中，黃河水是可大可小的，一會兒捧一把土把它塞住，一會兒是奔流到海不復回。很難想像，沒有醉態思維把現實世界中的同一個景觀能寫出這麼隨心所欲、變化多端。詩人似乎不是站立在人間，而是站立在浩浩蒼天、茫茫宇宙之間。

　　和竹林七賢、陶淵明相比，李白是醉態思維的創造者，這是從中國詩史的角度作出的判斷。那麼西方呢？有沒有同樣的東西呢？西方有一種酒神思維和酒神文化。中國的醉態思維和酒神文化有點相似，有可溝通的地方，但是它們在本質上有差別。德國的尼采曾經用日神阿波羅、酒神狄俄尼索斯作為象徵，來解釋藝術的起源和它們的本質特徵的差別。但西方的酒神文化和我們的醉態思維有很大的差別，因為西方的酒神文化是以民俗性的狂歡暴飲、載歌載舞這樣一種宗教祭祀為特徵的。中國詩人的醉態思維是什麼樣的呢？獨酌，「花間一壺酒，獨酌無相親。舉杯邀明月，對影成三人。」獨酌，自己一個人喝悶酒，還有對飲、餞別等場合，也就是說，中國的這種醉態思維帶有明顯的內在精神體驗的特徵。李白有一首詩《把酒問月》：「青天有月來幾時？我今停杯一問之，人攀明月不可得，月行卻與人相隨。」這

哪裏可以同西方民俗性的聚眾狂歡暴飲相提並論呢？它確確實實是中國式的，是李白原創並享有專利權的。這種醉態思維也貫穿於他的山水意象和明月意象之中。我們只有這樣才能分析出屬於中國自己的東西，這樣得出來的東西才具有我們自己的文化特質和特徵。

　　文學作品和詩既然是一種生命，我們對它們進行生命分析，就可能揭示出屬於文學和詩的深層的本質。生命分析是我們深化文學研究的一種重要方法。只要作品寫出來了，它必然帶有作者的生命投射，因此我們要分析作品中的生命痕跡、生命投影和生命密碼。以楚辭中宋玉的作品為例，我們的文學史一講到宋玉，不能不說他是楚辭中的兩個大作家之一，但是除了講《九辨》是他的作品之外，對於他的其他作品，尤其是他的五篇散文賦，就不承認，或者不敢承認是他的了。這五篇賦是《登徒子好色賦》《對楚王問》《風賦》《高唐賦》《神女賦》。因為，自清代的崔述（崔東壁）以來，人們就懷疑它們是偽作；到了五四時期的疑古思潮，懷疑的人更是越多越有學問。疑古思潮是一股瀉藥，當身體裏積蓄了很多污濁的東西的時候，它能疏通你的血液，能減少你的膽固醇，能清理一下你血管裏面的沉積物，但是這個瀉藥如果服得過多是要傷人的，傷人的元氣的，服得過多會使你的元氣大損。這就造成了宋玉的很多東西被懷疑是假的，以至於不敢講那些作品。這麼高明的五篇散文賦，我們竟然不敢進入它，不敢講它，一講就是偽作，是假託之作。我考察了自崔東壁以來的很多論據，很多都是臆測之詞，其中最有學術價值的、最有理由的是北大的游國恩先生講的，他說這五篇賦開頭都用這個話：「楚襄王」如何如何，顯然不符合宋玉的口吻，宋玉只要說吾王就行了，不必講楚。楚襄王是他死後的名字，楚國人講楚襄王不必講楚襄王，就像英國人講英國女王只要講女王就行了，漢朝人講漢武帝不叫漢武帝叫孝武帝就行了。這不符合宋玉的口吻，不符合我們的習慣。要解釋這個問題，

有推理的方法，有實證的方法。戰國時期，各個國家的文字是不統一的，後來秦始皇統一了。到了漢朝時候，楚國原來的鳥形文字變成了只有專家才能認識的文字，那麼漢人整理它就要把它改成漢隸，在這個抄寫的過程中可能加上一些東西，或者夾著一行注解，如：「王」，旁邊注上楚襄王。那時的書籍不是印刷的，是手抄的，那麼過了幾十年，就要重新抄一次，抄的時候注解也可能竄進去。我們絕不能把宋朝刻版印刷的書籍制度和唐朝以前的書籍制度等同起來。《漢書‧藝文志》記載：「《宋玉賦》十六篇」；到了《隋書‧經籍志》，變成了「《楚大夫宋玉集》三卷」。十六篇是竹簡，卷是什麼呢？卷是帛卷，它的書籍變了，而且書的題目也變了，加上了「楚大夫」《宋玉集》三卷；「大夫」在中原是一個很大的官，但楚國為了歧視中原，把「大夫」變成了一個很小的官，是個候補官員。後人不懂得把它變成了《楚大夫宋玉集》，書名變了，又怎能排除文中也有此類改？這是從書籍制度和文字轉寫來講的。我們再看出土文物，把它和歷史文獻相參證。長沙的馬王堆出土了《戰國縱橫家書》帛書，它就是《戰國策》的前身。我們把它和經過劉向、劉歆父子整理的《戰國策》作一個比較，因為楚辭也是由他們整理的，就可以明白這種整理過程的用力所在。茲舉幾例以明其例：

　　△帛書第二十則：「胃（謂）燕王曰：列在萬乘，奇質於齊，名卑而權輕。⋯⋯」誰對楚燕王這麼說的不知道。如果這樣的話，沒有《史記》和劉向整理的《戰國策》作為參照，我們現在就讀不懂。劉向的《戰國策》裏就說了，誰對燕王說的。你對照同樣的條目，劉向整理過的《戰國策》裏面，就變了樣子。

　　《戰國策‧燕策一》：「齊伐宋，宋急。蘇代乃遺燕昭王書曰：『夫列在萬乘，而寄質於齊，名卑而權輕。』⋯⋯」

　　△帛書第二十三則：「胃春申君曰：『臣聞之，於安思危，危則慮

安。今楚王之春秋高矣，□□□地不可不早定。……」

　　《戰國策‧楚策四》：「虞卿謂春君曰：『臣聞之《春秋》，於安思危，危則慮安。』今楚王之春秋高矣，而君之封地，不可不早定也。」

　　這就是劉向整理書籍所謂的「辨章學術，考鏡源流」。他所謂整理書就是加上人名、國別，加上當時的背景。這表明，漢人整理這類古籍，除了把異體字、錯字改為正體，並增添個別助詞、連詞使語句更有彈性之外，主要還在於在開頭認定這些話為誰所說，在何種背景下說的。因此所增添之處，也多為戰國時代複雜紛紜的列國名和人名。應該看到，如果沒有經過劉向整理的《戰國策》以及司馬遷的《史記》作為參照，我們是很難理清這些帛書的頭緒的。從漢人整理這些帛書的慣例中也可以領會到，不能因為劉向這些人加上楚襄王如何如何，即便《文選》所載宋玉的散文賦採用了「楚襄王」的稱呼，那都是文獻整理和流佈所致，並不能據此否定宋玉對這些散文賦的著作權。在春秋戰國時期叫襄王的有七個：齊襄王、秦襄王、韓襄王、楚襄王……如果他要是不加上「楚襄王」，我們就不會知道是哪個國家的「襄王」，這就是漢人整理先秦典籍的習慣。我們過去認為《禮記》是漢人的東西，但是現在出土的很多竹簡、帛書表明，《禮記》只是經過漢人整理，整理了一下順序，改正了一些字，整理過後加上了一些小序，但它還是先秦的東西。流傳到現在的所有先秦的文獻都是經過漢人整理的，我們不能因為漢人對其進行過整理，就否定先秦人的著作權。我們經過把地下的文物和傳世文獻加以比較之後，就可以肯定宋玉是這五篇賦的作者，因為《宋玉賦》十六篇在昭明太子編《文選》時可能還存在。

　　我們肯定了宋玉是這五篇賦的作者，那麼我們就有信心進入這五篇賦的內在生命的深處。你說它是假的，那我們就不敢研究了。你只

有肯定它是真的，只不過漢人作了點改動，這樣我們就不妨認認真真地把它們作為宋玉的生命文本來閱讀。宋玉留下來的生平史料很少，我們對他的作品很難編年，但是任何一部作品都包含著作家的生命烙印，我們可以從這五篇賦中，從年齡心理的角度，大致判斷出這五篇賦的著作年代。我認為《對楚王問》《登徒子好色賦》是宋玉年輕時的作品。在文中他年輕好勝，楚王說，宋玉你有什麼缺點吧？不然為什麼別人對你有風言風語呢？宋玉馬上說我是鯤鵬，人家都是燕雀，我是陽春白雪，人家都是下里巴人。他這樣回答不是把楚王都擱到裏面去了嗎？這是宋玉文章上的勝利，政治上的失敗。《登徒子好色賦》中，楚王說，宋玉，登徒子說你好色，他馬上就把登徒子罵了個狗血淋頭，使登徒子後來成了好色者的代名詞。當年金聖歎在評《對楚王問》時就說它有一股桀驁之氣。《風賦》把風分為「大王之雄風」和「庶人之雌風」，描寫兩種風過之處，引起的不同的感覺，產生不同後果，好像在吹捧楚襄王，又好像在諷刺楚襄王，閱世頗深，這是他中年的作品。

　　《高唐賦》《神女賦》我認為它們是宋玉晚年的作品，它開頭一句話：「昔者楚襄王……」有的前輩學者斷定，昔者楚襄王如何如何，顯然不是宋玉的作品。恰恰相反，我認為這是宋玉晚年回憶他早年的作品，是對早年往事的回憶。例如，杜甫到了夔州之後，回憶他青年時代「裘馬清狂」，與李白、高適一起在梁宋遊玩時的情景，寫了一首詩《昔遊》：「昔者高與李，晚登單父臺」，說過去我和高適與李白一塊到「單父臺」去遊玩，其中「昔者」就是晚年回憶早年的口吻。把楚襄王放在「昔者」的語境中，可能意味著楚襄王去世不久。另外，我們再一句一句分析他對高唐和對巫山的人生體驗。在文中他悲悲切切，帶有一種暮年之氣，可以看做是一個老者所寫。而且我懷疑，這樣寫兩代楚王追求同一個神女，對於一個臣子而言，有點奇

怪。不管楚國怎麼樣野蠻，它終究接受了中原道德文化的影響，兩代楚王追求同一個神女，未免有亂倫之嫌。事涉王者隱私，如果楚襄王活著的時候，宋玉是不敢寫的。這篇賦可能是寫於楚襄王死了之後，因為楚襄王曾經給宋玉講過這個秘密之事，而這對於一個文學侍從之臣，是一種非常榮耀的事，因此他就把它寫了出來。那麼，文章中有沒有這種蛛絲馬跡呢？文中講宋玉跟楚王出獵的時候，　天走一千里，弓箭還沒舉起來，就已經是獵物滿車了，這是靈魂出遊而不是打獵啊！還說什麼「千秋萬歲」，而「千秋萬歲」這個詞是對人死了的一種諧隱說法，是以一種禁忌的方式的談論死。《戰國策・楚策一》記載，楚王打獵時射殺了一頭狂野牛之後，仰天大笑：「樂矣，今日之遊也。寡人萬歲千秋之後，誰與樂此矣？」在此，「千秋萬歲」是死的意思，不是歌功頌德。所以，這篇賦很可能寫於楚襄王逝世之後。楚國遷都到吳越之地，這時楚國的形勢已經失去控制，這就給宋玉回憶他早年時候的事，提供了相對鬆弛的環境條件。那為什麼要寫巫山神女呢？過去有人說這篇賦是屈原寫的，說屈原要打到蜀國去，要與秦國抗衡，把屈原說得好像是一個軍事家。而實際情況是，巫山和宋玉的家鄉宜城很近，宋玉寫巫山神女是表現了宋玉晚年對家鄉的一種懷念。那為什麼楚懷王跟神女有雲雨之情而楚襄王不管怎麼樣追都追不上神女呢？這是因為楚懷王給秦國騙去，說以秦國六百里之地來換取楚國一個地方，到了秦國以後，秦國人說只有六里地，又把他軟禁起來，軟禁之後，讓他割讓巫郡和黔中郡，楚懷王不幹，就逃跑了，跑了不久又給抓了回去軟禁起來，後來客死秦國，所以，他至死都沒出賣巫山。而楚襄王二十一年，秦將白起率軍攻下郢都，也就是今天的荊州，第二年又佔領了巫郡和黔中郡，因而楚襄王他失去了巫山神女對他的那份感情。因此，宋玉實際上是借巫山神女的故事，借兩代楚王追求神女的不同際遇來表達他對鄉土的懷念，寫出了他對失

去的故土的哀思。我們這樣理解是不是更符合作為才子型的詩人宋玉的審美心理呢？因為宋玉和屈原的區別在於：屈原更傾向政治化，而宋玉更近於人性化。所以這樣分析，實際上是對宋玉作品中生命體驗的分析，這樣我們就可以脫離對文本簡單的政治分析或者是東猜西測的分析方法。

三　文化詩學

　　中國的詩學也是一種文化詩學。這與我們的源遠流長、博大精深的歷史權威性，有著深刻的關係。我們的文化深厚，我們的詩學是從我們文化的重重雲霧中走出來的。中國詩學是以生命作為它的內核，以文化作為它的血肉。也就是說，生命點醒了文化，文化滋養著生命；有生命的文化才是精彩鮮活的文化，有文化的生命才是博大豐厚的生命。中國古代詩人寫詩都會用到典故，典故是一種文化想像，是一種時空錯亂。在詩的創作過程中一會兒用唐朝的典故，一會兒用六朝的典故，這不就是一種時空錯亂嗎？所謂「秦時明月漢時關」，在這裏我們的月亮、關口都帶上朝代的氣息，這使我們的詩帶上了豐富的文化想像力、聯想力和隱喻能力。我們的文化把我們天上的月亮、地上的江河、天上的飛禽、地上的走獸，還有樹木統統都染上一層富有魅力的文化的色彩。我們一講到柳樹就可能想到五柳先生陶淵明，看到月亮就可能想到東坡的「千里共嬋娟」，我們的詩學在文化的包容當中，它擁有無比豐富的歷史文化資源和文化元素，供詩人來構建他的想像世界。因此，研究文化詩學要達到原創性，就要做好三件事：其一，以淵博的知識支撐我們的原創性；其二，以宏大的魄力開拓原創性；其三，以卓越的智慧來建構原創性。我們要對詩學的生命孕育、產生和發展的文化語境進行復原，恢復它的原狀。這不同於考

古學對物質文化遺物的復原，而我們是對精神文化這種無形的東西進行復原，這些東西大多已消逝在，或滲透在時間的長河之中了。所以「復原」有更多的難處，但是也有更多的自由度，我們要對其進行合情合理的如同身處其中的復原。我們的古典文化和文學是和史學、哲學、精神創造、思想創造和歷史實錄交織成一個生命有機體的，所以我們必須要用文化的視角、淵博的知識來托起我們的原創性。原創不是憑空產生的，只有淵博的知識所形成的古今精神對話和碰撞，才能使我們原創性的學者的原創性，建立在豐厚的文化基礎之上。

過去有一種說法，認為創造現代的文論和現代的詩學，看看古代的詩學和古代的文論就行了。但是我覺得光研究古代的文論還不足以揭示我們文化詩學的全部秘密，因為古代的文學經驗是大於古代的文學理論的，詩的經驗是大於詩話的。我曾經說過一句話：杜甫因宋人而名聲大起，然而杜甫本身是大於宋人心目中的杜甫的。例如，意象，中國詩很重意象，意象是生命感覺和文化的一個載體。中國詩的意象組合方式曾經給西方20世紀初期的意象主義以啟發。龐德正是在讀了中國詩的譯本和介紹之後，才產生「受靈感激發的數學」，要給人類的感知方式提供一個方程序的念頭。他認為意象就是人瞬間產生出來的理智和感情的複合體。我們的意象實際上是和我們的文化體驗與生命體驗融合在一起的。

我們對古代詩人審美意象的發生、發展和變遷過程的分析，實際上是對古代中國詩人精神現象史的分析。意象分析實際上和文化是有聯繫的，意象分析也就是一種關於精神關注點及其凝聚浩散過程的文化分析。因此，我們的文化詩學必須從文化變遷史的角度，才能看透中國詩學的奧妙。詩是從文化中獲得它的特質獲得它的神韻和方式的，文化是滲透到當時的詩學的脈絡中去的，文化是詩學的血液，是詩學的肌理。可以說，詩是文化開出來的一朵審美之花，沒有文化我

們的詩之花就會枯萎。

詩的情感抒發和意義表達，往往不是直說的，而是潛伏在意象經營和文化展示的皺折之間。文化詩學分析的過程，也就成了隱而不顯的意義揭秘的過程。《楚辭》中有兩篇「招魂」辭：《招魂》《大招》。過去我們對這兩篇辭賦的著作權問題眾說紛紜、莫衷一是。這是因為我們找不到較為詳盡的材料去解決其著作權問題。現在能找到的材料一個是司馬遷在《史記・屈原賈生列傳》中講的幾句話，說《招魂》是屈原所作；另一個是王逸的《楚辭章句》，他的題解認為《招魂》是宋玉招屈原魂；而《大招》可能是屈原所作，又可能是宋玉所作，也可能是景差所作。除了這兩則材料，我們似乎再找不到其他更多材料來回答這兩篇「招魂」辭的著作權的問題。那麼在找不到更多材料的時候我們該怎麼辦？這著作權的問題怎麼解決？可靠的方法是分析文本，分析文本中的生命、文化蘊涵，因為最權威的原始材料就是文本。讀了幾千年的楚辭，我們為什麼不分析文本呢？一分析文本，這著作權和作者的身份就隱約可見。簡易的方法是我們可以對其進行形式上的分析，說《招魂》什麼什麼「兮」，它和《離騷》一樣是騷體，是楚國的一種歌謠體形式；《大招》用的是中原音韻，什麼什麼「些」，四字一句；《大招》不寫招魂儀式，而《招魂》寫了招魂儀式。因此寫了招魂儀式的就不能在招魂的儀式上用，沒寫儀式的是寫給大巫師用的招魂詩。我們可以這樣對它們進行形式上的分析，初步形成學術判斷的框架。但這只是形式上的東西，我們還要看它的內容，進入它的內部破解它的文化密碼。那麼「招魂」辭是如何寫出來的呢？楚人招魂的慣例都是先外陳四方之惡之後，然後轉向另一個抒寫極端：「內崇楚國之美」，即是說外面非常兇惡，在外面的靈魂你快回來吧，楚國有許多可供你享受的東西！《招魂》招的是懷王。楚懷王客死秦國，到秦襄王繼位三年時，其遺體才回到楚國。那麼《招

魂》是怎麼樣寫的呢？文章說，靈魂你回來吧，回來楚國很好啊！靈魂被招回來後又把他請到哪兒去了呢？把他請到楚國的正殿和後宮去了，而且文章把後宮的背景，連同帷幕和蚊帳鉤都寫得清清楚楚。這可是不能隨便就寫上去的，因為現在的正殿和後宮楚襄王正住著呢！你把這個靈魂招到正殿和後宮，那你把楚襄王放到哪兒啊？這樣寫是在懷疑楚襄王在楚懷王被拘秦國時稱王的合理性。把靈魂招到正宮完了之後，又說有很多漂亮的女人侍候你；而且這些漂亮的女人都是九侯淑女，是貴族之女，她們是一個有王者身份的人才能享受的。從這我們可以看出被招的這個靈魂的規格很高。然後寫處理政事，說勞累了還可以出去打獵，回來以後還可以花天酒地。因此，《招魂》中有兩點值得注意：第一，作者是把楚懷王的靈魂招到正殿後宮並為他正位。第二，他說楚國所有財富都是靈魂享受的對象。《招魂》隱藏著作者對楚國王位繼承的合法性的質疑的，這一點意味非常深長。

　　《大招》寫的也是這類場面，但是所折射出來的文化密碼卻不一樣。它說靈魂你回來吧！這兒有很多好吃的東西，顯然是祠堂裏面的祭祀，是要把靈魂招到祠堂裏面來，而不是要把他招回到正宮和後殿，又說楚國有非常漂亮、非常善解人意的女子，來侍候你。但是這些漂亮善解人意的女子卻是巫女而不是九侯淑女，因此，不管你多麼漂亮、多麼善解人意，你沒有身份，那別人是「九侯淑女」啊！靈魂回來始終沒有讓他到正殿去，到後宮去，而是讓他到離宮去，讓楚懷王的靈魂安居離宮苑囿，觀賞那裏的簷頭滴水，孔雀跳舞，享受林間之樂、濠上之趣，作者行文完全是一種侍候太上王的口吻。結尾的「美政」思想，曾受到前人的許多讚揚，說是國家已經治理得井井有條，天下也快要大一統了，這在當時已經衰落的楚國，是可能的嗎？它實際上是說，靈魂啊！你當你的太上王就行了，不要來干擾我們現在的國家統治！這兩個文本，一個是把懷王當成真正的王者，一個是

把懷王的靈魂當做太上王。顯然，一個是屈原所作，因為他曾勸過懷王不要到秦國去，而且他和懷王還有些交情，所以他以悲哀的情調為懷王寫了這麼一首招魂詩，是一位已經失去文學侍從資格的詩人所寫的私家著作，屬個人寫作，在文中用了通行的招魂形式。而《大招》呢？它是楚國的文學侍從之臣在招魂儀式上寫給巫師看的招魂詩，是官樣文章，所以文章把楚懷王當做太上王來對待。因為它是在國家的儀式上用的，所以用一個「大」。因為這是文學侍從寫給巫師看的，是沒有著作權的，所以不知是誰寫的。王逸的《楚辭章句》懷疑是景差寫的，經過我考證也認為是景差。景差是在屈原和宋玉之間的一個文學侍從之臣。宋玉見楚襄王是景差引見的，所以他的輩分略小於屈原，略大於宋玉，所以很可能是景差所作。文本是最權威的，如果我們從文本的字裏行間，去作解密性的意義解釋，那麼我們對楚辭的著作權和它的文化意蘊就有了更深的認識，這是從文化的角度來講中國的詩學。

四　感悟詩學

　　中國的詩學又是一種感悟的詩學。中國詩學的本原性原理都是以心居中，來講詩言志，詩緣情，用心去反映、去統攝、去形容世界的萬象，從而達到一種天人合一的境界。這種由心然後通到詩的心理學通道，顯然和古希臘的模仿說通道是不同的。因為古希臘的詩學是受史詩、戲劇的影響和啟迪的，主張人和世界的二分，分離而模仿之。如果我們承認模仿說是西方詩學的核心遺產的話，那麼中國詩學的第一關注點就不是模仿，而是把世界看做你中有我、我中有你彼此交融，不主張做戲式的、多見人工斧鑿的模仿的一種詩學。即便是由此派生出來的「虛構」這個概念，也不能原封不動地用來解釋中國詩

學。因為中國詩學體現出來的神思和韻味，既是虛構的，也是非虛構的，既是非虛構的，也是非非虛構的，它是虛中有實，實中有虛，虛實結合的。雖然中西詩學之間有許多可以相通的地方，可是對詩生成的特殊心靈通道和第一關注點的差異，決定了東西詩學各自不同的品格和特質。

　　中國的詩學從心講到詩言志，講到詩緣情，它既有生命的深度和文化的厚度，又有感悟作為貫穿它的方法。詩人憑悟性聰明去作詩，追求物我如一、情志與外境相融合的審美境界。所以，我們只有用感悟的方法來讀中國的詩，才能找出一條確切的詮釋中國詩學的方法。感悟，也就是一種有深度意義，又有清遠趣味的直覺，是心靈對萬物之本真的神秘的默契和體認它以返本求源的方式，切入生命與文化、人生與宇宙的結合點，電光火花，千古一瞬。宋朝的嚴羽在《滄浪詩話・詩辨》裏面講道：「大抵禪道在妙悟，詩道亦在妙悟。且孟襄陽學力下韓退之遠甚，而其詩獨出退之上者，一味妙悟而已。惟悟乃為當行，乃為本色。然悟有深淺，有分限。有透徹之悟。有但得一知半解之悟。……先須熟讀《楚辭》，朝夕諷詠，以為之本；及讀《古詩十九首》、樂府四篇……即以李杜二集枕藉觀之，如今人治經；然後博取盛唐名家，醞釀胸中，久之自然悟入。」也就是說，讀書要讀到無書的境界。應該說，感悟的揭示，其在中國詩學上的價值不在意象、意境之下，因為意象、意境都是以感悟作為其基本的思維方式或內在神髓的。我覺得研究中國詩學應建立一種感悟哲學，它不同於西方的分析哲學。感悟的說法，多見於禪宗，前人或譏為「以禪喻詩」。實際上，中國詩學以心居中，追求言志緣情，要求直指心源。世世代代的這種詩學焦慮，一旦遇到講求明心見性，頓悟成佛的南宗禪的思想，便豁然開朗，使中國詩學的心靈體驗達到新的妙境，或如宋代蘇軾詩云：「暫借好詩消永夜，每到佳處輒參禪。」他講的是好

詩與妙悟佳處相通。可惜過去我們把感悟譯成：comprehension 或是 power of understanding，幾乎把「悟」譯成了「解」。而悟恰恰在解的前面，應該是「pre-comprehension」。我們只有理解中英文有這樣的差別才能理解中國詩學的特質。現在順便講一下「比較文學」這個詞。comparative 這個詞是西方的，根據我們傳統的文字學解釋，《說文解字》裏面講到「比」是「二人為從，反從為比，」「比」就是兩個人比肩而立。因此，比較文學是二人比肩而立，而不是一個從著另一個。再比如說意象，我們一般翻譯成 image，而這個詞的主要意思是像、影像、雕像。如果要翻譯的話，應該翻譯成：Ideal-image。因為中國人從《易經》開始，就先講意後講象，《易經》上講：「書不盡不言，言不盡意，」「聖人立象以盡意」，是先有意後有象的，而且意象是必須既有象又有意。這也許不符合西方人的習慣，但是我們就是要他們不習慣，如果我們都跟著人家講，image 就是中國詩學中的意象，我們的東西都符合了西方人的習慣，那麼我們還有什麼創造呢？我在英國牛津大學講學的時候，寫了一個英文的講課提綱，一個女秘書對我說：「楊先生你對這個女神的翻譯有點不符合英國人的習慣。」我說，我就是要不符合你們的習慣，如果完全符合你們的習慣，那我的女神就變成了金髮女郎了。所以我們要創造自己的詩學話語就是要不符合西方的習慣，在符與不符之間尋找創造的空間，因為這種拒譯性，正體現了中國詩學的特殊質素和魅力。當然，我們在重視中國詩學的感悟性的同時，也要注意吸收西方詩學的分析性之長，由悟入析，悟析兼備，以悟直逼詩中的生命存在，以析展開學理體系的思維。

　　中國古代的詩歌評論主要出現在詩話裏面，而且比較鬆散、雜亂、零碎。也就是說，它們對詩歌體驗的感悟性追求，壓倒了體系性追求。詩話現存最早的是歐陽修的《六一詩話》。歐陽修晚年退居安

徽潁州,生活比較清閒,因此他以詩話這種形式頤養天年,《六一詩
話》就是他隨意記錄逸聞趣事和瞬間感想所得,後人沿用了歐陽修這
一體例。詩話比較散亂,一方面是由於它記錄的隨意性;另一方面是
由於古代詩人和詩話作者重感悟,感悟所得,往往如電光石火,璀璨
儘管璀璨,畢竟多是星星點點。星星點點也彌足珍貴,因為它們是悟
性與經典的直接對話。感悟是我們把握世界的第一感覺,是我們對經
典生命的第一印象,所以,我們要把我們的感悟和分析結合起來,既
追求學理的靈動,又追求學理的透徹。因此,感悟可以催生學理原創
性的萌芽。例如,司馬光學歐陽修寫了一本《溫公續詩話》,他在評
議杜甫《春望》這首詩時說:「惟杜子美最得詩人之體,如『國破山
河在,城春草木深。感時花濺淚,恨別鳥驚心』。山河在,明無餘物
矣;草木深,明無人矣。」他對杜甫《春望》的體驗,使閱讀的悟性
和詩作的悟性碰頭,頗為精深地解讀出一些極有滋味的言外之意。進
而言之,花鳥濺淚驚心,不僅是意在言外,而且已涉及悟性思維的另
一個特徵,即人把生命移植給外物,使此花此鳥已經如人一般感時傷
世,怨恨離別。「感時花濺淚,恨別鳥驚心。」「感時」是思考著時代
和國家,「恨別」是講個人的情感和遭遇,「此花」「此鳥」已帶上了
前者為國,後者為家的無限悲哀了。

　　由於中國古代神話和哲學思考,強調人與宇宙相通的整體性和對
應性,因之,我們的詩學講究生命移植,就比西方理論講究情感移植
的「移情說」更高一層。悟性在接通天人之間內在的或精神的管道的
過程中,表現出把人的生命向外界事物移植的功能。杜甫可以說「好
雨知時節,當春乃發生」(《春夜喜雨》),蘇軾可以說「東風知我欲山
行,吹斷簷間積雨聲」(《新城道上》),風雨均有「知」,一吹一灑,
均帶著生命的印痕。這種生命移植的功能可以表現為強勢的,具有某
種攻擊性、侵略性,也可以是弱勢的,具有明顯的滲透性、親和性。

李白的《陪侍郎叔遊洞庭醉後三首》其三說，「鏟卻君山好，平鋪湘水流。巴陵無限酒，醉殺洞庭秋。」這裏的鏟掉君山，讓洞庭湖的水準鋪起來，流到長江裏面去，醉殺洞庭湖，其間都有一種強烈的精神力量在裏面，都是把天地湖山當成有生命的存在或把自己的生命移植給它們，從而把內心的憤懣和憂慮發洩並潑灑到天地萬象上。這就是俗語所謂的「不打不成交」，在把天地萬象當做對手，在生命對抗中實現生命移植。

　　至於親和性的生命移植，以李白的《月下獨酌》中的「舉杯邀明月，對影成三人」一句最為有名。在抒寫自己孤獨行樂、載歌徘徊、醉醒交歡的過程中，他招呼明月和身影，共用生命的悲歡。李白與月，因緣甚深，深到簡直有點生死相許。洪邁《容齋隨筆》卷三說：「世俗多言李太白在當塗採石，因醉泛舟於江，見月影而取之，遂溺死，故其地有捉月臺。」傳聞不足信，但反映了人們對李白與明月的生死因緣的某種別具會心的理解。李白和明月神交甚深，如《襄陽歌》寫縱酒行樂有一句「清風明月不用一錢買，玉山自倒非人推。」買賣賒借，乃是人間的交往交易行為，清風明月本就不需要買，他在這裏卻要拿與天地做生意來比方。《送韓侍御之廣德》說：「暫就東山賒月色，酣歌一夜送泉明。」《陪族叔刑部侍郎曄及中書賈舍人至遊洞庭五首》其二說：「且就洞庭賒月色，將船買酒白雲邊。」在說了不用買之後，他還一再地說要賒要借，這就在奇思妙想中注入了生命體驗和關懷。兩次「賒月色」還不夠，他又去「借明月」，《游秋浦白苟坡》說：「天借一明月，飛來碧雲端。故鄉不可見，腸斷正西看。」這賒賒借借，可以看做人與天地的生命契約，奇思妙想，促成了生命的帶親和感的移植。由悟性而產生的生命移植帶有濃鬱的泛靈論的色彩，它視天地萬物皆有靈性，這乃是李白之為「謫仙人」的靈性感覺或生命感覺的重要特徵所在。

　　悟性思維是介於感性和理性，又渾融著感性和理性的思維，它有感性的鮮活而去其浮光掠影，有理性的深度而避其抽象的邏輯。它有時表面上看起來很無道理，但仔細思之，它的深層中卻蘊含著出乎意料的深刻道理。因為悟性沒經過理性整理，它的理性內核包含著妙處。悟性思維是一種「無理之理」「反常而合道」的思維方式。宋人魏慶之的《詩人玉屑》卷十記載蘇軾談柳宗元的《漁翁》詩，「柳子厚詩曰：『漁翁夜傍西岩宿，曉汲清湘燃楚竹。煙消日出不見人，欸乃一聲山水綠。回看天際下中流，岩上無心雲相逐。』東坡云：以奇趣為宗，反常合道為趣，熟讀之，此詩有奇趣。其尾兩句，雖不必亦可。」「反常合道」是說它常常違反常識、常事、常規、常語，但是它正是從這違反常規中體現出意味無窮的妙處來的。

　　杜甫的詩常把顏色詞放在句子開頭，把形容詞加以名詞化，用顏色代替形容詞，如《陪鄭廣文游何將軍山林十首》中的名句：「綠垂風折筍，紅綻雨肥梅。」綠色垂下來了，原來是風吹折了竹筍；紅色綻開了，原來是雨肥了梅花。理順了說，就是經過一夜風雨，風吹折了竹筍，所以竹筍的綠色就垂下來了；下雨把梅花養肥了，所以紅色的梅花就綻開了。如果這樣寫就不是詩了。詩是重感覺的，感覺優先，它還原出人感覺的先後順序。在森林裏面你先看到的是竹的綠色，看到它垂下來的姿態，然後才想到這是風吹折了竹筍。先看到的是紅色，再看到原來是梅花綻開，最後才想到原來是雨水把梅花養肥了。這顏色能夠垂下來，能夠綻開，簡直匪夷所思。這是以感覺優先為原則所產生的「不隔」，帶露折花，充滿新鮮感和生命氣息。感覺是人與世界打交道的第一回合，沒有感覺誰也無法與世界發生聯繫。因此，感覺優先，在句式上似乎新鮮奇異得超出常規，但是，它意味著對你認知世界的心理過程的還原，還原出人與世界打照面的第一瞬間，還原出人對自然的生命移植。無理之理，或合理的反常，實際上

是悟性思維的意義濃度和審美魅力所在。再如，杜甫詩《放船》裏面有一句：「青惜峰巒過，黃知橘柚來。」詩人感覺的第一瞬間是青色、黃色，是顏色對心靈的刺激和喚醒。而還未細辨峰巒的輪廓，峰巒就已經過去了。到底是人惜峰閃過，還是青作為獨立的主體，惜此峰巒閃過，一時也難以分辨。黃也是雨中行舟所見的色彩，因秋深而推知是橘柚熟了。黃在這裏也是獨立的主體，它和人一道不爭爾我地感知橘柚的迎面而來。這瞬間感知的顏色的強調，令人如同身臨其境地體驗到雨色朦朧，舟行飛快，簡直是一幅大寫意畫。在這裏，顏色好像也有靈魂一樣，人把靈魂賦予了顏色，或者說它與人的靈魂、山川的靈魂混合為一了。感覺是詩與世界的接觸點，據說德國18世紀的美學家鮑姆嘉通創造的「美學」這一詞帶有「感性學」的意思，並與古希臘的「知覺經驗」相通。可見杜詩提高感覺的位置，是具有感知和審美的本質意義的。

經過以上分析，我們大體可以瞭解到：中國詩學是「生命—文化—感悟」的多維詩學。它的基本形態和基本特徵，是以生命為內核，以文化為肌理，由感悟加以元氣貫穿，形成一個完整、豐富、活躍的有機整體，由此可以派生出比興（隱喻）、意象、意境和氣象等基本範疇，從而在不同層面和不同方式上作為生命與文化的具有東方神韻的載體，作為感悟進行貫穿運作的基本方式。由於它是多維詩學，不同維度之間可以多姿多彩地交融、互蘊互動，形容豐富的內在審美張力和多義性的互相詮釋的可能。只要把握了中國詩學的文化特質和基本特徵，我們就能在一種現代文化戰略眼光的觀照之下，潛心探索，深入開拓，貫通古今，權衡中外，務求精深，在與世界現代文學理論進行深層次的平等對話中，建立起具有現代中國特色的詩學話語體系、學理體系、知識體系和評價體系，把豐沛的具有東方神韻的智慧注入人類的總體智慧之中。

李白詩的生命體驗和文化分析

　　李白是8世紀前中期中國最有影響的詩人之一，他的詩是盛唐時代的結晶。在盛唐，杜甫的詩寫得比較沉重、踏實，比較有責任感，對唐以後中國的古典詩歌影響深刻。在中唐，白居易的詩寫得比較通俗、淺顯，在他活著的時候和去世不久對我們「西域」的少數民族影響很大。李白的詩寫得比較飄逸，文采風流。他是中國在西方世界影響最大的詩人。下面就來講一下李白這位天才詩人盛世的風采。

一　中華文明史上黃金時代的天才詩人

　　李白名滿天下的時代是公元8世紀。這是以開元、天寶盛世為標誌的中國政治社會史上的黃金時代；同時，以李白、杜甫和王維為代表的中國詩歌也進入了一個黃金時代。所以，李白是處在盛極千古的，既是國家民族的黃金時代，又是詩的黃金時代的交叉點上。

　　中華民族的形成與西方民族的形成很不一樣。我們民族的格局基本上奠定於秦漢時期，後來經過魏晉南北朝四百多年的大裂變、大碰撞、大融合，到了隋唐的統一，形成了一個氣魄非常宏大的、元氣淋漓的民族共同體。唐代文明應該看成是漢族和廣大疆域內眾多少數民族一起創造的文明。李氏家族在北周當過很大的官，已經相當程度鮮卑化了，是胡化程度不輕的漢人；皇室的母族和妻族很多是漢化了的鮮卑人，如竇氏、獨孤氏、長孫氏，都是鮮卑人。據《新唐書》裏的

宰相年表，唐朝有23個宰相是鮮卑人或其他少數民族的人。邊疆的將領中鮮卑人或其他少數民族的人就更多了。所以，在公元7世紀前期開創了中國歷史上著名的貞觀之治的唐太宗，也是各個民族共同推戴的「天可汗」。這種民族的創造力和凝聚力在延續百年後，形成了開元、天寶盛世。那時候中國的疆域、國力和文明程度，都是世界上第一流的。李白就是從這樣一個環境、時代、文明形態和綜合國力中走出來的天才詩人。聞一多先生曾經講過：一般人愛說唐詩，我卻要說詩唐，詩的唐朝。讀懂唐朝，才能夠欣賞唐朝的詩。對李白也是這樣，只有讀懂盛唐，才能夠理解李白詩的文明內涵和精神氣質。今天我們就是要跟大家一起，來認識詩歌的盛唐，來對李白進行一些還原研究。

李白的詩歌是我們民族對自己的文明充滿自信，同時又視野開闊、意氣飛揚的一種表達。李白出生於碎葉。碎葉在現在的中亞，當時是唐朝的安西四鎮之一。他自稱「隴西布衣」，隴西就是現在甘肅這塊地方。也就是說，李白幼時最原始的記憶是在西域少數民族地區。他五六歲到四川定居，二十五歲離開四川，一直在長江中下游漫遊到四十歲。所以，李白實際上是以「胡地」的風氣、「胡化」的氣質和長江文明的氣象，改造了盛唐的詩壇。這跟杜甫很不一樣。杜甫基本上是黃河文明或中原文明的一個代表。杜甫說：「詩是吾家事。」他的祖父杜審言就是一位大詩人。他幼時的家庭作業可能就是練習格律，從小埋下來的文化基因，早期的記憶，影響了他終生。所以他後來把格律做得越來越細，越來越得心應手，把中國的語言文字的妙處，發揮得淋漓盡致。而李白呢，恰是用「胡地」的氣質和長江的氣質，來改造中原文壇。

李白怎麼樣改造中原文壇的呢？我們以他的《把酒問月》為例：「青天有月來幾時？我今停杯一問之。人攀明月不可得，月行卻與人

相隨。」他拿起酒杯來問，月亮是什麼時候來到天上的。你攀月亮攀不到，但你走的時候，月亮卻總是隨著你。這是別具風采的盛唐人的姿態。詩人借著酒興，與月對話，對人生和宇宙的秘密進行哲理追問。但月亮是什麼時候有的？無從作答。他問的是宇宙起源和生成的深層奧秘。這樣的問題大概只有屈原的《天問》中出現過。詩人問月時，半含醉意，半呈天真，人和月之間進行情感的交流、生命的渾融。所謂攀月不得，講的是人和月遠離，但月行隨人，講的卻又是人和月相近。這一攀一隨的動作，就包含著非常豐富、生動的生命感。唐朝人對月亮有一種特殊的感覺。中國詩歌最美好、最透明的一種想像，跟月亮有關係。譬如，比李白大十一歲的張若虛寫過一首樂府詩叫《春江花月夜》，詩人面對宇宙的蒼茫空間，發出一種哲學的叩問：「春江潮水連海平，海上明月共潮生。灩灩隨波千萬里，何處春江無月明。」在煙波浩渺之中，體驗春、江、花、月、夜，這麼一種循環交錯的意象，散發著一種奇才和奇氣。詩人接著追問天地的奧秘：「江畔何人初見月，江月何年初照人？人生代代無窮已，江月年年只相似。不知江月待何人，但見長江送流水。」張若虛的詩歌留下來的不多，聞一多說：孤篇壓倒盛唐。這篇作品在詩歌史上佔有很崇高的位置。李白與張若虛一樣也是在問月，也是在進行人和月的對話，但在李白的意識中多了一種詩人的主體精神，一種未被世俗禮法束縛和異化的主體精神，一種出於自然赤子而入於神話奇幻的主體精神。他問月，關心的不僅是人間的喜怒哀樂，還關心月亮的日常起居。他問它是怎麼發光的，怎麼登臨普照的，怎麼升沉出沒的，充滿著生活的氣息。它像明鏡一樣，飛臨紅色的宮闕，其生命力彌漫在天地之間。你夜間怎麼樣從海上升起來的，你在拂曉又怎麼樣向雲間隱沒？李白不斷追問生命的過程，關心吃不死藥飛到天上去的嫦娥，關心嫦娥的孤獨和寂寞，使人和天地的情感就這樣溝通起來了。李白的

《把酒問月》比張若虛的《春江花月夜》多了一點神話的想像和超越性。李商隱也寫過《嫦娥》，李白比李商隱多了一些博大的、空明的對生命的質疑。所以，李白的詩上承張若虛，下啟李商隱，富於超越性和很強的主體性，創造了一種酒道和詩道、人道和天道相渾融的境界。

李白詩對盛唐氣象的表達有其獨特的美學方式。這集中體現在三點上：第一是醉態思維。第二是遠遊姿態。第三是明月情懷。李白以醉態把自己的精神體驗調動和提升到擺脫一切世俗牽累的、自由創造的巔峰狀態。他一生愛入名山游，以遠遊來拓展自己的視野和胸懷，把雄奇和明秀的山川作為自己遼闊、博大精神的載體。同時，他又用明月這個意象，引發人和宇宙之間的形而上的對話。所以說，李白精神上的關鍵點是醉態思維、遠遊姿態和明月情懷。

宋以後的人不太理解李白。理學和政治專制主義的壓力，使他們活得很沉重。他們認為文學要載道、要經世。這種褊狹的價值觀限制了他們的眼光。因此，他們對於李白所提出的有關宇宙、人生的本體論問題無所用心，或者不感興趣，簡單地認為，李白只不過寫風花雪月，只不過豪俠使氣，狂醉於花月之間，而對於社稷蒼生並不關心。譬如說，王安石曾經選過四家詩，座次是怎麼排的呢？杜甫、韓愈、歐陽修，最後才是李白。他認為，雖然李白的詩寫得很瀟灑，但是其見識很卑污，十句有九句都講女人和醇酒。雖然後人對王安石這些話的真偽有所辯駁，但是王安石，甚至不止王安石的宋人，對李白通過對女性、對酒、對月亮的體味去叩問人生和宇宙的深層本體論的問題不理解，則是無可辯駁的。實際上，後人不理解的地方正是李白極大地開拓了中國詩歌對宇宙人生的本體論思考，從而創造出來他人難以企及的詩學奇觀。所以我們講，對李白也好，對杜甫也好，我們後來的研究受宋人影響很大。實際上，杜甫在盛唐的名氣遠遠比不過李

白。因為李白是一個明星型的詩人，拿起酒來就能作詩。杜甫是苦吟的，吭吭唧唧地在家裏推敲文字格律這些東西，他的臨場效應不如李白，連杜甫也承認：「白也詩無敵。」中晚唐之後杜甫的影響就上升了，宋人把杜甫做大了。但杜甫的詩實際上大於宋人的理解。李白到了宋人那裏隔膜的東西就更多了。宋以後的詩話、詩評越來越多，而觸到李白神經、觸到李白文化深處的東西反而少了。杜甫的作品是中國詩歌具有厚實傳統的象徵。但是李白這種精神狀態、這種詩歌方式、這種審美形式，對於中國人來說，永遠都是很好的提升、很好的調節和很好的啟蒙。

二 醉態思維的審美原創和文化內涵

醉態思維是盛唐時代的創造。開元、天寶盛世創造了一個醉態的盛唐。

與李白的醉態思維有關係的重要傳說有三個。第一個叫金龜換酒。唐朝三品以上的官員佩戴金龜或金魚，四品、五品分別佩戴銀龜、銅龜，就像現在佩戴的勳章或肩章。李白三十歲初到長安，住在旅館裏。賀知章，就是寫「少小離家老大回」的那位作者，當時是秘書監，一個三品的官員，戴著金龜，去旅館看李白，讀到了《蜀道難》，還有其他一些詩，感歎地稱他為「謫仙人」，天上貶謫到人間的仙人。當時賀知章沒有帶錢，就解下佩戴的金龜去換酒，和李白一起喝醉了。後來賀知章去世的時候，李白專門寫了一首詩，對「金龜換酒」這一幕進行了回憶。所以這是個有歷史真實性的掌故。那麼我們想一想，一個三十來歲的文學青年，到京城一個小旅館裏住下來；一個七十多歲的高官，而且又是一個著名詩人，竟然到旅館裏來看他，拿出自己當官標誌的金龜換酒跟他一塊兒喝。這一幕也只有在盛唐才能發

生。在金龜換酒的醉態中，人際之間官本位的那種隔閡被打破了。

　　第二個與李白有關的傳說叫飲中八仙。杜甫有一首《飲中八仙歌》。第一個寫的是賀知章：「知章騎馬似乘船」，賀知章年紀大了，醉醺醺地騎在馬上，像船在風浪裏顛簸；「眼花落井水中眠」，他眼睛也花了，掉在井裏在水底睡覺。八仙中有唐玄宗的侄子、汝陽王李璡，還有左丞相李适之、風流名士崔宗之，還有坐禪念經的，還有書法家、布衣，包括李白。「李白一斗詩百篇，長安市上酒家眠。天子呼來不上船，自稱臣是酒中仙。」李白喝醉後，天子來喚他，他不顧及禮節，居然說我是酒中仙，不上船去應詔。盛唐，詩人、貴族、丞相、名士、書法家、布衣都在醉態中打破了等級隔閡，一起享受盛世的文明。這是一種什麼樣的景象！盛唐能容納不同的人，用不同的方式，享受自己的文明。

　　第三個與李白醉態思維有關的故事，就是他醉賦《清平調》。開元年間，皇宮裏牡丹花開放，唐玄宗在沉香亭跟楊貴妃一起玩賞。花開的時候，唐玄宗就說：賞名花，對妃子，能夠用舊樂嗎？必須要有新詞！於是他就命令李龜年拿著金花箋，就是皇帝的信封去宣召李白。李白醉醺醺地來了，就作了《清平調》三首，其一說：「雲想衣裳花想容，春風拂檻露華濃。若非群玉山頭見，會向瑤臺月下逢。」後來還有貴妃磨墨、高力士脫靴的傳說。這裏面就集合著很多第一：皇帝當然是第一人，牡丹花是第一花，貴妃是第一美人，李龜年是音樂裏的第一人，李白是詩歌裏的第一人，高力士是內臣中的第一人。這五六個第一在一起創造了一個盛唐的名牌。這種盛唐氣象是其他朝代很難重複的。當然對這個傳說還可以考證。實際上這時楊貴妃還沒有被封為貴妃，楊封貴妃在天寶四年。李白是天寶元年至三年在翰林院。但為什麼會出現這麼個傳說呢？這其實是人們對盛唐氣象的回憶和想像。

　　詩酒風流，是盛唐的一種風氣。李白喝酒是很有名的，我們現在的酒店還有太白遺風。「百年三萬六千日，一日須傾三百杯。」看看喝了多少杯酒，百年一千萬杯！在醉態盛唐，在國家、民族元氣淋漓的時代，詩人借著酒興，用詩歌表達了一種文明的精彩和對這一文明的自信。我們過去講李白，都說他是浪漫主義詩人。但是浪漫主義是雨果他們搞的，是西方18世紀、19世紀的思潮。李白根本不是按雨果那種方式來寫作的。如果要這樣講，李白會死不瞑目！他就是借酒力創造了詩之自由和美，我叫他醉態思維。醉態思維與中國詩歌傳統聯繫密切。中國詩歌史有半部跟酒有關係，起碼百分之三四十的作品都寫到酒。韓愈叫詩酒風流為「文字飲」，拿文字來作下酒菜。蘇東坡的酒量不太大，有酒興沒酒量，所以經常喝得爛醉。他稱酒是「釣詩鉤」，詩歌像條魚，從容出遊，詩人以酒為鉤子，把它釣上來。

　　既然詩酒風流是中國文人的習尚，為什麼偏要說李白創造了醉態思維呢？中國詩歌史，從《詩經》開始，就寫了很多酒。到了魏晉六朝，「竹林七賢」用酒來避世，「常集於竹林之下，肆意酣暢」，喝得昏天黑地。但我們看「竹林七賢」，譬如說阮籍，他能作「青白眼」，表達對世俗的好惡，卻又與群豬共飲，宣稱「禮豈為我輩設也」。他請求當步兵校尉，因為步兵中有三百斛美酒。他似乎感到，除了酒之外，在那個惡濁社會中，再也找不到讓他信服和由衷開心的東西了。阮籍寫過《詠懷》八十二首，文筆很流暢、很生動，但只有一首詩寫到酒，而且是五言整齊的句子。寫到酒這句話叫什麼呢？「對酒不能言，悽愴懷酸辛」，對著酒說不出話來，心頭有很多苦澀的、難言的隱衷。這個酒只是他的一種生活方式、人生態度，而不是其詩歌的思維方式。到後來，陶淵明的《述酒》詩寫了好多，酒對詩歌的滲透更深了一層。陶淵明的胸懷比較超曠，所以他講「採菊東籬下，悠然見南山」，後又講「此中有真意，欲辯已忘言」。這是一種玄學的、忘言

的狀態，這個酒還不是他的思維方式，而是他的一種生活態度，他的一種人生境界。我們再看書法。王羲之的《蘭亭集序》也寫到喝酒，和謝安、孫綽他們面對著「適我無非新」的暮春美景，享受著「逍遙良辰會」，喝得飄飄然。但我們從天下第一行書《蘭亭集序》上，能看到一點醉態嗎？看不到的！看到的只是晉人那種清靜、瀟灑的風貌。而到了盛唐，草聖張旭、懷素，他們喝醉了酒，拿著頭髮，蘸墨，在紙上寫草書，滿紙雲煙，醉態淋漓。這個醉，已經滲透到他們的筆墨裏去了。李白也是這樣。「李白一斗詩百篇」，就像民間演唱藝人一樣，要拿著一個鏡子、一張紙才能唱《格薩爾》，李白有酒才能夠詩興勃發，他創造了一種思維狀態。李白的詩如《將進酒》：「君不見黃河之水天上來，奔流到海不復回。君不見高堂明鏡悲白髮，朝如青絲暮成雪。」天上、大海、黃河，開闊的宇宙空間；早上、晚上，鬢髮變白了，成雪了，瞬息變化的時間，融合在一首詩裏，時空都在李白操作之下。杜甫寫愁，白髮變短；李白寫愁，白髮變長。「白頭搔更短，渾欲不勝簪」（杜甫《春望》），發愁到把短髮搔撓得連簪子都別不上了，這是容易見到的。至於「白髮三千丈，緣愁似個長」（李白《秋浦歌》），就成了千古一見的奇句了，誰見過盤起來有幾層樓高的頭髮垛子呢？這種愁也愁得匪夷所思，愁得具有盛唐魄力，愁得帶有醉態的想像自由。在李白的不少詩中，文字句式也完全打破了正常的中文表達順序，如他說：「棄我去者昨日之日不可留，亂我心者今日之日多煩憂。」其實，上一句就是說「昨日不可留」，因為不可留，才是「棄我去者」；後面這句其實就是說「今日多煩憂」，多煩憂當然是「亂我心者」，後面還要加「之日」。這麼一種句式非醉態不辦，把日常語言順序完全打亂了。這種打亂就創造了人類詩歌中很精彩的句子。他用醉態把自己的心靈調到了一種巔峰的生命體驗狀態，人間的時空限制、循規蹈矩的語言順序都打破了。在詩歌發展史上，

魏晉六朝一直到唐李白，才揮灑自如地把醉態、醉態中的巔峰的精神體驗變成了詩歌的思維方式，創造了人類詩歌史上最精彩的詩句，最奔放、最具超越感的詩學境界。

由橫的比較也可以看出，醉態思維是李白的創造。西方有一個狄俄尼索斯的酒神文化，與太陽神阿波羅的文化相對。酒神文化跟李白的醉態思維當然有相通的地方，它們都是通過醉態來把人的精神調動起來，把精神裏面的潛能開發出來。但是，西方的狄俄尼索斯文化是民俗性的、群眾性的、狂歡暴飲的。李白呢，有一種內在的精神體驗，他不是狂歡暴飲，他是「花間一壺酒，獨酌無相親。舉杯邀明月，對影成三人。」他自己一個人在花叢底下喝酒，然後把明月和自己的影子作為第二、第三個人引來跟自己一塊享受春天很容易消逝的光陰。獨酌，更多的情況是兩個人喝酒，同時還有餞別，送朋友走。所以李白的這種醉態是帶有更多個體性的內在的精神體驗形式。這種醉態思維的詩學是李白創造的。

醉態思維對詩歌來說具有本質性的價值。清朝有個詩論家叫吳喬，他在分辨文和詩時這樣講：人的意思、意念是米，文章是把米煮成了飯；而詩歌是把米釀成了酒。飯還能看到米的形狀；而酒呢，米的形和質，都變掉了。吃飯可以養生、盡年，為人事的正道；而飲酒則醉，憂者以樂，喜者以悲，而不知其所以然，是一種擺脫世俗的狀態。這是吳喬在《答萬季野詩問》中的話。他把文比做飯，把詩比做酒，對文體的異質性作了極妙的形容。後來的人對這段話很欣賞。這個酒意或者醉興是詩的一種存在方式，是作詩的一種精神狀態和思維方式，所以它對詩來說具有本質性的價值。

李白以「胡地」的風尚、「胡兒」的氣質和長江的氣象改造了中原文明。醉態就表達了李白「胡地」的氣質。他喝酒不是喝悶酒，不是像杜甫那樣喝苦酒，而是把豪俠氣質注進酒中。唐代的長安是個國

際大都市。唐詩中常寫到「酒家胡」和「胡姬春酒店」。李白到「胡姬」的酒店去，那種風采，不乏豪俠的氣魄。「綠地障泥錦」，他的馬鞍子下面的障泥錦是綠色的；「細雨春風花落時，揮鞭直就胡姬飲」，在春風細雨的時候，揮鞭騎馬到「胡姬」的酒店裏去喝酒。李白到「胡姬」酒店裏面，不是很陌生、拘謹，而是春風得意，有一點如歸的親切感。他從小在西北少數民族地區長大，他的父親是在絲綢之路上做生意的一個商人，他的詩也寫過碧眼高鼻棕髮的「胡」人，對來自西域的這一類人並不陌生。所以他進「胡姬」的酒店有一種親切感。他寫過：「五陵少年金市東，銀鞍白馬度春風，落花踏盡遊何處，笑入胡姬酒肆中。」白馬王子，高高興興地到「胡姬」酒店裏喝酒。這類「胡姬」風情當然和長安平康里的那些歌妓不同，每年新科進士以紅箋名紙去探訪「風流藪澤」平康里，把同年俊少者推為兩街探花使，諸妓多能談吐，頗有知書言話者，這是帶酸味的風流（《北里志》及《開元天寶遺事》）。而酒肆「胡姬」則帶有活潑的野性，或者會表演：「心應弦，手應鼓。絃歌一聲雙袖舉，回雪飄飄轉蓬舞。左旋右旋不知疲，千匝萬周無已時。」（白居易《胡旋女》）那種「胡旋舞」一類的西域歌舞，是充滿「胡地」的野趣和激情的。因此，李白還寫過：「胡姬貌如花，當壚笑春風。春風舞羅衣，君今不醉欲安歸。」這個天上的謫仙人，「長安市上酒家眠」，這個酒家可能就是「胡姬」的酒家，喝醉酒後就不回去了。唐代的城市制度與宋代的汴梁、臨安不一樣。唐以前中國的城市制度是里坊制，四四方方一個社區，就像現在的社區一樣，除了達官貴人，都是牆朝外、門沖內。市場和居住的坊分離，長安一百零八坊，有東西兩個市場。你在市場喝酒超過了晚上十點鐘，是回不去的，進不了門了，坊長鎖了坊門了，只能在長安市上酒家眠，沒有夜間的交通。宋以後實行的是街巷制，臨街開店，我們現在城市制度就是宋以後形成的。你看《清明上河

圖》，街面上就是店子，車水馬龍，夜晚一兩點鐘也可以回去。宋以後的市民文化發展起來、商業發展起來，這個街道制度是跟它相適應的。

三　遠遊姿態的「胡化」氣質和南朝文人趣味

李白的遠遊姿態包含三個因素：一個是「胡化」的氣質；一個是慕道求仙的意願；一個是南朝文人的山水趣味。

李白24歲離開四川，辭親仗劍遠遊，此後，他再也沒有回過四川。晚年流放夜郎的時候，他當然到過三峽，寫過「朝辭白帝彩雲間」的詩句，但他到了三峽還沒有進川，就被赦免，又回到了長江中下游，爽爽快快地寫了「千里江陵一日還」。很值得注意的一點是，他不是把四川，而是把離開三峽東去叫做「還」。這個「還」與賀知章的「少小離家老大回」的那個「回」不一樣，是有不同的精神指向的。讀懂這個「還」字，才算讀懂李白遠遊姿態的精神指向和文化內涵。這跟我們農業文明中「父母在，不遠遊，遊必有方」是很不一樣的一種人生軌跡。他第一次出川到荊州後，寫了：「渡遠荊門外，來從楚國遊。山隨平野盡，江入大荒流。月下飛天鏡，雲生結海樓。仍憐故鄉水，萬里送行舟。」他憐憫著故鄉的水，從四川流出來的水，一直送他到荊門以外。但是楚國「山隨平野盡」的開闊意識，「月下飛天鏡」的宇宙開闊境界，令他產生一種新的感動。「仍憐故鄉水」，他的遠遊當然也還有一份扯不斷的思鄉之情，所謂「清猿斷人腸，遊子思故鄉」。但李白遠遊不是因飢寒交迫而出外打工，他腰攜很多錢，他父親做生意留下的錢，去交朋友，去看山水。他追求的是一種精神自由，遠遊成了他的人生形態。這一形態中注入了一種精神自由的追求，「鳥愛碧山遠，魚游滄海深」。他的遠遊是深入民間的遠遊，

「混游漁商，隱不絕俗」（《與賈少公書》），跟漁人、商人混跡在一起；他雖然也隱居，但沒有割斷跟俗人的交往。

當然，李白的遠遊也有游俠的意氣，甚至有「胡化」的風尚，所以他的詩歌中寫游俠的詩篇很多。除了這些，李白的遠遊還包含著道教色彩。他的詩中不乏慕道求仙的東西。「精誠合天道，不愧遠遊魂。」他把精誠跟天道相合，這樣，對自己遠遊的魂就不感到慚愧了，所以他結交了司馬子微、元丹丘這樣一些道教徒，與他們一起游心於無窮。道教求仙的遠遊方式，為他神遊物外的精神自由和探究造化本原的宇宙意識，注入了一種新的理念，使其帶有宗教色彩。探究宇宙秘密，神遊八極之表，像鯤鵬一樣逍遙、高舉的狀態，在他的很多詩中都表達出來了。

更為重要的是，李白擁抱祖國山川的名山遊，接上了南朝文人的審美文化傳統。也就是說，他的遠遊姿態是「胡化」習氣、道教追求和山水詩人審美體驗的結合。在六朝山水詩人中，跟李白結緣比較深的，是謝靈運和謝朓。唐朝人都愛旅遊，如李白送孟浩然到揚州去旅遊，「孤帆遠影碧空盡，唯見長江天際流。」在盛唐人的心目中，「煙花三月下揚州」，是一種非常浪漫的行為。當時揚州是一個大城市，唐朝叫揚一益二，就是揚州第一，益州也就是成都第二。「天下三分明月夜，兩分無賴在揚州。」天下的月光有三分，無賴的月光就有兩分在揚州。而李白更喜歡的是名山，他有一種名山情結。他自稱「五嶽尋仙不辭遠」，到五嶽去尋找神仙，不辭道路之遠；「一生好入名山遊」，一輩子喜歡到名山去旅遊。為什麼喜歡去旅遊呢？他說：「心愛名山遊，身隨名山遠。」心喜愛到名山去遊，身也遠離了人間的塵俗。他反覆表達：「久欲入名山」「願遊名山去」「名山發佳興，清賞亦何窮」，喜歡去欣賞那種清遠的神工鬼斧的山水。他有一首詩叫做《秋下荊門》：「霜落荊門江樹空」，到了秋天霜落荊門，江邊的樹木

都掉葉子了;「布帆無恙掛秋風」,無恙的布帆在秋風中掛起來,去旅遊了;「此行不為鱸魚膾」,我旅遊不是因為浙江、江蘇的鱸魚好;「自愛名山入剡中」,因為自己愛名山,所以到了江浙這塊地方。

李白這種魂繫名山的不倦遊興,是跟謝靈運開創的山水詩風分不開的。這種風尚包含著一個了不得的驚人發現:自然山水中蘊藏著作為人文精華的詩,山水遊也就成為他的詩魂之遊。他的詩反覆談到謝靈運,「興與謝公合」,他的詩興、遊興與謝公是不謀而合的。他一再尋找兩百年前謝靈運的遊蹤和心跡,謝靈運遊過的地方他都願意去看看。他不時親昵地稱這位山水詩人的小名,叫謝客,並且把謝靈運山水漫遊的興感跟嚴子陵的歸隱趣味結合起來。

在李白的詩中,我們經常看到「萬里遊」「歡遊」「遊賞」和「夢遊」的字樣。他做夢的時候都在漫遊:「我欲因之夢吳越,一夜飛渡鏡湖月。」這種遊,是與精神、靈魂和詩魂結合在一起的遊。李白開發出中國山水的很多精彩東西。他把中國山水崇高的、神奇的或者清遠的意境開發出來,寫成了與我們國家雄偉奇異、山水相稱的詩。李白詩中的山水是大境界的山水,他好像坐飛機在天上看山水,好像在宇宙空間站上看山水。這跟中晚唐之後的小山小水不一樣,跟普通的山水不一樣,跟謝靈運體現在山水裏面的具體細微之美也不太一樣。他對山水充滿著一種游動的、生命的體驗,如他寫的《望廬山瀑布》,這是唐朝最好的絕句之一了:「日照香爐生紫煙,遙看瀑布掛前川。飛流直下三千尺,疑是銀河落九天。」他用詩把中國的山水名牌化了。而且中國的山水在他的詩歌裏,變成了一種人文的象徵,變成了一種新的體驗。他好以天的視角看山水,以天觀物,來雲遊名山大川,又交織著好多神話傳說和歷史人物的故事,從山水裏面探尋精神的歷史。名山巨川、名勝古跡為李白提供了一種探討宇宙洪荒、出天入地,闡發道的趣味的載體。

　　在名山遊和對名山的吟詠中，李白把盛唐的氣象和魄力，注入了中國的山水詩學之中。清朝有一個人說，「『大』字是工部的家畜」，「大」是杜甫家中養的豬、牛、馬；而「雄奇」二字是李白的絕招。譬如，李白寫黃河，那時的黃河與現在不一樣。黃河在周定王的時候出現過洪水；漢武帝的時候，我們看《漢武大帝》電視劇都知道，發過一次很厲害的洪水；王莽的時候也發過一次洪水。東漢明帝時候治過一次水，修了一千多里的堤壩，把河水引到渤海。此後八百多年，一直到宋朝的慶曆年間，黃河平安無事。後來游牧民族進來，北方成了一個戰場，他們是不搞水利的，社會動亂，黃河就成為一條經常發生水災的河流，河道數變，一會兒從淮河出口，一會兒從山東出海。一打仗，就放黃河水去阻擋敵軍，放黃河水去淹開封城，現在開封的宋都可能在地下五米到十米的地方。黃河流域原來的灌溉網密如蜘蛛網，還有很多湖泊，現在你還能看見中原有什麼湖泊嗎？都給黃河的泥沙漫平了！良田都沙漠化了。所以經濟中心從宋以後，就開始轉移到江浙一帶。但李白那個時候，「黃河之水天上來」，水流充沛；「奔流到海不復回」，流程通暢。我們看到唐人、宋人畫的黃河，都是波濤翻滾。面對著這個黃河，李白寫黃河，大小緩急、隨心所欲，並沒有把它看成一條災害的、兇惡的龍。他講：「黃河西來決崑崙，咆哮萬里觸龍門」，水勢很大；他還講：「黃河如絲天際來」，黃河像條絲一樣，從天上掛下來，還講：「黃河捧土尚可塞」，黃河捧上一捧土就可以把它塞住。總之，「黃河落天走東海，萬里寫入胸懷間」，黃河在李白的心靈時空中，可以擒縱伸縮，顯示出創造主體面對著這個民族的母親河的非凡魄力和氣象。李白的遠遊既是山水之遊，又是詩魂之遊，同時也是一種對自由的精神空間的尋找。

四　明月情懷的個性體驗和民俗轉化

李白在遠遊中雖然帶有「胡人」的氣質，但是也有一種揮之不去的鄉愁。這種鄉愁與明月情緣有著深刻的聯繫，或者說他為農業文明戀土戀家的鄉愁奉獻了晶瑩的明月意象。

李白在宣城，安徽出宣紙的地方，看到杜鵑花的時候，寫了一首《宣城見杜鵑花》說：「蜀國曾聞子規鳥，宣城還見杜鵑花。一叫一迴腸一斷，三春三月憶三巴。」三巴就是四川，巴東、巴西、巴中。他用迴環往復的數字，渲染著迴腸百結的思鄉情懷。他寫過一首很簡單的《靜夜思》：「床前明月光，疑是地上霜。舉頭望明月，低頭思故鄉。」二十個字，婦孺皆知。不少外國人學中文，背誦的詩，頭一首就是這個。小孩子受傳統文化教育，先背的詩也是這個。為什麼這麼一首詩能夠千古流傳、家喻戶曉？我們的文學理論在這種現象面前，幾乎無能為力，顯得非常笨拙，如用女性批評的眼光看，難道是李白看到月亮想嫦娥嗎？其中的奧妙很難講清楚。其實，它表達的就是與人類生命的本原相聯繫的一種原始記憶。這種記憶，也許在你去求學或者去從商發大財時而埋在心底，但是被他這個詩一鉤，就鉤出來了。故鄉兒時的明月，它是人生命的最原始、最純潔的證明。「床前明月光」，天上的光明之客，不請自來，來造訪我；這個很熟悉的客人來了之後，我還認不清呐，「疑是地上霜」，心境中一片晶瑩、清涼，渣滓悉去。這就為人和月相得、思通千里準備了一個清明虛靜的心理機制。而在舉頭、低頭之間，人和月產生了瞬間的精神遇合。瞬間的遇合激發了一種具有恆久魅力的回憶，那就是對童年時代故鄉明月的回憶以及對「隔千里兮共明月」的時空界限的穿透和超越。瞬間的直覺，達到了精神深處的永恆。這就是李白脫口而出，卻令百代傳誦不已的奧妙所在。

　　李白是四川人，他出川去浪跡南北的時候，他的精魂還在牽繫著、留戀著蜀中的名山大川：峨眉山、長江以及和峨眉山、長江聯繫在一起的明月。其故鄉的月的復合意象，就是特殊地體現為峨眉月。他有一首詩叫做《峨眉山月歌》：「峨眉山月半輪秋，影入平羌江水流。夜發清溪向三峽，思君不見下渝州。」這是他初離四川時所寫。峨眉山是蜀中名山，名山才能配得上明月。如果用一座普通山頭來寫，那就缺乏審美的名牌意識了。「峨眉」二字和我們形容美人的蛾眉同音，用它來形容一輪新月，別有一層聲情之美。詩人把故鄉峨眉的山月當成老朋友來對待，在秋天的時候向它告別。平羌就是青衣江，從峨眉山東北流過，匯合岷江，進入長江。月的影子，映到江中來，隨水而流，伴著李白出川的船。人和自然的親和感，在這種人月伴隨中顯得非常清美。「夜發清溪向三峽」，清溪是個驛站，可見他出川的心情多麼急切。但他又回過頭來說，「思君不見下渝州」，渝州就是現在的重慶，對故土、故人還存在著一種割捨不下的留戀之情。「思君」的「君」是誰呢？過去有人說是李白的朋友，但這不是留別詩，也不是贈別詩，所以要說是李白的哪個朋友，「君」就有點落空了。人家是《峨眉山月歌》嘛，「君」就是峨眉山月，月亮是「君」，想念你，看不到你，我就到渝州去了。人和月相得，這麼一種思維，把生命賦予山、月、秋、江。值得注意的是，這首詩中有好多地名：峨眉山、平羌江、清溪、三峽、渝州，以峨眉月為貫穿性意象，參差錯落。詩人通過這些地名，把一種離別的留戀之情，自自然然地、層層疊疊地表達出來了。

　　「峨眉月」成為縈根於李白生命本原的一個意象，它曾經引起兩百多年後同樣是蜀人的蘇東坡的共鳴。蘇東坡有一首詩叫做《送人守嘉州》，開頭兩句完全用了李白的詩：「『峨眉山月半輪秋，影入平羌江水流』。謫仙此語誰解道？請君見月時登樓。」後來，李白五十九

歲時，有一個和尚到長安去，他還寫了一首《峨眉山月歌送蜀僧晏入中京》送行。這離他二十五歲離開四川時寫《峨眉山月歌》，已相隔三十多年。「我在巴東三峽時，西看明月憶峨眉。月出峨眉照滄海，與人萬里長相隨。黃鶴樓前月華白，此中忽見峨眉客。峨眉山月還送君，風吹西到長安陌。」李白捧出了心中的那輪峨眉月，把四川來的和尚當成峨眉客，用這輪明月伴著他一起到長安去。

李白談到月時，用到兩個字「得月」，得到月亮，月得吾心，人與月相得，「得得任心神」，以表達他與明月的精神聯繫。神話思維的介入產生的超越性本身，包含著親切感。人和月相得，這個「得」字有雙重性，既是獲得，又是得宜；既是人借明月意象向外探求宇宙的奧秘，又是人借明月亮的意象向內反觀心靈的隱曲。在人對天地萬物的神性體驗中，月的神性以潔白的玉兔和美麗的嫦娥為象徵，因而較少恐怖感和畏懼感，而較多奇幻感和親切感。李白在流放之後，回到湖北江夏，寫過一首詩，說：「江帶峨眉雪，川橫三峽流」，他還是想著家鄉峨眉的雪；「窺日畏銜山」，太陽下山了，山把太陽吞下去了；「促酒喜得月」，催促上酒來，很高興得到這個月亮。他流放遇赦東歸，在長江的船上，內心的憂愁散去，一線生命的喜悅油然而生，和天上的明月渾然契合。他在登岳陽樓時寫過一首詩，說：「雁引愁心去，山銜好月來。」雁飛走的時候，把我的愁心也引走了；山含著好月，非常晶瑩光輝的月亮來了。雁引山銜的萬象動靜，很微妙地寫出了人得月的喜悅。

這種喜悅，藉著我講的李白的醉態思維，有時候達成了一種天上人間的精神契合。這種精神契約一旦達成，既可以把人請到天上去：「俱懷逸興壯思飛，欲上青天攬明月」，也可以把月亮請到人間來：「暮從碧山下，山月隨人歸。」這種借酒興達成的精神契約，當然是以那首《月下獨酌》表現得最為出神入化：「花間一壺酒，獨酌無相

親。舉杯邀明月，對影成三人。」孤立處境中的精神渴望，刺激著詩人要舉杯邀月的奇異行為，也刺激著他把月當成人的意興。既然把月亮當成人，就必然和月亮進行喜怒哀樂兼備的情感交流，對月亮既有埋怨，也有將就。埋怨這個月亮不懂得喝酒，而影子很突然地跟隨在我的身邊。那就將就一下吧：「暫伴月將影，行樂須及春。」但是詩人的醉態好像也感染著月亮和影子，當他醉醺醺地載歌載舞的時候，月亮和影子也活潑潑地行動起來了：「我歌月徘徊，我舞影零亂。」儘管最後「醒時同交歡，醉後各分散」，但他所追求的最終還是達成一種永志難忘的精神契約：「永結無情遊，相期邈雲漢。」這首詩沒有採用《把酒問月》中嫦娥玉兔的神話，但是，詩人的酒興和醉態在崇拜孤獨和拒斥孤獨的精神矛盾中，創造了一種人月共舞的心理神話。

「得月」這種人月關係和醉態思維具有深刻的因緣，這種因緣聯繫著宇宙意識。剛才我講的那首《月下獨酌》就聯繫著這個宇宙意識。人月之思也聯繫著鄉愁，聯繫著宇宙，甚至還聯繫著李白的西域出生地。這就是他那首把人倫之情和民族之情緊密聯繫起來的樂府《關山月》。李白在《關山月》裏面，展示了一派雄渾舒展的關山明月情境：「明月出天山，蒼茫雲海間。長風幾萬里，吹度玉門關。」由於境界壯闊，詩人不需要雕琢辭藻，而以明白清通的語言縱橫馳騁天上地下萬里關山之間。開頭四句展示了一幅以明月為中心的，涵容天山、玉關、長風、雲海的邊塞風光圖。中原人士寫的邊塞詩都非常慷慨激昂：「醉臥沙場君莫笑，古來征戰幾人回」，一種以身殉國的心情。但是李白是從邊塞來的，他給我們展開的那種蒼茫雲海、長風萬里的景象，就超越了民族之間的隔閡，充溢著盛唐魄力，足以使山川壯色。他有如此雄渾的境界和魄力，讓明月來作證，儀態非常從容地進入歷史和現實，在一片遼闊的古戰場中進行民族命運和個體生命的體驗。「漢下白登道」，聯想到九百年前漢高祖領兵追擊匈奴，被匈奴

誘至平城，今山西大同市附近的白登山，圍困了七天。青海灣是隋唐時代朝廷與邊疆民族頻繁攻戰的地方。也就是說，詩人在天山、玉門關、白登、青海灣這些北部、西部、西北部，相距幾萬里的邊陲之地，思考著一個民族的生存環境和征戍兵士不見生還的命運。如此遼闊的地域和悲天憫人的情懷，沒有明月的視境是無以為之的。《關山月》最後四句：「戍客望邊色，思歸多苦顏。高樓當此夜，歎息未應閒。」戍邊的士兵苦思難歸，無法在長風幾萬里中逆長風回到內地，而內地的高樓上有他夢魂縈繞的生命情感存在；他的妻子當此良夜，面對著同一輪明月，「隔千里兮共明月」，大概要歎息不已吧。在這樣的蒼茫孤苦、生不能歸的境界中，有人登樓來想念自己，也是一種心靈的安慰吧。這首詩就以出入於邊塞和內地的地理空間的形式，真切靈妙地表現了出入於明月和內心的心理空間意義。李白把明月的意象思維推到一個新階段，在一種新的精神層面上綜合了「關山夜月明」的壯闊和「明月照高樓」的深婉。他賦予明月意象以盛唐的雄渾，一種從容自由的雄渾。

明月與文人詩歌關係極深，這大概是我們古代詩歌，尤其是唐詩中使用最多而且寫得非常精彩的意象。由於文人雅趣和文人所寫名篇的傳播和滲透，明月成為我們中華民族的一個很深的情結，最終化成了民間的節日風俗。這是一個人類文化學的有趣命題。六朝以來，中國文人就有玩月的雅興。謝惠連有一首五言詩叫《泛湖歸出樓中玩月》，鮑照有一首詩叫《玩月城西門廨中》。到唐朝，杜甫就寫了四首玩月詩；白居易也寫了很多玩月詩。六朝和初盛唐的文人所玩之月常有玉鉤弦月；到了中晚唐，玩月時間逐漸集中在八月十五前後，有「中秋玩月」這麼一個題目出現。白居易《中秋夜同諸客玩月》：「月好共傳唯此夜，境閒皆道在東都。」僧棲白《中秋夜月》：「尋常三五夕，不是不嬋娟。及到中秋半，還勝別夜圓。」雖見對中秋月的特殊

愛好，但尚未透露出世俗節日的熱鬧勁頭，還是文人、僧人賞月的清靜境界。

中秋月與唐玄宗遊月有關係，後世把它看成盛唐風流的一頁。一部據說是柳宗元作的《龍城錄》寫到，開元六年，唐玄宗在八月十五，由天師做法術，跟道士一起遊月亮，製成《霓裳羽衣曲》。它把月宮仙境和盛唐最著名的音樂舞蹈，聯繫成為一個天風海雨的清明世界。以至後世的年畫《唐王遊月宮》以這樣的對聯作了調侃：「凡世本塵囂，何處有程通月府；嫦娥雖孤零，此宵何幸近君王。」由於李白和後來的蘇東坡這些人對月亮有非常精彩的描寫和抒情，宋代以後，這種高雅的文化夢逐漸轉化為民俗。中秋節成為萬民盼團圓、慶團圓或者思團圓的節日。北宋孫復《中秋月》詩中說：「十二度圓皆好看，就中圓極在中秋。」到了兩宋之交孟元老撰的《東京夢華錄》，就寫到了中秋節。在這一日，貴家和民間都到酒樓裏面占座位，準備玩月，徹夜笙歌。夜市很熱鬧，一直開到早上。這樣，文人的文化就跟民俗文化合流在一起了。

從文人文化到民俗文化的轉型可以看出，李白處於文人玩月意興的開拓期。他筆下的玩月，很少儀式化，更多的是一種精神探索和審美體驗的個人性。甚至「玩月」這個詞，在他的手中也還沒有定型，他的詩題除了「玩月」之外，還有「待月」「望月」「問月」「泛月」「對月」「見月」「邀月」「夢月」和「得月」。李白那個時候，還帶有人和月對話、人和月相得那麼一種精神體驗的色彩。所謂「天清江月白，心靜海鷗知」，就是人以虛靜之心，與江天、明月、海鷗實現了精神遇合。這與在民俗節日熱熱鬧鬧場面中得到的精神體驗絕不一樣。所以李白的明月體驗，用詩歌方式注進了一種天才的想像。從李白到蘇東坡，歷代文人對月亮的體驗，加上千古流傳的月宮神話以及農業民族思鄉、團圓和家族的意識，最後就積澱出來這麼個東方的

團圓之節——中秋節。化雅為俗，必須雅到家喻戶曉，才能化作大雅大俗。

　　李白的醉態、李白的遠遊和李白的明月，對中華民族的天上人間體驗，做了一個非常具有詩情畫意的開拓。而且，這種開拓帶有盛唐的氣魄。他繼承了中華民族千古不絕的詩酒風流傳統，同時又借助於「胡地」以及黃河、長江文明的綜合氣質，用一個謫仙人的風流給我們這個民族的精神體驗、審美體驗提供了一個新的空間和新的形式。李白既有「胡地」的體驗，也有長江和黃河的體驗，更有在長安對高層政治和文化的近距離體驗。因此，應該說，他是中華民族多重文化渾融一體的一個偉大結晶。

杜甫詩的歷史見證品格及其審美分析

一　直面一個大時代的沉落

　　杜甫是一個直面大時代沉落的大詩人。杜甫的詩品在中國歷代詩人的寫作中是跟自己的時代聯繫最緊密的一種詩品。他的時代是一個什麼樣的時代呢？一個躬逢盛世，又開始沉落，並最終沉落的這麼一個大時代。這個時代的沉落和他的誠實剛毅的詩品發生碰撞，托起了一座偉大的詩歌的高峰。我們討論杜甫的時候，切不可忘記他出生在公元712年，唐玄宗在挫敗韋后之亂以後，在這一年當了皇帝，第二年，他又挫敗了太平公主聯合宰相企圖廢帝的陰謀，把年號改成「開元」，寄託著他要重新開拓一個紀元的政治理想。應該說，杜甫是開元盛世的同齡人。為什麼我們要強調這一點呢？因為這一點很重要。開元盛世是當時世界上第一強國的盛世，這個盛世給杜甫的詩歌注入了雄偉博大的氣勢，使他的詩歌即使是寫實的，也不沉溺在身邊的瑣事，顧影自憐，為瑣碎的現實所拖累。同時他又在44歲的詩歌盛年的時候，經歷了天崩地裂的安史之亂，成為流離失所的歷史轉折的親歷者和見證人。這一點也很重要，因為亂離的世事給他的詩歌注入了經歷苦難、懷念蒼生這樣一種痛切和深刻，使他的詩歌不至於沉溺在流連光景、低吟淺唱或者嬉皮笑臉的淺薄之中。更為重要的是，杜甫千載難逢地遇上反差極大的這兩種時代：一個是著名的盛世；一個是著

名的亂世的結合部。這給一個有能力的詩人提供了無比巨大的精神財富，使他的詩歌在這個世事白雲蒼狗的變幻之中捕捉到深厚的歷史經驗、文化智慧和生命的體驗。魯迅先生曾經說過一句話：「有誰從小康人家墜入困頓的麼？我以為在這途路中，大概是可以看見世人的真面目」（《吶喊》自序）。世態炎涼在一個家庭的破敗過程中尚且能夠看得清，那麼，一個當時在世界上是第一強國的瞬間坍塌，它所產生的精神震撼，它所提供的文化人生的智慧更是無可比擬的。杜甫詩就是直接面對這個大時代的沉落所發出的呻吟和歌唱。它無可代替地成為中國人讀起來心都要顫動的民族的記憶。

大唐帝國有兩個盛世：一個叫貞觀盛世，就是公元7世紀的前期；一個叫開元盛世，就是公元8世紀的前期。前一個盛世生產了後一個盛世；後一個盛世消費了前一個盛世。貞觀之治的時候最突出的是政治文明；開元盛世的時候最突出的是經濟文化文明。唐太宗和魏徵他們創造了三種政治哲學：第一個是水和船的哲學，即「水能載舟，亦能覆舟」，就是重視老百姓的作用；第二個是鏡子的哲學，所謂「以銅為鏡，可以正衣冠」，用銅作鏡子，可以把自己的衣服帽子弄得端正，「以古為鏡，可以知興替」，以古代的歷史教訓作為鏡子，可以知道時代的興亡，「以人為鏡，可以明得失」，所以他就任賢納諫；第三個政治哲學就是「天可汗」哲學，西北的少數民族都叫唐太宗為「天可汗」。自古都是貴中華的說法，唐太宗說「朕獨愛之如一」，把他們一樣對待。我們想想隋煬帝的時候，他是排斥「胡人」的。「胡床」他改叫做「交床」，因為漢族過去是坐在席子上的，到採用「交床」或「交椅」後，才端坐著把腳垂下來；隋煬帝又把「胡瓜」叫做「黃瓜」，修長城是為了防禦，但是他最終還是被宇文化及殺了，這是一個不幸。所以，陳寅恪曾經講：「李唐一族之所以崛起，蓋取塞外野蠻精悍之血，注入中原文化頹廢之軀，舊染既除，新

機重啟，擴大恢張，遂能別創空前之局面。」

　　到了唐玄宗所開拓的開元盛世，文化、經濟發展到極點。當時，全國進貢的糧食在貞觀年間才有兩萬擔，到了唐玄宗開元年間是二十萬擔，所以國庫的收入增加了十倍。唐玄宗剛當皇帝的時候，他是勵精圖治的。唐玄宗可以說是半個唐太宗加半個隋煬帝，他開始的時候用姚崇、宋璟當宰相。姚、宋這兩個宰相和唐太宗時候的房玄齡和杜如晦兩個宰相前後相映照，是唐朝最著名的賢相。武則天當年看到皇子皇孫在做遊戲，看到李隆基的沉穩風度，就拍著他的背說，這個小孩的氣概可以成為「吾家的太平天子」。唐太宗初上臺，確實頗有一番作為和進取，如撲滅蝗蟲的事件。唐太宗貞觀二年曾經出現過一次蝗災，蝗蟲飛到御花園裏面來，御花園裏面也種稻子。唐太宗要把那蝗蟲拿來吃。他說人是以稻穀作為生命的，你吃了它是害了我的百姓，百姓有什麼過錯全在我一個人，所以我要你來吃我的心吧，不要去傷害老百姓。當時左右的隨從都勸他說你這樣吃蝗蟲會生病的，他說我既然要轉移蝗蟲的災禍，還怕什麼生病呢？所以他把蝗蟲一下子就夾到自己嘴裏面來了。這個事情現在看來不足為怪，油爆蝗蟲還是一道名菜呢，但是在當時中國的古代，蝗蟲是由天時、氣候所產生的，一直到歐陽修的《新唐書・五行志》，或者陸游的祖父陸佃寫的《埤雅》的時候，他們還認為蝗蟲是魚子變的，魚產子產在田裏，第二年如果來大水，魚子就化為魚，如果第二年，水到不了這些地方，出現乾旱，那麼魚子就會變成蝗蟲，所以叫做魚孽，這是上蒼懲罰皇帝的一種行為。所以唐太宗說，上蒼懲罰，由我來承擔，不要老百姓來承擔。開元年間蝗災頻繁，根據《新唐書・五行志》的記載，大概出現過二十多次大規模的蝗災。當時的丞相姚崇就要求派人去滅蝗，唐玄宗說蝗蟲是天災，不能因捕捉蝗蟲而得罪上天。姚崇就引用《詩經》裏的詩，說古代人要焚蝗蟲，結果民安則戶富，除害則人康樂，

所以這是國家的大事。唐玄宗接受了他的建議，撲滅了山東的嚴重蝗災，僅汴州就滅蝗十四萬擔，這一年的收成沒有受損失。唐玄宗滅蝗雖然沒有唐太宗那麼嚴重，但他前期還是能夠採納賢相的好建議，做了一些好事。因此開元、天寶年間，中國的糧食都非常的賤，大概一斗米只值三文到十三文錢。人們出去旅遊的時候，還有專門招待的驛站，出行千里都不用帶兵器。全國的人口達到了五千二百萬。杜甫五十三歲以後，在四川寫過一首詩，叫《憶昔》：「憶昔開元全盛日，小邑猶藏萬家室。稻米流脂粟米白，公私倉廩俱豐實。九州道路無豺虎，遠行不勞吉日出。齊紈魯縞車班班，男耕女桑不相失。」這就是開元盛世，這種盛世的回憶是能夠給杜詩注入沉雄壯美的氣質的。

　　盛世容易滋生富貴病，只知道享受富貴而對病不做控制和救治，就會危及生命。如果說貞觀之治提供了三項政治哲學，使這個盛世可以持續發展，那麼開元盛世就出現了四項荒唐，使這個盛世走向崩潰的危機。四種荒唐就是四種不正之心：花心、惰心、貪心、昏心，這些都是富貴病的症狀。花心是什麼呢？唐玄宗經過一段時間的勵精圖治之後，天下一派昇平，他就逐漸滋生了享樂的思想。當時唐玄宗的後宮是中國古代最大的一個後宮，他選了幾百人，在皇宮後面建立起了梨園，把梨園子弟叫做「皇帝梨園弟子」，歌舞、打球、鬥雞，還在宮中選了五百個小孩，專門去鬥雞。[1]當時後宮這麼大，嬪妃那麼多，唐玄宗都照顧不過來了，怎麼安排呢？擲骰子，誰得勝了，今天就到誰的家裏去。所以宦官們叫骰子又叫「剉角媒人」，因為骰子的角有點圓鼓鼓的。在開元末年，宮裏又出現新花樣，就是讓嬪妃每個人都戴一朵花，然後唐玄宗去抓一隻蝴蝶，把它放了，這只蝴蝶飛到

1　見陳鴻：《東城老父傳》。按：《東城老父傳》雖係小說，但所記則有事實根據，李　白《古風》二十四云：「路逢鬥雞者，冠者何顯赫。」即為旁證。

誰的頭上就到誰的宮裏。後來楊貴妃出現，她是壽王的妃子，是他的
兒媳婦。他把她弄到宮裏來，然後才不再用蝴蝶這種花招來選美，驕
奢淫逸之心滋長，從此君王不早朝。他把朝政都委託給後來的李林甫
和楊國忠。李林甫是一個口蜜腹劍的角色，能夠把皇帝玩得團團轉，
同時把自己的政治對手像張九齡這樣的賢明宰相一個個剷除掉。對於
下面的賢人，如36歲的時候到長安去考試的杜甫，為了不使下面的人
對他的政治產生疑問，不讓皇帝知道下情，所以讓他們統統落馬，一
個也沒錄取，然後還上表說「野無遺賢」，朝野之間沒有遺漏的賢人
了。杜甫碰到了這麼一個時代，命運非常坎坷。第三個心就是貪心，
好大喜功，常年都有開邊的戰爭。唐朝在青海四川一帶跟吐蕃打，尤
其是在南詔，楊國忠和地方節度使開始打仗。南詔就是今天雲南大理
的南詔國，本來跟唐朝是友好的，由於邊將想侮辱其妻女，蕩滅其國
度，南詔就聯合西藏吐蕃，一起跟唐朝作對，使唐軍先後失了二十萬
人，國力也大大縮水。唐玄宗為了開邊和戍邊，任用了很多「胡人」
做邊疆的節度使，其中安祿山成為平盧、范陽、河東三鎮的節度使。
平盧在遼西，在東北和河北的結合部，范陽在現在的北京一帶，河東
在山西境內，就是說，把現在的遼寧、河北、陝西這一帶的軍政大權
交給了安祿山。當時，張九齡曾經看出安祿山包藏狼子野心，面有反
相，奏請以安祿山作戰失利為由，殺他以絕後患，但是唐玄宗沒聽，
所以唐玄宗流亡到成都之後非常後悔沒有聽張九齡的話。安祿山體重
350斤，肚子大得垂到膝蓋上，唐玄宗取笑他肚皮裏裝的什麼，安祿
山說沒有裝別的，只裝著對皇上的一顆赤心。他認楊貴妃為養母，跳
起「胡旋舞」來，快得如一陣風。後來安祿山起兵造反，從范陽，也
就是北京地區起兵，兩個月就打到了潼關，這場戰爭杜甫是親歷者。
這場戰爭的破壞性極大，使原來的五千二百萬人口下降到一千六百萬
到一千七百萬，唐帝國的七成人口都損失了。這也與當時戰爭動亂使

得很多人口調查不上來有關，很多人都逃到山裏或者南方，不報戶口，但是幾百萬的人口損失是會有的。所以，白居易的《長恨歌》裏面就說：「漁陽鼙鼓動地來，驚破霓裳羽衣曲。」這就是唐朝由盛轉衰的點睛之筆。「霓裳羽衣曲」是唐朝最有名、水準最高的樂曲。據說唐玄宗遊月宮，聽了天上的樂曲，回來之後想把它記錄下來，後來聽了由涼州都督從西域引進的婆羅門曲，覺得調子和他聽到的差不多，於是吸收了這個調子，一是天上的樂曲，二是印度的樂曲，把這二者結合在一起，組成了「霓裳羽衣曲」，代表了唐代音樂的最高峰。「漁陽鼙鼓」，漁陽是現在的薊縣，也就是安祿山起兵的地方。「鼙鼓」是軍鼓，軍鼓一響起來，「霓裳羽衣曲」就煙消雲散。把極端的繁華和極端的動亂用這兩句詩表現出來。盛唐的崩潰當然是冰凍三尺，非一日之寒，但是這「漁陽鼙鼓」一響起來之後，兩個月間整個中原崩潰，這瞬間的震撼是非常大的。也就是說，最高統治者的貪欲淫亂的「四心」和宰相口蜜腹劍的陰謀造成了天寶年間盛唐結構性的政治危機，爆發了一場山河破碎的大災難。

杜甫既是盛唐氣魄的獲益者，又是盛唐社會性結構危機的受害者和觀察者，這雙重身份使他的詩深刻而大氣。在盛唐，杜甫和李白代表了不同的時代：李白代表了前盛唐；杜甫代表了後盛唐。杜甫不能說是中唐的詩人，而是由盛唐入中唐的詩人，因為前期盛唐的氣魄給他的詩歌注入了豐沛的元氣。所以清朝有個詩評家講：杜甫的詩歌，「百年」「萬里」「日月」「乾坤」，都是慣用的文字。清朝另一個詩評家說：「大」字是杜工部的家畜，就是他家裏的家畜等常見的馴服的生命。杜甫的詩用「乾坤」一詞的地方很多，《登岳陽樓》：「吳楚東南坼，乾坤日月浮。」《江漢》：「江漢思歸客，乾坤一腐儒。」到了衡陽，說「日月籠中鳥」，太陽和月亮像籠中的鳥，「乾坤水上萍」，乾坤像是水上的浮萍一樣。這種氣魄，中唐以後的詩人少見，屬於盛

唐給杜甫增添的元氣。

　　杜甫在35歲以前，也就是天寶五年以前留下的詩不多，但是他在盛唐氣魄的培養下，留下了非常崇高的三個意象：一個是泰山的意象；一個是「胡馬」的意象；一個是蒼鷹的意象。《房兵曹胡馬》：「所向無空闊，真堪托死生。驍騰有如此，萬里可橫行。」這樣一匹大宛來的汗血馬，進入了杜甫盛唐詩的英姿勃勃的意象。《畫鷹》中的蒼鷹，意象俊聳高猛，泰山的意象就更加雄偉挺拔了。《望嶽》詩是杜甫25歲，也就是開元二十四年寫的，「岱宗夫如何，齊魯青未了」，岱宗怎麼樣呢，你好嗎？泰山？但是他不直接回答，不急於講泰山怎麼樣，而講「齊魯青未了」，這麼個齊魯莽莽蒼蒼的大地托起了泰山。到底是齊魯托起了泰山，還是泰山使齊魯大地沒完沒了地發青發綠呢？「造化鍾神秀，陰陽割昏曉」，造化是有情的，給齊魯大地鍾靈毓秀，陰陽日月似乎會揮動鋒利的刀子，割開了早上和晚上，這些詩句很奇險。「蕩胸生層雲，決眥入歸鳥，會當凌絕頂，一覽眾山小。」在所有杜甫的詩裏面，這首詩是第一首詩。以泰山開頭，以泰山壓卷，泰山是杜詩的腦袋，首篇就顯出了盛唐的氣魄。盛唐把杜甫推向詩的泰山，後盛唐又使杜甫站在泰山絕頂「陰陽割昏曉」的分界線上。

　　唐朝經過由貞觀之治到開元盛世一百年的積累，它擁有的巨大的國力和對異域文化的相容精神，把自己的思想文化、宗教藝術、音樂舞蹈、繪畫書法都推向了一個最高峰，開拓了一個波瀾壯闊的局面。其中，詩成為整個國家的一種精神方式，詩人加上梨園子弟成為盛唐文明兩個標誌性的亮點。盛唐有過記載，叫做「旗亭畫壁」，就是說盛唐幾個重要的詩人，王昌齡、高適、王之渙，在下雪天到了旗亭去喝酒，當時梨園的歌伎也剛好在那裏奏樂歌唱，唱的是詩人們的絕句，所以王昌齡他們約定，我們三個人詩歌都很有名，但是誰高誰低

比不出來，現在有梨園的歌伎在這裏唱，唱誰的歌最多，誰就第一。王昌齡被唱了兩首，高適被唱了一首，唱一首就在牆上畫一筆，就叫做旗亭畫壁。還沒有唱王之渙的，王之渙氣得不得了，就指著當中最漂亮、最有氣質的一個歌女說，如果這個歌女不唱我的詩的話，我認輸了，如果她唱我的詩，你們就要在我面前跪拜，「奉吾為師」。果然這個歌女唱的是王之渙的《涼州詞》：「黃河遠上白雲間」，王之渙高興得手舞足蹈。這就是說，詩人的歌要通過梨園子弟的傳唱，才能獲得價值，獲得聲譽。評價方式不是現在教育部給你們發一張表，填上在核心刊物上發表多少篇文章來判分，而是用梨園歌女傳唱的廣泛程度來衡量，這是一種時代風氣。在這些唱詩之中，唱的比較多的是絕句。七絕是盛唐最有亮點的一種詩歌體裁，其中唱的最多的是王昌齡和李白，他們的七絕寫得最好，杜甫詩唱得較多的是《贈花卿》，那已經是安史之亂以後的事。唱詩是一種風氣，一種評價方式，也是一種精神生活方式。詩作為中國人的精神方式，產生了杜甫。杜甫雖然處於後盛唐，但是他畢竟在「後」字後面還加上「盛唐」二字，也就是說，杜甫見證了一個盛極而衰的大時代的沉落。在對大時代沉落的體驗和書寫的精神聯繫中，杜甫對中國的詩學貢獻了三個關鍵字，形成了三種詩學的傳統：第一個關鍵字就是「詩史思維」，他把詩歌的描寫伸進了動盪不安的歷史發展的潛流和脈絡之中，開創了一個用詩來見證歷史的傳統。第二個關鍵字就是「抑揚頓挫」，他精心地錘鍊詩歌的意象和篇章肌理，以淚為珠，以血為碧地苦心凝思著沉重的生命的呻吟和情感的熱力。第三個關鍵字是「性耽佳句」，抱著「語不驚人死不休」的精神，把詩歌當做自己生命的一部分，嘔心瀝血地發揮中國語言、語境和詩性的能力。

二 開創了以詩見證歷史的傳統

　　杜甫的詩學，總體而言，是一種充滿了歷史憂鬱感的詩學。憂時傷世、哀國悲己，讀起來有一種不可抗拒的審美崇高感、莊嚴感和悲戚的情調。杜甫出生於河南的鞏縣，他的詩基本上是中原文化的產物，他的立足點是中原，他是在中原長期發展形成的端肅中正的文化傳統和率先實現的近代詩歌格律音韻中訓練出來的詩人。中原人士非常注重歷史，《二十四史》結構工整，傳統世代相續，這個是世界上獨一無二的。中國人非常看重歷史的正統性和傳承性。杜甫把歷史思維的優勢注入詩歌裏面，給詩歌增加了歷史的厚重感和痛切感。以詩兼史，化史入詩，詩史相融，是杜甫對中國詩歌的最傑出貢獻。最早記錄稱杜甫為「詩史」的是晚唐的孟棨，他寫過一本《本事詩》，記載杜甫遭遇了安祿山之亂，流離隴蜀，就是甘肅、四川這一帶時，把歷史情態和社會感受寫進詩裏，所以稱他的詩為「詩史」。這個說法為後人所借鑑，並得到廣泛的認同。北宋詩人黃庭堅說杜甫「千古是非存史筆，百年忠義寄江花。」兩宋之交的李綱，就是靖康之難中東京保衛戰的主將，在南宋初年當了七十天宰相，就遭到朝廷排擠，成了一頭「病牛」。國家災難使他對杜甫的理解十分深切，他寫過一首《杜子美》的詩，讚揚杜甫的詩「豈徒號詩史，誠足繼風雅」「嗚呼詩人師，萬世誰為亞」，萬代詩人誰能夠做杜子美第二呢？

　　但是正如古希臘的亞里斯多德所講，詩和史是兩種不同的文體，有明顯的區別，詩人的職責不在於描述已經發生過的事情，而在於描述可能發生的事情，即按照可然律和必然律發生的事。因此，他認為寫詩跟寫歷史不同，寫詩比寫歷史更富於哲學的意味，更受到嚴肅的

對待，因為詩所描述的事帶有普遍性，歷史則敘述個別的事。[2]這是亞里斯多德的說法，杜甫卻採取綜合思維，把詩和史兩種異樣的文體和思維方式融合起來。詩重性情使他進入了一個心理的時空；史重事實，使他進入了一個自然的時空。在雙元的空間互動中，他用詩給歷史以靈動，用歷史給詩以厚重，這是杜甫的創造，是一個大時代的沉落使詩和史這兩種異質文體牽手，從而產生陰陽合構的精神收穫。

杜甫創造了詩和史的綜合思維，這是跟他的家族文化、河洛文化、黃河文明存在深刻關係的。杜甫的家族文化有兩個基因：一個叫詩；一個叫史。杜甫的祖父杜審言是初唐時期一位非常重要的詩人，近體詩的格律的成熟他是有功勞的。而且他恃才傲世，覺得他是天下第一，所以杜甫在詩中曾經說，「詩是吾家事」「吾祖詩冠古」，我祖父的詩比古人還要厲害。也就是說，杜甫少年時代的家族招牌就是詩，家庭作業就是格律，因此，他的家學深埋著詩的基因。至於歷史的基因，則融合著祖宗崇拜和家族想像。杜甫反覆地回憶他十三世祖杜預，他曾經做過紀念和祭拜杜預的祭文，把晉朝的鎮南大將軍、當陽侯杜預，作為他的家族血緣系統和精神系統的象徵。我們讀過《三國演義》一百二十回，瞭解到羊祜推薦杜預做鎮南大將軍，坐鎮荊襄，最後發兵消滅了吳國。杜預是司馬懿的女婿、司馬昭的妹夫，杜預打敗並消滅了吳國，幫助晉朝統一天下，功勞卓著，封為當陽侯，食祿九千擔，是晉朝的名臣。他晚年功成名就之後，好學不倦，坐臥都離不開他那本寶貝《左傳》。常常出去的時候，他就讓他左右的人拿著《左傳》在他的腦袋前面，所以毛宗崗點評《三國演義》的時候，說關公好讀《春秋》，杜預好讀《左傳》，這正好相對。現在《十

2　〔古希臘〕亞里斯多德：《詩學》，羅念生譯，第九章，北京，人民文學出版社，
　　1963。

三經注疏》裏面的《左傳》，就是杜預的《春秋左氏經傳集解》，他第一個把《春秋經》和《左氏傳》合在一起，統一注解。所以，杜甫出於對這個祖先的敬佩之情，他的精神深處家族因素裏面始終有個史的因素。正是這種家族因素，聚焦於史，使得杜甫在文化基因的深刻層面上，形成了極其關注現實人生和歷史潛流的思維方式。

當然這種詩史思維的形成，也跟他的個人經歷有關。經歷是人生的，也是詩歌的最直接的老師。杜甫最早使詩歌歷史化的詩作出現在天寶前中期，也就是他四十歲左右的時候，這時候他寫了《兵車行》。《兵車行》應該是杜甫詩史思維形成的標誌性著作，標誌著他是盛唐危機的最早的考察者和發現者。因為杜甫在二十五六歲到四十歲這十幾年間正好是李林甫、楊國忠當權誤國的時候，一個草根之士在政治失誤中斷絕了順利地進入官僚體制的管道，他對政治失誤的危害就感受得更加深刻。他的仕途阻塞，窮到和平民一起去排隊買減價的官米，用來維持溫飽線以下的生活，所以他歎息「紈綺不餓死，儒冠多誤身」，我這個儒生的帽子把我的生存都給耽誤了。儘管他認為自己有「讀書破萬卷，下筆如有神」的才能，儘管自己有「致君堯舜上，再使風俗淳」這麼一種志向，但是他獲得的生活回報，還是「騎驢十三載，旅食京華春」，騎著毛驢在長安、洛陽13年，跑來跑去地找門路。「朝扣富兒門，暮隨肥馬至」，早上去敲富人的門，晚上追逐著肥馬，就是達官貴人的馬後的塵土，「殘杯與冷炙，到處潛悲辛」（《奉贈韋左丞丈二十二韻》），過著這麼一種有失儒生體面的生活。生活情景每日每時地推動著他的詩歌歷史化，不採取這麼一條路線，就無法排遣他的生命焦慮。他沒有像他的遠祖杜預，破吳之後從容無事而去做《左傳》的注解，也不可能像他的祖父杜審言那樣恃才傲物，聲稱「吾文章當及屈、宋作衙官，吾筆當得王羲之北面」。（《新唐書》）杜甫沒有這種心情，旅食京華十三載，已經使他脫去了「放

蕩齊趙間，裘馬頗輕狂」的少年意氣，他變成了一個謀生不易的務實的中年人。

詩史思維帶有中年人的憂鬱和深刻。杜甫的眼睛是向下的，他的心情是憂愁的。杜詩的詩史化的路線使儒家仁者的情懷發生了兩種變動：一種是平民化的變化；一種是難民化的變化，因為他自己就是一個平民，後來也變成了一個難民。所以，人們從他的《兵車行》就看出了歷史的結構性的危機，「車轔轔，馬蕭蕭，行人弓箭各在腰。」好像是一個大部隊在出現，好像很有氣勢，但是這裏面潛伏著嚴重的民間社會危機，「爺娘妻子走相送，塵埃不見咸陽橋。」因為邊庭流血成海水，我們的「武皇開邊意未已」，窮兵黷武的貪心，使得「漢家山東二百州，千村萬落生荊杞。」《兵車行》就看到了開邊，即對邊疆的擴張的大規模徵兵，造成的農村的蕭條和老百姓生活的窮苦和破產。他的詩史採取民間立場，是平民化的詩史，是一種對社會底層進行同情性的對話的詩史。就在天寶年間，唐玄宗把政權交給了李林甫和楊國忠，這種開邊的戰爭一直增長，邊疆的將領為了冒領戰功，用兵日重，《兵車行》反映的就是討南詔的戰爭。這場戰爭因為士兵對水土氣候不服，而且南詔還跟吐蕃聯盟，造成唐軍大量陣亡。楊國忠隱瞞了戰爭的失敗，在河南、河北及兩京地區大量招募新兵，就連京城重地也出現大量的哭聲。這哭聲李白也聽到了，李白的《古風》第三十四首就是寫的這場徵兵：「羽檄如流星，虎符合專城。喧呼救邊急，群鳥皆夜鳴。」但是李白當時是客遊在梁、宋之間，對河南、河北的徵兵事件有所聽聞，但不是直接走到徵兵的行伍中去的。所以，李白的古風所寫的是一個宏觀的事態，而杜甫走進了行伍以內，看到真實的具體事件，臨場展開人和人的對話，然後追憶到青海一下雨鬼魂都在叫。這裏有人和鬼對話、生和死對話，在一種抑鬱陰冷的格調中強化了全詩的社會危機感和歷史厚實感。

　　當然，賦予杜詩詩史化最強大的動力的是杜甫四十四歲那年爆發的安史之亂所造成的國家破壞、生靈塗炭、家室流離的痛苦的精神感受。他旅食長安十年後才謀到了一個八品小官，這個小官是左衛率府兵曹參軍，管理衛率府裏士兵的帳本和馬、驢之類的一個科長。就這麼一小官維持不了全家居住長安的生活，他沒辦法給自己的太太和孩子下一個長安的戶口，只好把太太安排在奉先縣的娘家親戚那里居住，就是住在現在陝西的蒲城縣。他回家探親寫了《自京赴奉先縣詠懷五百字》。他根據自己在路上奔波流落的所見所聞，他對自己的身份很不滿意，已是小官，卻自稱是老大笨拙的「杜陵布衣」，這種心態使他記錄下「朱門酒肉臭，路有凍死骨」的社會不平等現象。杜甫存在於歷史之中，他寫詩的時候不是他去尋找歷史，而是歷史在尋找他。例如，他想到武靈唐肅宗行在，就是現在的陝西的西部、甘肅這一塊。這時，安祿山佔領長安，唐肅宗已經當了皇帝，杜甫這樣的兵曹參軍，要是不去找皇帝，官俸就沒有地方領了，於是他就隻身去找那個可憐的位置。在途中他又被安祿山的叛軍抓去，但是他那時不像李白已經名滿天下，而是一個名聲不大，又沒有什麼官位的人。所以對方就不在意他，把他放在長安城的旅館。他困在圍城長安，看到了潼關失守之後唐玄宗匆匆忙忙地往西跑，把不少的王子王孫拋落在長安，懵懵懂懂地睡覺還沒醒呢，城破之後留在長安，隱姓埋名，乞討為奴，於是杜甫就寫了一首《哀王孫》的詩。歷史找到了詩人，使他的詩裏面蕩漾著王子王孫與杜甫同病相憐的被拋棄的悲哀。杜甫在憐憫王孫，也在憐憫自己。困在長安裏面，杜甫整天就盼著官兵來收復長安，來拯救他，但後來又發生了陳陶斜上的戰爭悲劇。陳陶斜就是現在咸陽和長安之間的一個地名，咸陽的東面。當時的宰相房琯率領三軍進至咸陽東北面陳陶斜的沼澤地時（請注意，那時候長安附近還有濕地）和安祿山的軍隊相遇。房琯學古人打仗的方法，擺開兩千輛

牛車馬車的陣容，用騎兵和步兵夾著和敵人打仗，安祿山的軍隊敲鑼打鼓，牛和馬哪裏見過這種陣勢，馬上就亂了，然後放火一燒，人畜大亂，官兵在這場戰爭中死傷四萬人。杜甫為此寫了一首《悲陳陶》，他說「孟冬」，就是至德元載十月，公元756年，「孟冬十郡良家子，血做陳陶澤中水。野曠天清無戰聲，四萬義軍同日死。」這場戰爭使他沒辦法和唐肅宗的朝廷聯繫上，只好找了個機會，第二次潛逃出長安，在崎嶇的山路裏跋涉，「破衣麻鞋」到了鳳翔去見唐肅宗，所謂「麻鞋見天子，衣袖露兩肘。涕淚受拾遺，流離主恩厚」，唐肅宗封了他一個左拾遺。左拾遺是門下省的一個官員，從八品上，比他原來當的軍曹參軍大了半個官階，「掌供奉諷諫」，是給皇帝提意見的這麼一個角色。雖然品位很低，但是能夠看到皇帝，像我們的博士生一樣，總是想在北京找工作，而不在外地找工作。他當了左拾遺之後，總是給皇帝提意見。剛才講到的率兵打仗的房琯，是杜甫很尊重的一個文官，但是由於官僚裏面的相互傾軋，有人告發房琯，說他「琴童倚勢納賄」，皇帝聽了很不高興，杜甫上奏疏為房琯辯護，說皇上不要以這麼一點小過錯來貶責一個大臣，皇帝因此勃然大怒，疏遠杜甫。他只好請假，跋涉七百多里，去看望離別已久的妻子和小孩，並寫下了《北征》和《羌村三首》，同時沿途憑弔戰爭中戰死的士兵：「夜深經戰場，寒月照白骨。潼關百萬師，往者散何卒？」回到家中，「妻孥怪我在，驚定還拭淚。世亂遭飄蕩，生還偶然遂。鄰人滿牆頭，感歎亦唏噓。夜闌更秉燭，相對如夢寐。」在戰爭的環境中，回來之後，竟然像做夢一樣。戰爭、家庭、國家──歷史在血與淚中糾纏在一起。作為一個漂泊浮沉、養不起家的小公務員，他自然就把歷史放到心頭上，自然使自己的詩帶上了沉重的詩史思維。所以，歷史不依不饒地來找他，他也不推不讓地跟歷史打成了一片。他本身就是一介平民，一介難民，無從躲避歷史的驚濤駭浪，只能在清

理歷史風浪中尋找自己的生路。

　　宋人講杜甫「每飯不忘君」，也就是說，他每端起飯碗都忘不了皇帝，事實上皇帝還沒有給他端穩飯碗。他有儒家思想，也有忠君意識，這是不可迴避的。但是把一個飯碗都端不牢靠的難民，說成端起飯碗就思念皇上，這是宋人的過度想像。現實是由於在朝廷政權奪勢，杜甫受到房琯罷相的牽連，第二年就被貶為華州司功參軍，華州司功參軍是個什麼官呢？正八品下，好像比原來的左拾遺高了半階，但是被指使到一個中等的縣裏去管雜事了。他管的是官員的考核，管祭祀，管禮樂，管學校，甚至管占卜，管喪葬，在兵荒馬亂中這些事提得上日程嗎？他當了華州司功參軍後，就回到洛陽去探親，去看自己的老鄰居，去看他家的老房子，因為杜甫小時候在洛陽住過。當時郭子儀等九位節度使群龍無首，好幾路節度使去攻打安史叛軍，因為不設元帥，沒有第一把手，相互間缺乏統一的指揮，所以被史思明的五萬精兵一衝擊，就全軍大潰。在這種兵荒馬亂之中，他從洛陽返回陝西東部的華州，根據沿途的見聞寫下了「三吏三別」，從社會下層小吏的層面來考察歷史的運作，考察戰爭對歷史的慘重破壞。他本人也是吏啊，司功參軍是一個正八品下的小吏，而他敢秉筆直，對戰爭中的吏治文化進行沉痛的反思。那些吏和杜甫的吏不同，那些吏可能是縣尉下面管治安、管招兵的吏，而杜甫是管雜事、管考覈、管祭祀、管學校的吏。他考察吏文化的時候，觸及中國吏治體制中閻王好做、小鬼難當的要害，考察了兵荒馬亂時的吏是怎樣不顧及百姓的生死來運作他的權力的，於是他寫了《石壕吏》。這時候47歲的杜甫是縣裏科長級的幹部，他說「暮投石壕村，有吏夜捉人。老翁逾牆走，老婦出門看。」家裏沒有人，三個兒子，兩個在戰場上戰死了，一個剛剛參軍寄信回來。家裏沒有人，只有個未斷奶的孫子，媳婦窮得連褲子都沒得穿了。在這種情況下，老頭子害怕徵兵還逾牆走了，看來

身體還可以，還能爬牆。老太婆只好說那我去吧，我去還可以給你們做做飯。戰爭和兵役，使一個三代同堂的家庭三殘四缺破敗不堪，卻依然是「吏呼一何怒！婦啼一何苦」，悍吏橫行使老百姓殘破的家庭雪上加霜。無節度使的軍隊都一下子潰散下來，敗局已經不可收拾，要在黃河設防保衛洛陽，悍吏總要抓幾個壯丁去交差，但是他大概也抓不到什麼合適的「壯丁」，只好氣勢洶洶打起這個只剩下老翁、老嫗的家庭的主意了。《石壕吏》是杜甫筆下最富有寫實風格的詩。他的詩史思維不是直接描寫郭子儀等節度使的戰役行為，而是寫石壕村裏的一位老太太面對著一個恐怕連科長、股長都夠不上的吏，通過底層來折射和透視整個社會的崩潰，其深刻性和悲劇力量要比去寫將相們的鎮定和驚慌，更加高明，更加震撼人心。所以，平民杜甫開創了以平民為根本的描寫角度，他用詩來見證歷史，採取的是民間立場。這是杜甫詩的第一個關鍵字和他開創的第一個傳統。

三　沉鬱頓挫的意象的錘鍊

　　研究杜甫的詩史思維，研究杜詩的總體風格，人們可以脫口就說出四個字：沉鬱頓挫。沉鬱頓挫是杜甫對自己才性的論定，他39歲的時候曾經寫了一篇《進雕賦表》，那是給唐玄宗寫的一個表，他說自己的作品沉鬱頓挫，可以跟楊雄、枚皋這些漢代的詞賦家比高低。沉鬱和頓挫原來是兩個詞，在漢朝到南朝的時候已經分別使用，把沉鬱和頓挫拼合在一起是杜甫的專利。這個詞發明之後，當然也有人用這個詞評論其他人的詩文，如有人說《詩經》裏的風、雅就有沉鬱頓挫的神韻，有人說阮籍的詩風是沉鬱頓挫的，有人說白居易的《長恨歌》是沉鬱頓挫的，哀豔之中具有諷刺，有人說劉基劉伯溫的詩是沉鬱頓挫的，自成一家。至於文章，有人說司馬遷的《報任安書》是沉

鬱頓挫的，柳宗元、蘇東坡的一些文章是哀痛激越、沉鬱頓挫的。但是所有這些對詩文沉鬱頓挫的評議，都有一個潛在的對照物，就是杜甫詩的獨特風格。明朝寧波名士屠隆就認為，老杜大家，沉雄博大，他之所以稱雄萬代，很大程度上得力於悲壯瑰麗，沉鬱頓挫的風格。清朝詩壇的領袖人物王世貞，評論詩的時候，也拿杜甫作參照物，認為南宋初期的詩只有陸放翁是大宗，他的七言詩遜於杜甫、韓愈、蘇東坡、黃庭堅。因為他的沉鬱頓挫少了，至於其他的地方陸游是別人所不及的。所以繞來繞去，中國文學史都離不開中國詩歌史上的一個亮點，就是杜甫詩的沉鬱頓挫。

那麼什麼是沉鬱頓挫呢？沉鬱，深沉憂鬱，是一種生活的感受，一種精神狀態。世事紛亂，生活磨難在人們心中沉積為難以承受的重，但是又不可推卸，難以逃避，需要你去承擔，從而造成內心縱橫交錯的悲憤和苦悶。魯迅在《〈苦悶的象徵〉引言》中引用廚川白村的話概括那本書的主題：生命力受了壓抑而生的苦悶懊惱乃是文藝的根底，而其表現法乃是廣義的象徵主義。[3]沉鬱的苦悶積壓在杜甫的內心，而表現出來的時候又不是一瀉無遺，或是清揚高舉，或是低吟淺唱的方式，而是充分開發詩的語言、句式、結構、意象、情調的內在張力，抑揚起伏，盤旋轉折地表達出來，給人的精神以強烈的震撼和沉重感。杜甫是個「三多」詩人：多事之秋的多難的經歷者和多思者，這種閱歷使他不得不抑揚頓挫，有一種真誠的風骨、蒼茫的興會，令人蕩氣迴腸。例如，他50歲那年，在成都浣花溪草堂寫的那首《茅屋為秋風所破歌》，「八月秋高風怒號，卷我屋上三重茅。茅飛渡江灑江郊，高者掛罥長林梢，下者飄轉沉塘坳。」這是首段，採用了「號、茅、郊、梢、坳」連續的張口高呼的平遠韻腳，聲音宏遠，像

3　魯迅：《魯迅全集》，10卷，232頁，北京，人民文學出版社，1981。

秋風一樣怒號多哀，在摹寫瘋狂襲來的秋風的真實情形中傳達了其威猛蕭瑟的神態。茅草遠飛、高掛、下飄，把秋風襲來的氣勢寫得淋漓盡致，越是寫得淋漓盡致，就越是可以看到詩人焦灼無奈的眼光。我們大可不必因為屋上有三重茅，就說杜甫是個小地主，屋頂覆蓋著三重茅草，冬暖夏涼，更不可因為寫到「南村群童欺我老無力，忍能對面為盜賊」，就說這小地主污蔑老百姓的孩子。讀詩是不可以不顧及詩人的情境和感受就無限上綱上線的。南村的群童公然抱著秋風吹落的茅草跑到竹林裏，既然是想到南村，那天刮的就是北風，刮到南邊去了。杜甫常年流離失所，到成都受朋友的資助，才算定居下來，蓋了這麼一間茅屋，但他畢竟還是「客戶」。人生地不熟，缺乏左鄰右舍的照顧，如果他是那裏土生土長的人，那些小孩就不敢去搶他的茅草了。在中國農村，熟人倫理維持著社會秩序，如果他跟左鄰右舍知根知底的話，是不至於被小孩當面欺負的。所以，第三段他寫晚上昏黑之後他躲到屋裏面更沒有人管他。屋子漏雨，被子都被淋濕了，驕兒睡相惡劣，把被子都踏破了，他處在一種孤立無援的人生困境之中。他把老百姓的孩子叫做頑童，把自己的孩子叫做驕兒，是不是「階級立場」問題呢？他只不過說自己屋漏被破，自經喪亂，孤寒莫內，長夜獨眠，前面三個層次的格調和節奏都因之而發生脈動：一個是高遠的，風吹著茅草的高遠；一個是沉鬱的，茅草飄下去的時候南村的孩子把它抱走了；第三個是收斂的，收斂自己的內心，自己暗暗的傷心屋漏又逢連夜雨；最後是放縱的，「安得廣廈千萬間」，還想到天下的跟自己一樣的寒士，若有廣廈庇天下，吾廬獨破又何妨，體現了一種推己及人的高尚品格，全詩的情緒跌宕起伏，抑揚頓挫。一種類乎殉道者（儒家仁愛之道）的蒼生襟懷，輔以「安得」「嗚呼」的深沉舒緩的句式，是可以動人心弦的。

抑揚頓挫的詩學機制，不僅在詩的結構上要抑揚有度、波瀾老

成、開闔自如、轉折多姿，而且體現在意象的創造上也要精準獨到，對這些意象的分解組合、錯綜疊加，使之自然渾成、新穎獨到、蘊藉多味。意象是中國詩學中最具特徵的術語之一，它從《易經》「聖人立象以盡意」轉借、演化而來。但是對意象說得最好的還是歐陽修的《六一詩話》裏面引用梅堯臣的一句話，「狀難寫之情，如在目前，含不盡之意，盡在言外」，就是含蓄而富有暗示性和聯想性。意象之意具有複合形態，似乎不應直接翻譯成 image 而造成其復合意義的流失。英文的 image 主要是「象」，而中國人講意象，意在象先，先有意後有象，甚至得意而忘象，意象渾然天成，就像一個神奇的湯圓，「意」是裏面的餡兒，「象」是外面的皮，初看則像顯意隱，細嚼則意味深於象味，內心的感情對意象的滲透使深思的物象處在一種蘇醒的狀態，每個物象都好像有意味深長的話要對你說。把意和象組合在一起就是把看似沒有生命的物象系統變成一種處於有言無言的對話系統。有些意象當然也有由象而生的裝飾性，如我們很熟悉的一首杜甫的《絕句》：「兩個黃鸝鳴翠柳，一行白鷺上青天。窗含西嶺千秋雪，門泊東吳萬里船。」黃鸝，翠柳，白鷺，青天，顏色非常明麗；兩個黃鸝是橫的，一行白鷺是縱的，線條明晰；窗含，是一個限制性的視野，門泊，是個開放性的視野，千秋雪，以雪來做時間的證明，萬里船，以船來做空間的證明，四句兩聯皆為對仗。工整的對仗提供了一個色彩鮮明、落筆一絲不苟的畫屏。

講到意象，我們會想到《詩經》中的「比興」，比興加大了意象組合和疊加的密度。意象疊加產生意義聯通的多層性和互釋性，形成一種杜甫所說的「比興的體制」。「國破山河在，城春草木深。感時花濺淚，恨別鳥驚心。」意和象就處在顯和隱之間相互累積和疊加，增添了意義的密度和深度。宋朝的司馬光曾經說過，古人為詩，貴於意在言外，使人思而得之。「國破山河在，城春草木深。」「山河在」，

什麼意思呢，就是別的東西不在。「草木深」，是什麼意思呢？是只有草木沒有人。花鳥平時是娛樂的東西，但是在這裏看到它就掉眼淚，聽到它就悲傷，時事不可收拾是可想而知了。[4]所以，意象可以誘發人去聯想更深的意義，更廣的意義，更加豐富的言外音、畫外意。李白髮愁的時候頭髮變長，「白髮三千丈」，杜甫也發愁，頭髮變短，「白頭搔更短，渾欲不勝簪」，簪子都插不上了。發愁掉頭髮，這種情況比較常見，誰見過像李白那樣發愁，白頭髮長得有三千丈高的呢？三千丈盤起來大概就是一座小山。所以唐人寫愁有唐人的氣魄氣象，用頭髮來攪動人的心弦心潮。

應該強調的是杜甫用詩史思維去觀照一個大時代的危機和沉落，他的抑揚頓挫不是小家子氣的，而常常是大手筆、大氣象的沉鬱頓挫。深沉雄　大的意象設置，往往視鏡開闊，選象雄偉，有若雙峰並峙，兩雄搏鬥，似乎要以天地為舞臺方能容納。我們可以想到他的很多句子，如《登樓》詩：「錦江春色來天地，玉壘浮雲變古今。」《登高》詩：「無邊落木蕭蕭下，不盡長江滾滾來。」《閣夜》：「歲暮陰陽催短景，天涯霜雪霽寒霄。五更鼓角聲悲壯，三峽星河影動搖。野哭千家聞戰伐，夷歌數處起漁樵。」在一個歲暮，在年快要結束的時候，日子像誰在催促著，過得真快真短。在這樣一個清冷的夜晚，詩人支撐起了一個無比宏大又無比寂寞的時空結構，沉默地觀察著宇宙之間動靜盈虧的消息，五更之後，鼓聲和號角聲十分悲壯，可是在夔州的三峽，戰爭已經滲入了這個偏僻地方，而三峽的流水還自然地奔流著，晴朗的夜空上的星光倒映在江水裏面，搖曳不定。詩人面對著天地思考著人間的騷亂，天地無言，而人間有言，千家野哭聯著戰爭，數處「夷歌」聯繫著鄉野，讓人們在鼓角悲聲和星河影動中品味

4　〔清〕何文煥輯：《歷代詩話》，277頁、278頁，北京，中華書局，1981。

著歷史和現實，品味著天人之道，由不得你不在這無言與有言之間產生一種博大的意味深長的心弦共振。

四　佳句意識和苦吟作風

　　杜甫比李白小11歲，在平平安安的歲月裏面，11年只不過彈指一揮間，但是在8世紀的唐王朝卻劃成了兩個時代。李白是大了半代人的杜甫，杜甫是小了半代人的李白。李白迎著盛世的陽光走到了詩歌的絕頂，而杜甫卻翻過了絕頂，用詩來掃描紅日西沉之後的暗淡。李白的詩唱得明快，用明快來顯示他的明星型的詩人風貌，而杜甫的詩顯得沉重，用沉重來顯示他那種苦吟型的詩人的誠實。李白是擒縱語言的捷才，杜甫是錘鍊語言的高手，他們從不同的角度把中國語言的詩性表達能力，提高到一個新的高度。杜甫對此有高度自覺和執著追求。杜甫在知天命之年寫下這麼一個名句：「為人性僻耽佳句，語不驚人死不休。」他把對佳句的追求看做是人的本性和生死的價值投入。杜甫是中國詩史上對語言特質和功能有最深刻的理解和最敏銳的感知的詩人之一。他在句子的形成和低吟中嘔心瀝血，以功力支撐靈性，以靈性點醒功力，從而開拓出一個新的詩學的語言空間。他的這種苦吟的詩學點亮了詩的語言的眼睛，或者說苦吟使杜詩長出了眼睛，領導和培育著一個以苦吟出深刻、以苦吟出精彩的傳統。

　　宋人在分析唐朝名篇佳句的時候，有一種發現，認為作詩要講究「詩眼」，要使詩眼睛發亮。「傳神寫照，正在阿堵中」，這是中國藝術論以形寫神的精華所在，杜甫深得其中三昧，如杜甫的《春夜喜雨》：「好雨知時節，當春乃發生。」驚喜的心情，使詩人跟春意生命與共、氣味相投，把生命都移到雨裏面去了，他自己都化身為雨了。「好雨」怎麼能夠知道時節？雨本無知，因詩人而有知。「隨風潛入

夜，潤物細無聲。」春雨潛伏進夜色之中，無聲無息地把萬物都濕潤了，這就寫出了雨的品行和性格。「潤物無聲」，給普天下都帶來生機，有一種人格的魅力在裏面。把詩等同於生命進行苦吟，在唐朝不僅有杜甫，就連孟郊、賈島也是嘔心瀝血的。據說賈島騎在毛驢上揣摩他的一句詩，「鳥宿池邊樹，僧敲月下門」，是用「敲」字好還是「推」字好呢？他在毛驢上又是「敲」又是「推」，結果「敲」到了韓愈的馬前，衝撞了韓愈出行的隊伍。韓愈說「敲」字好，兩個人於是結為布衣之交，這就是我們詩歌史上「推敲」的典故。杜甫也推敲，但他走的不是郊寒島瘦的路線。孟郊的詩有一股寒氣，賈島的詩比較枯瘦。杜甫詩走的苦吟路線，有如像清代劉熙載所講：高、大、深。「吐棄到人所不能吐棄為高，涵茹到人所不能涵茹為大，曲折到人所不能曲折為深」。[5]《登高》這首詩過去被奉為古今七律第一，可以說是唐朝以來七律的狀元吧，就像我們今天的高考狀元一樣。「風急天高猿嘯哀，渚清沙白鳥飛回。無邊落木蕭蕭下，不盡長江滾滾來。萬里悲秋常作客，百年多病獨登臺。艱難苦恨繁霜鬢，潦倒新停濁酒杯。」這裏用了多麼好的對子。實際上中國古詩講究對仗，對仗既有分庭抗禮之意，也有互相影響的作用，就是「對」和「聯」兩重意思。亦對亦聯，就聯成詩學裏面平衡與非平衡的肌理和結構裏面的精到微妙的語言辯證法。這裏的對仗都是大對仗，「風急天高」「渚清沙白」，一者寫天，一者寫地，俯仰上下，展開一個散發著悲涼氣息的時空。「風急」和「天高」是當句對，「渚清」和「沙白」也是當句對，就是一句之中互相對起來的。「無邊落木」和「不盡長江」是雙句對，兩句之間求的對仗。「無邊」的空間，「不盡」的時間，空間中有「落木蕭蕭」的時序變化，時間中有「長江滾滾」的空間流動。其

5　〔清〕劉熙載撰：《藝概》，卷二，59頁，上海，上海古籍出版社，1978。

間的對仗對得何等有模樣有氣魄。而且，這氣勢雄偉的對句令人可以想到屈原《九歌》裏面的《湘夫人》，「裊裊兮秋風，洞庭波兮木葉下。」在這蒼茫的宇宙生命的體驗中詩人體驗自我，「艱難苦恨繁霜鬢，潦倒新停濁酒杯」，白髮詩人連酒都戒了。杜甫晚年大概是中風，所以他戒了酒。用一個空酒杯，面對著風高天急，猿嘯鳥悲，落木蕭蕭和長江滾滾的大千世界，把這個大千世界最後收容在一個空酒杯裏。詩人在這樣一個有和無相對的境界中悲涼地咀嚼著一個憂鬱的生命，生發出一種包羅萬象的宇宙間生命之短暫和永恆的體驗。

　　杜甫以「性耽佳句」的生命承諾在詩歌中進行廣泛的語言試驗，包括顛倒語序、變動詞性、調配虛實、錘鍊對仗，從而在外工整而內靈動的近體詩模式中，推進了對世界感覺和語言感覺的進程。由於色彩詞是最具感覺性的詞類之一，杜甫就非常講究點醒色彩的靈魂，在色彩的感覺學上做了不少感覺獨到、耐人尋味的好文章。感覺是詩與世界的接觸點所在。德國18世紀哲學家鮑姆嘉通創造的「美學」一詞就帶有「感覺學」的意思，並與古希臘的「知覺經驗」相通。可見，杜詩提高感覺的位置，對詩學而言具有本質的意義。杜詩《泊松滋江亭》有詩：「江湖深更白，松竹遠微青。」其間的感覺異常精微，簡直從深處窺見江湖松竹的帶色彩的靈魂，似乎隱藏著詩人對此處山水的生命約定，如《晴二首》：「碧知湖外草，紅見海東雲。」《奉酬李都督表丈早春作》：「紅入桃花嫩，青歸柳葉新。」這些詩句都以顏色詞打頭，在語序錯綜之間以顏色詞充當主詞，對緊接著的動詞有施動的關係，因而給顏色注入了生命的感覺。見碧才知是草，見紅才知是雲，在雲紅草碧中以顏色調出了久雨初晴的歡快心情。而紅色、青色都回歸和進入到桃花柳葉之中，造成一派早春新嫩，有感覺而後有印象和概念。因此感覺優先，是對認知世界的心理過程的還原，是以藝術的方式切入人與世界相遇的第一瞬間。《陪鄭廣文游何將軍山林十

首》有一個名句:「綠垂風折筍,紅綻雨肥梅。」人在園林中游,首先敏銳地看到的是綠、紅的顏色,那是很顯眼的,接著看到了這些顏色的姿態,或者垂下,或者綻開,然後才看清是何物,推測是何因,原來是昨夜風雨把竹筍吹折,把梅花喂肥了。這是感覺還原的寫法,如果寫成風折筍而綠垂,雨肥梅而紅綻,那就會使詩味變淡而成了散文。《放船》一詩也有妙句:「青惜峰巒過,黃知橘柚來。」這裏寫的是顏雨濛濛中向下游放舟,看到青色瞬間閃過,感到可惜,略加凝神,才知道那是峰巒在快速的舟行中飄閃過去;再看前方出現黃色,吸收剛才的教訓,先作預想,知道那是果實成熟的橘樹、柚樹迎面而來。詩人通過感覺優先的法則,把對顏色的感覺和它對內心的碰撞,以心理還原的方式簡潔地表達出來,這無疑創造了詩歌語言表現的一種新的可能性。在西方世界,德國大詩人歌德創造了一種「色彩學」,強調帶主觀心理感受的「眼睛的顏色」。他還轉述過一位俏皮的法國詩人的話:由於夫人把她室內的顏色從藍色變成深紅,他對夫人談話的聲調也改變了。在杜詩「語不驚人死不休」的苦吟中,世界感覺是人與自然相互移植生命而渾融一體的,他由此以色彩感覺喚醒自然生命。在這種意義上,杜詩創造了東方感覺詩學,啟示了東方的色彩感覺學。

五　如何讀杜詩

最後談一談讀杜詩法。讀杜詩,應該瞭解和參考前人的注解和闡釋,但是不可為紛紜眾見所遮蔽,更重要的是直接面對杜詩,直接面對經典,尊重自己的第一印象和第一感覺,尤其是杜詩曾經古人反覆研究過,有「千家注杜」的說法。南宋的時候就有《黃氏補千家集注杜工部詩史》。現在對杜詩的注本或者研究性的選本,由宋到清可以

看到書目的有八百多種，而清末至今的選注本和研究著作也在二百種以上。在眾說紛紜、千家包圍之中，我們應該怎麼辦？應該放開眼界，當然也可以找幾個很高明的本子仔細地讀一讀，但是更重要的是切忌不要犯了矮子看戲的毛病。過去看戲都在檯子上，看戲高個子站在前面，矮子來遲了，被高個人擋住，本來沒有看到戲，也隨著人家喝彩。宋朝的朱熹說：「讀書之法，既先識得它外面的一個皮殼了，又須識得它裏面骨髓方好。……其有知得某人詩好，某人詩不好者，亦只是見到以前人如此說，便承虛接響說取去，如像矮子看戲，見人道好，他也道好。及至問著他那裏是好，元不曾識。」這是朱熹一般地講讀書，他還專門講讀杜詩，「人多說杜子美夔州詩好」，夔州就是現在重慶的奉節，都說杜甫到奉節之後寫的詩好。朱熹說，對於這一點我不明白為什麼，「夔州詩卻說得鄭重繁絮」，他認為夔州詩寫的很煩瑣，還不如秦州詩寫得好，但是黃庭堅講了夔州詩好。黃庭堅講的固然有他發現的東西，「今人只見魯直、黃庭堅說好，便都說好，如矮人看場耳。」[6]問題在於我們面對的不僅是黃庭堅這麼說，而是千家注杜的複雜情景，更不能矮子看戲，隨著別人的說法，而是要站在一個高的地點，放開眼光，看到一些使自己眼睛發亮，心頭髮癢的妙處，以第一印象作為我們創造新學理的邏輯起點。

例如，杜甫最好的一首七絕是《贈花卿》：「錦城絲管日紛紛，半入江風半入雲。此曲只應天上有，人間能得幾回聞。」它本是非常精妙的一首詩，但是明朝有兩位狀元公：一個是正德年間的狀元楊慎楊升庵；一個是萬曆年間的狀元焦竑焦弱侯，他們怎麼來講這首詩的呢？這兩個都是高個子，當了狀元，個子還不高嗎？楊慎在《升庵詩話》裏面講：花卿是蜀中的勇將，恃功驕傲，杜甫的這首詩是諷刺他

6　《朱子語錄》，卷一一六，卷一四零，四庫全書本。

僭用天子禮樂，所以含而不露，「有風人言之無罪，聞之者足以戒之旨」[7]，他也承認，杜甫的這首絕句是「絕句之冠」。那麼焦竑這個狀元公怎麼說呢？他來了一個矮人看戲，附和楊慎的意見，說花卿恃功驕傲，杜公之含蓄不露，有風人言之無罪、聞之者足以戒之旨，公之絕句百餘首，此為之冠。焦竑之後又過了一百多年，到了乾隆年間有個詩壇泰斗，叫沈德潛，編過《唐詩別裁集》。他67歲才中了進士，但是乾隆皇帝對他非常器重，他又來了一番矮人看戲，他說：「詩貴寄意，有言在此而意在彼者」，他沿用了楊慎和焦竑的看法，認為這首詩是諷刺花卿的僭竊，「想新曲於天上」[8]。學術史上這種現象，實在令人感慨係之。由宋到清的這些名家多在矮子看戲，陳陳相因。他們都有忠君情結，也都信奉儒家對禮的看法，孔聖人曾經指責魯大夫季氏僭用天子禮樂：「八佾舞於庭，是可忍，孰不可忍？」至聖如此，詩聖能不如此嗎？這種邏輯對古人尚情有可原。但是如果我們現在還在採取矮人看戲的方式論詩，還在羅列明清舊說，認為此詩諷刺「僭越」，學問是有學問的，但是有什麼創造性可言呢？杜甫還寫過一首詩叫《戲作花卿歌》，讚揚「成都猛將有花卿，學語小兒知姓名」，小孩都知道花卿這個大將的名字，他平定了四川的叛亂，表現了「人道我卿絕世無」的將才，「我卿」的「我」用得多親切，「絕世無」的「絕世」評價得多麼透頂，由此指責朝廷「既稱絕世無，天子何不喚取守東都」，為什麼不讓他去洛陽打仗，去平定安史之亂呢？他寫了這麼一首詩極口誇獎花卿，這位將軍大人看到還有這麼一位老詩人欣賞自己，請他吃頓飯，用最好的音樂來招待，這是千載以下尤可體驗到他們竭誠相待的文壇佳話。這則佳話竟然被誤讀為杜甫寫詩

7 〔明〕楊慎：《升菴詩話》，644頁，北京，中華書局，1983。

8 〔清〕沈德潛：《說詩晬語》，卷下，554頁，上海，上海古籍出版社，1978。

諷刺花卿「僭越」。如果是這樣的話，難道杜甫的心理變態啊，你寫詩說我好，傍大腕，我請你來吃飯，你還說我的音樂是超越了朝廷的規定，這種心理狀態實在令人費解。梳理唐代詩人的脈絡，就不難發現，杜甫這首詩不是一個孤立的現象，實際上它是以音樂為引子，來寫一個歷史大時代的沉落。「此曲只應天上有」，這個曲子以往只在長安梨園裏面才能聽見，「人間那得幾回聞」，而我現在在成都就可以聽得到，說明「皇帝弟子」的梨園曲藝已經流散，意味著盛唐王朝的破敗已經不可收拾了，因為梨園子弟就是唐玄宗當太平天子的一個標誌。用梨園子弟音樂人才的流失來寫盛唐的衰落，就是用標誌性的事件來寫一個王朝的盛極而衰。杜甫開創的這個傳統，延續到中晚唐。杜甫6年後在夔州，看到公孫大娘的弟子舞劍器，公孫大娘在梨園子弟中，以舞劍器第一而馳名，「昔有佳人公孫氏，一舞劍器動四方。」但是得到她真傳的這個弟子李氏十二娘竟然跑道奉節來表演，「先帝侍女八千人」，現在已落到「梨園弟子散如煙」的境況，盛唐沉落只能以「瞿塘石城草蕭瑟」來做見證了。此後三年杜甫到了江南，又碰到了李龜年，李龜年就是當年梨園子弟中唱歌第一的人，「岐王宅裏尋常見。崔九堂前幾度聞，正是江南好風景，落花時節又逢君。」難道僅僅是講兩個人的交情嗎？他講一個時代的標誌性音樂人才，梨園子弟中唱歌第一的高手流落到江南來了，開創了用音樂人才的損失，來懷念那個沉落的盛唐。如果我們對唐代的詩、文、筆記比較熟悉的話，這種表現歷史的方式可以找到不少，其間多有令人感慨扼腕的歷史蒼涼感。

　　所以讀杜甫，我們應該直接面對杜甫那張憂鬱的臉和真誠的心，不應該只滿足於看歷朝歷代看杜甫的那些人直至我們的前輩，欣賞他們腦後千奇百怪的髮型。我們要直接面對經典，從那裏挖掘值得我們民族驕傲的原創性詩學來。

《論語》還原初探

　　《論語》是一本中國歷史上影響最為深廣的政治倫理思想家的言行錄。孔子（前551-前479）作為被記述者，活動於春秋晚期，與老子、孫武相前後。感受到社會結構和禮樂文化的大變動，老子、孫武獨來獨往地著述而未及成派，孔子卻劃時代地把正在崩解中的官學轉型為私學，以聚徒教學而形成人才濟濟的儒家學派。他自稱「述而不作，信而好古」，搜集魯、周、宋、杞等故國文獻，整理編修為《詩》《書》《禮》《樂》《易》《春秋》，以備教學研習之需，既為上古之世系統地保存了一批基本的文化資源，又開闢了後世以編纂體例和材料取捨為述學方式的先河。「述而不作」的智慧形態，也為他的弟子後學以述為作，記錄其嘉言懿行以傳學脈，留下了獨特的著述空間。經過數十年的錯綜匯總，於春秋進入戰國之際，集合成語錄體的專書《論語》。

一　教育體制與編纂體制

　　討論《論語》的編纂與成書，不應該忘記其主旨在於早期儒家傳述學脈，而這種傳述雖多「子曰」，卻非孔子直接的自述，而是「孔子以詩書禮樂教，弟子蓋三千焉，身通六藝者七十有二人」，或者「孔子曰『受業身通者七十有七人』，皆異能之士也。」[1]是這些弟子

1　〔西漢〕司馬遷撰：《史記》，1938頁、2185頁，北京，中華書局，1959。

後學當時的記述或事後的追述和轉述。例如，《衛靈公篇》記述：「子張問行。子曰『言忠信，行篤敬，雖蠻陌之邦，行矣。言不忠信，行不篤敬，雖州里，行乎哉？……』子張書諸紳（束腰下垂的大帶）。」[2]這一章可能來自子張或其後學，標明「書諸紳」以示其直接性和權威性，也可能有感於其他某些材料之不及。《論語》的言行錄，展示了孔子與弟子、與時世以及歷史文獻的文化對話，記之非出一手，集之非出一時。這其間既彰顯著孔子的原意，也融合了弟子後學對原意的理解，甚至隱含著初露端倪的「儒分為八」[3]的各有關注、各取所需的潛流，這是深入讀《論語》者對其口傳和回憶的形態不可不辨的。

這就使人們在考察《論語》的構成形態時，不能不追蹤孔子教學體制及該書的編集過程。教以傳言，編以錄言，其間都存在複雜的人際纏繞和精神網路。首先看教學，孔子最無爭議的是中國歷史上第一位偉大的老師。他的教學體制有三點值得注意：一是「有教無類」。弟子來源無論國別，身份無論貴賤，資質無論賢愚，年齡無論長幼，能交來束脩作為見面禮，未嘗不加教誨。這就導致「夫子之門何其雜也」[4]。蕪雜的結果，就無法使用統一的系統的講義，只能與二三子相對，點撥切磋，或在周遊列國十四年行萬里路中，發揮「腳學」和「耳學」進行開放性、隨機性的指導。二是施教貴乎因材。由於各人的身份、閱歷、習性和言說情境不一，言說類似問題也就各有針對性和情境性，因人因時而異，往往心照不宣，事後的回憶也就因聞說者

2　〔清〕劉寶楠：《論語正義》，見《諸子集成》，一冊，334頁、335頁，北京，中華書局，1954。

3　〔清〕王先慎撰：《韓非子集解》，見《諸子集成》，二冊，351頁，北京，中華書局，1954。

4　《諸子集成》，二冊，352頁，北京，中華書局，1954。

的理解而著錄。這就造成了孔子對某個理念的闡釋，著重的不是它在邏輯限定上「是什麼」，而是在情境動態上「像什麼」和「應如何」。例如，關於「問政」，回答季康子說：「政者，正也。子帥以正，孰敢不正。」又說：「子為政，焉用殺。子欲善，而民善矣。君子之德風，小人之德草。草上之風必偃。」（《顏淵篇》）如此比喻和語義學的牽合，一方面來自孔子的仁政禮治思想；另一方面也針對權傾魯國的季康子偏離遵禮善民的行動，言聽之間是弦外有音的。一到齊景公問政，回答就另有側重，對以「君君，臣臣，父父，子子」，因為當時陳氏已操縱著齊國的政治，釀成「君不君，臣不臣」的危機了，故此齊景公聽了就很有感慨地說：「善哉！信如君不君，臣不臣，父不父，子不子，雖有粟，吾得而食諸！」（《顏淵篇》）至於孔子周遊列國時極為關注的衛國政治，孔子回答駕車的弟子冉有，主張既庶（人口眾多）則富之，既富則教之。衛靈公向他問兵陣，回答是：「俎豆之事，則嘗聞之矣。軍旅之事，未之學也。」（《衛靈公篇》）這反映了儒家富民重教、崇禮去兵的思想。同時，對於處在晉、楚、齊等大國夾縫中的衛國，言兵是沒有多大作為的。到了衛靈公去世，太子因宮廷矛盾出亡晉國，孫子立為出公之時，子路問衛君待孔子為政，將何為先，孔子回答「必也正名」，因為「名不正則言不順，言不順則事不成，事不成則禮樂不興，禮樂不興則刑罰不中，刑罰不中則無所措手足」（《子路篇》）。正名說是要以循名責實的方式恢復政治秩序的合理性，但它只講了一套政治原則，到底這套原則要維護衛出公的合理性，抑或是維護曾當過太子的其父復國的合理性，它還保護著進一步解釋的足夠空間，以免在掌握衛國政治操作的可能之前過早或過深地陷入實際政治的糾纏。後來，孔子能順利地由衛返魯，證明了這裏存在著「鳥能擇木，木豈能擇鳥乎」的主動性。正名說的最初提出，是兼及孔子言論的經於權的。

　　孔子教學體制另一個值得注意的要點是學思互濟的心智啟發方式。孔子說：「學而不思則罔，思而不學則殆。」（《為政篇》）博學可以廣納知識的資源，深思可以啟動智慧的過程，學思每一方的偏廢，都可能導致知識的枯竭或智慧的枯槁。勤學苦思而出現內心焦慮和鬱結，需有良師益友加以啟發式的點撥，才能更有效地達到豁然開朗的境界。針對這一點，孔子說：「不憤（屢思而憋悶）不啟，不悱（欲說而未能）不發。舉一隅不以三隅反，則不復也。」（《述而篇》）這種反覆探求、舉一反三的學思方式，容易形成精神關注的思想話題，孔門反覆對話的仁、禮、孝、恕以及君子論、教學論、政治學等話題，皆是由此而生。仁是儒家的核心概念，《禮記・中庸》記述孔子的話：「仁者，人也。」把人當人來理解和對待，這是人對自類本質的肯定，因此才引出孔子「道不遠人」「修身以道，修道以人」這類話頭。[5]這個核心概念，使儒學帶有濃郁的人間性色彩和人際性趣味。中國古典「人學」思想，是以孔子說仁為發端的。孔子一再陳述，仁者「愛人」（《顏淵篇》），「泛愛眾而親仁」（《學而篇》），以愛作為人際間由親及疏、由尊及卑的親和力。他對子貢說：「夫仁者，己欲立而立人，己欲達而達人。」（《雍也篇》）這和他另一次對子貢所講的「己所不欲，勿施於人」（《衛靈公篇》）的「可以終身行之」的恕道相對稱。由於講究教學的啟發性和話題的情境性，孔子論仁每次各有側重，而且往往借題發揮。顏回對仁已有深入的理解，回答他的提問，就要強調實施仁的基本途徑，因而孔子說：「克己復禮為仁。一日克己復禮，天下歸仁焉。為仁由己，而由人乎哉！」並且提供了由剋制自己做起的四個要目：「非禮勿視，非禮勿聽，非禮勿言，非禮勿動。」（《顏淵篇》）由弟子問學而借題發揮，容易出現新

5　〔清〕阮元校刻：《十三經注疏》，1627頁-1629頁，北京，中華書局，1980。

的關注焦點，極有精神。孔子在回答樊遲問知問仁後，進一步發揮說：「知者樂水，仁者樂山。知者動，仁者靜。知者樂，仁者壽。」（《雍也篇》）這就使得仁知二端，貫串於自然（山水）、內心（動靜）和人生形態（樂壽）之間，通遼遠而入精微，令人感受到的與其說是邏輯的嚴密性，不如說是感悟的靈動性。由於孔子論學注重因材施教、因境設譬、因題發揮，沒有統一規整的教案教義，弟子理解也就難以劃一，於博大中隱藏著「儒分為八」的可能性；同時，匯集其言論的《論語》，也就無法形成嚴整縝密的體系，而便於採取超越邏輯推衍和時空秩序的結構方式。預設的嚴密體系容易隨時代推移而傾倒，而綴合智慧碎片成百衲衣形態，這種無體系之體系可以在歷代讀解中重新組構，錯綜聯想，形成一種不斷溫故知新的領會和解釋的無限性。

二　服喪編纂的秘密

　　關於《論語》的編集成書，漢以降兩千年間屢有探求，歧見紛出。考察諸說，有兩度集中編纂，關乎此書的意義結構，不可不辨。最初的彙編當在孔子初逝，弟子在泗上廬墓服喪三年之際。哀戚追思，自然會憶談先師的音容笑貌，弟子或其隨從的後學記錄在編，以存夫子之道。唐陸德明《經典釋文》說：「夫子既終，微言已絕，弟子恐離居以後各生異見而聖言永滅，故相與論撰，因時賢及古明王之語，合成一法，謂之《論語》。」至於編訂者，陸氏引東漢鄭玄語，把傳說中的「子夏六十四人」限定為「仲弓、子游、子夏等人」。鄭玄首列仲弓，甚有深意。孔子雖說弟子三千、賢者七十二，但給後世留下深刻印象的還是「四科十哲」之說。《先進篇》如此排列四科十哲，「德行：顏淵，閔子騫，冉伯牛，仲弓。言語：宰我，子貢。政

事：冉有，季路。文學：子游，子夏。」十哲均稱字，顯然不是孔子語言習慣。十哲的資格，顏淵、閔子騫、子貢，實至名歸，宰我卻屢受孔子批評。冉有、季路除了順序應該調整外，本來也沒有問題。問題在於依次為魯國季氏宰的季路、仲弓、冉有三人，兩人列於政事科，唯獨仲弓歸入德行科。德行是孔門最崇尚的科目，是道統傳承之所依，這裏卻出現了冉氏家族的兩人。冉伯牛是仲弓的父輩，先秦文獻對其德行沒有其他記載，只記孔子痛惜他患麻風惡疾而死。仲弓曾任季氏宰，當然不乏實力，但是《論語》記孔子稱讚他「雍也，可使南面」，似乎不是主張非禮勿言、過猶不及的夫子之言。而且德行科四哲，此時冉伯牛、顏淵已死，閔子騫年高不仕，也不會留在泗上廬墓了。德行科只有仲弓「一枝獨秀」，宛然成為傳道統的不可替代的人物了。論才學，子游、子夏列於文學科是相稱的，但他們當時還是三十歲左右的晚輩。同輩中的曾參在其後的道統傳承中的重要性，不在他們之下，卻沒有列入十哲，而在同一《先進篇》中，反落下「參也魯」的話柄，這是很不公平的。「十哲」無「曾」與「德行存弓」，都是《論語》研究中必須面對的公案。仲弓在《荀子》中與孔子並列為「大儒」「聖人」，稱說：「今夫仁人也將何務哉？上則法舜、禹之制，下則法仲尼、子弓之義」，並對「子思唱之，孟軻和之」的另一道統進行猛烈地非議。這樣，從仲弓、子夏→荀子→秦、漢之學的學統，就浮現出來了。或如清人汪中所言：「(《荀子》)之《非相》、《非十二子》、《儒效》三篇，每以仲尼、子弓並稱。子弓之為仲弓，猶子路之為季路。知荀卿之學，實出子夏、仲弓也。」由此可知，孔門四科十哲之說，是或隱或顯地透露了仲弓編書的某些信息的。也許有感於此，《孟子・公孫丑上》稱說「宰我，子貢善為說辭，冉牛、閔子、顏淵善言德行」，唯獨在德行科中刪落仲弓，也是別有深意的。

然而服喪追思編錄，也有其不容抹殺的好處，就是時間切近，情

境宛然，尤其是不少情境中的與聞者猶在，好話壞話難以迴避和忌諱，往往要如實錄編。這就形成了《論語》許多章節，記人記言頗能見性見情、有血有肉、口吻逼真、不及文飾的特點。例如，宰予雖然名列十哲，他好白天睡覺，就被孔子指斥為「朽木不可雕也，糞土之牆不可圬也」（《公冶長篇》）。冉有也名列十哲，他為季氏宰而幫助主人聚斂，引起孔子的憤慨：「非吾徒也。小子鳴鼓而攻之可也！」（《先進篇》）樊遲請學稼、學圃、孔子等他走後，非議說：「小人哉，樊須也！上好禮，則民莫敢不敬；上好義，則民莫敢不服；上好信，則民莫敢不用情。夫如是，則四方之民襁負其子而至矣，焉用稼？」按諸情境，這些話在當時都不止一人與聞，因而只能忠實記錄。

更加難能可貴的是，對孔子最切近的文武二弟子顏回、子路的記載。因為他們先孔子而逝，未能參與《論語》的編集，又未及招收弟子，倘若遷延時日，對他們言行的記憶就會音影模糊了。據統計，《論語》中孔門弟子出現次數最多的，依次是子路（42次）、子貢（38次）、顏回（21次）。子貢守盧墓六年，獲得他提供的材料自屬近水樓臺，子路、顏回出現得多，純然由於他們的重要和對他們懷念的深切。顏回是孔子視之猶子的接班人，他的好學、親仁、安貧、復禮，都深得夫子之心。「賢哉回也！一簞食，一瓢飲，在陋巷；人不堪其憂，回也不改其樂。賢哉回也！」（《雍也篇》）這一聲聲「回也」的呼喚和讚許滲透著愛撫，重複遣詞的方法也給人難忘的印象。如果對照著孔子自述：「飯疏食，飲水，曲肱而枕之，樂亦在其中矣。不義而富且貴，於我如浮雲。」（《述而篇》）那麼，一種安貧樂道的精神契合，便展現為一種布衣仁者的「孔顏樂處」。孔子不可能不感受到他的弟子中潛在的派別分歧，他想用樹立顏回的典範形象的方法使自己身後能有一個掌門人。對於這一點，聰明絕頂的子貢早已心領神會，當孔子問他與顏回誰更強些，他對答：「賜也何敢望回？

回也聞一以知十，賜也聞一以知二。」（《公冶長篇》）正因為培養接班人的功夫已經非常到家，所以年少30歲的顏回早死，垂暮的孔子慟哭呼天：「噫！天喪予！天喪予！」（《先進篇》）向來相信天未喪斯文的孔子，竟然因顏回之死而哭訴天要自己的老命而不是那個賢才的。如此情境的展現，說明孔子並非只是為痛失賢才而哭，而是為自己的道統和宗門的承傳而哭。

　　由於材料搜集及時，《論語》記述人物個性，以子路最為鮮活。子路是個野人，剛直好勇，帽子佩飾都以雄雞等為標誌，曾對孔子動粗施暴。孔子設禮誘導他，使他投靠孔門，穿起儒服當弟子。他對孔子是直腸子，孔子想參與公山不狃反叛魯國卿大夫的事件，子路滿臉不高興說，無處去也就罷了，何必參與此事，逼得孔子只好辯解為要藉機在東方實行周道。晉國中牟宰佛肸反叛趙簡子，孔子也想應召參與。子路這次不是用野人的話，而是引用孔子的話，指責老師言行不一，害得孔子只好解釋自己的品行不會磨損和染黑，還說出了藏在內心深處的「吾豈匏瓜也哉？焉能繫而不食」的失落感（《陽貨篇》）。為了追回這份失落，孔子不得已會見以寡小君預國政的衛靈公夫人南子。《雍也篇》說：「子見南子，子路不說（悅）。夫子矢之曰：『予所否者，天厭之！天厭之！』」指天發誓，以辯解自己行為沒有越禮，這似乎有損師道尊嚴。對如此粗直的弟子因材施教，孔子比較喜歡採取始揚之，使之就範，再抑之，使之知短的方法。例如，孔子說：「道不行，乘桴浮於海。從我者，其由（子路）與？」子路對老師的信任揚揚得意，孔子卻說：「由也好勇過我，無所取材。」（《公冶長篇》）又如孔子稱讚：「穿著破絲袍和穿狐貉裘的人並立，而不覺羞愧的，大概只有子路吧。」並引「不忮（嫉妒）不求（貪求），何用不臧（善）」來形容他。子路高興得老是詠誦這兩句詩，孔子說只是這個樣子，「何足以臧」？（《子罕篇》）《陽貨篇》還記載：「子路曰：

『君子尚勇乎?』子曰:『君子義以為上。君子有勇而無義,為亂;小人有勇而無義,為盜。』」子路本想讓老師讚揚自己的長處,老師卻直揭其短。應該說,他們師徒之間是坦誠相待的,並無諂與偽。甚至在討論「為政奚先,必也正名」之時,子路諷刺老師「迂」,孔子駁斥弟子「野」(《子路篇》),都可謂開誠布公,不失為性情中人。但是「野」不勝「迂」,子路畢竟被教化得有點「迂」了。衛國發生政變時,白髮蒼蒼的他抱著「食其食者不避其難」的信條返回危城,被對手擊斷冠纓時,宣稱「君子死而冠不免」,結纓而死。[6]當年戴雄雞冠逞豪強的少年野人,成了整冠而死難的士大夫了。這裏參用了史籍材料,僅自《論語》而言,它最初的一批材料畢竟帶有原始性,葉落即拾,未失泥土氣息,傳達人物,有時優劣互見,聲口畢現,尚少一登廟堂,頓失天然之弊。

三 曾門重編的傾向

《論語》另一度較成規模的編集成書,是在曾參(前505-前432年)身後,此時已進入戰國(前475-前221年)四十餘年。明顯的證據是《泰伯篇》有兩章記曾子病危。其一記曾子召門弟子「啟予足,啟予手」,說自己一輩子如《詩》所云,「戰戰兢兢,如臨深淵,如履薄冰」,從今以後就可以免掉這些了。其二是孟敬子問疾,曾子說:「鳥之將死,其鳴也哀;人之將死,其言也善。」記曾子臨終遺言,而且所述曾參的十幾條絕大多數皆以「曾子」稱之,非曾門弟子難有如此手筆。而且曾子屬於孔門弟子中最年少的一批,又享高壽,他死時恐怕同門學友均已凋零。再傳弟子中,曾門居魯,子夏老年講學魏

6　〔西漢〕司馬遷撰:《史記》,2193頁,北京,中華書局,1959。

之西河，魏文侯、田子方、段干木、李克、吳起師事之，他人再傳，
也多散處列國。何況曾門有孔子之孫子思，重修《論語》，釐定學
統，也是名正言順的事。對此，唐代柳宗元《論語辯》中說：「孔子
弟子，曾參最少，少孔子四十六歲。曾子老而死，是書記曾子之死，
則去孔子也遠矣。曾子之死，孔子弟子略無存者矣。吾意曾子弟子之
為之也。何哉？且是書載弟子必以字，獨曾子、有子不然。由是言
之，弟子之號之也。然而有子何以稱子？曰：孔子之歿也，諸弟子以
有子為似夫子，立而師之。其後不能對諸子之問，乃叱避而退，則固
嘗有師之號矣。今所記獨曾子最後死，余是以知之，蓋樂正子春、子
思之徒與為之爾。或曰：孔子弟子嘗雜記其言，然而卒成其書者，曾
氏之徒也。」[7]

　　柳文所以明指樂正子春，是緣於《禮記‧檀弓上》記述曾子病
篤，有曾子弟子樂正子春和曾子的兩個兒子在場：「曾子寢疾病，樂
正子春坐於床下，曾元、曾申坐於足，童子隅坐而執燭。」因童子提
醒所寢的竹席是華麗光澤的大夫席，曾子不願越禮而換席（簀），這
就留下了「曾子之死不忘易簀，子路之死不忘結纓」的守禮佳話。
《論語》中的曾子臨終遺言，也只能是守護在身旁的樂正子春所錄。
樂正子春以孝馳名，《韓非子‧說林下》又強調他的信：「齊伐魯，索
讒鼎，魯以其贋往。齊人曰：『贋也。』魯人曰：『真也。』齊曰：
『使樂正子春來，吾將聽子。』魯君請樂正子春，樂正子春曰：『胡
不以其真往也？』君曰：『我愛之。』答曰：『臣亦愛臣之信。』」如
此講究誠信的人編集《論語》，是可以增加材料的可靠性的。至於曾
門弟子中特別提取子思，一方面他是孔子之孫；另一方面他是思孟學
派的開宗者，可以強化《論語》純正的道統地位。

7　〔唐〕柳宗元：《柳河東集》，卷四，68頁、69頁，上海，上海人民出版社，1974。

由於曾門弟子二度編纂，《論語》中曾子地位明顯提升。人們對「參也魯」不再強調，或作另解，反而覺得他是孔子之道的真正體悟者和實踐者。《里仁篇》說：「子曰：『參乎！吾道一以貫之。』曾子曰：『唯。』子出，門人問曰：『何謂也？』曾子曰：『夫子之道，忠恕而已矣。』」何謂恕？《衛靈公篇》說：「子貢問曰：『有一言而可終身行之者乎？』子曰：『其恕乎，己所不欲，勿施於人。』」同篇又說：「子曰：『賜也，女以予為多學而識之者與？』對曰：『然，非與？』曰：『非也，予一以貫之。』」對於孔子的恕道、道以一貫這類根本性的命題，子貢是問而後知，曾子是未問而悟，他們對於孔子之道的契合境界是有微妙的先覺、後覺之別的。《論語》材料來自多源，異時異人提供了異異同同之說，是需要相互比較，參悟其細微的差異，辨析其弦外之音的，這是至關重要的讀《論語》之法。「恕」既如此，至於「忠」，著名的曾子三省，首列「為人謀而不忠乎」。從積極的意義上理解這種「為人謀」的忠之含義，就是子貢問仁時孔子所答：「己欲立而立人，己欲達而達人。」（《雍也篇》）即憑曾子對忠恕之道的把握以及一日三省的修養之道的提倡，他在孔門諸賢中已堪稱特出。更何況他還言孝，言「以文會友，以友輔仁」（《顏淵篇》），尤其是他倡言：「士不可以不弘毅，任重而道遠。仁以為己任，不亦重乎？死而後已，不亦遠乎？」（《泰伯篇》）這簡直可以當做曾子擔當孔子之道的承傳重任的誓言去解讀。

孔子喜歡以登堂入室的弟子隨侍言志論學，這類記述常在師徒的比較之間顯示精神境界的高下。例如，《公冶長篇》記「顏淵季路侍」，是站著說話的。孔子讓他們「各言爾志」，子路搶先發言，氣派豪爽：「願車馬衣（輕）裘，與朋友共敝之而無憾。」顏回則比較低調：「願無伐善，無施勞。」子路又追問孔子之志，孔子說：「老者安之，朋友信之，少者懷之。」他們之間品格的躁靜、胸襟的寬窄，也

就相互襯托出來了。《先進篇》記述「閔子侍側，誾誾（穩重）如也；子路，行行（剛強）如也；冉有、子貢，侃侃（善言）如也。子樂。『若由（子路）也，不得其死然。』」各弟子有不同的性情風度，又傳達了過剛易折的批評。但是，所有這些隨侍記述，都不及《先進篇》記「子路、曾晳（名點，曾參之父）、冉有、公西華侍坐」「各言其志」來得精彩。這裏的侍坐比起前述的侍立、侍側待遇更高，而且曾點還有在一邊鼓瑟的特殊待遇，大家講完後還專門留下曾點與孔子一道進行評議，這些地方都不妨看做是經過曾門弟子精心點染的。輪流言志之時，子路還是急躁，他治國尚武，冉有治國足民，公孫華情願當個執禮的小相，隨之畫龍點睛的一筆，是曾點鏗然止瑟，起而言志：「暮春者，春服既成，冠者五六人，童子六七人，浴乎沂（河），風乎舞雩（壇），詠而歸。」孔子喟然歎曰：「吾與點也！」這是《論語》中最具曠野清新氣息的話語，它重返被過多的人倫禮節淡忘了的自然意識和自我趣味，令人眼睛為之一亮。唐代林寶《元和姓纂》卷五述曾姓淵源：「夏少康封少子曲烈於鄫，春秋時為莒所滅。鄫太子巫仕魯，去邑為曾，見《世本》。巫生阜，阜生晳，晳生參，父子並為仲尼弟子。」清代徐乾學《讀禮通考》卷一百十六，對此又有考辨：「汪（琬）氏云：鄫無後，而以莒之子為後。鄫未嘗無後也，《公羊傳》明言鄫世子巫，是鄫之前夫人莒女所生。鄫更娶後夫人於莒而無子，有女還於莒為夫人，生公子。鄫子愛後夫人，故立其外孫。據此則鄫已立世子巫，後舍巫而立外孫也。」據此可知，曾點出自夏朝姒姓，祖上封於邊遠的鄫國，與東夷莒女通婚，國亡後遷居魯國邊遠城邑南武城。他春浴詠歸的瀟灑是帶點邊地夷風，又帶點破落貴族的雅趣。他這種風度與其說是孔子傳授給他，不如說是他感動了孔子，這可看做是曾門精心撰寫的一則「家族神話」。可以說，孔子「吾與點」之歎，與曾子「道一貫」之悟，是曾子門人重編《論語》的兩個亮點。

　　曾門弟子重編《論語》的原則，除了強化曾子的道統地位之外，對於已有的或其他來源的材料，大體上採取相容的態度。前述孔子初歿、弟子守服時匯總的材料，既然出自前輩之手，又經數十年的流佈，按理不宜過分刪改，不然《論語》中人物稱呼也不致如此雜亂。有子材料的情形，亦復如此。據《孟子·滕文公上》記載，弟子為孔子居服後的「他日，子夏、子張、子游以有若似聖人，欲以所事孔子事之，強曾子。曾子曰：『不可。江漢以灌之，秋陽以暴之，皜皜乎（指孔子道德明著）不可尚已。』」[8]子夏、子張、子游的年齡與曾子相彷彿，都是孔門有影響力的人物，儘管曾子以為不可以有若比擬孔子，但並不能鞶同門以子稱之。甚至後成定本中的《論語》首篇《學而篇》，頭條記孔子言，次章記有子言，位置甚為顯著，大概也是那時留下的痕跡。而且這足以表明有子並非等閒之輩，留言三章，章章皆有精蘊，一謂「君子務本，本立而道生。孝悌也者，其為仁之本與！」二謂「禮之用，和為貴。先王之道，斯為美」（以上《學而篇》）；三是對魯哀公問，主張「百姓足，君孰與不足；百姓不足，君孰與足？」（《顏淵篇》）然而，有若雖有光亮，終不過是孔門的一顆彗星。隨著曾門漸成強勢，《論語》重修後的曾子條目已是有子的三四倍。這就牽出了一條從曾子 → 思 → 孟子 → 宋儒的道統路線。《論語》的兩次重大編修，實際上暗含著儒門的漢學和宋學的源頭，這也是《論語》博大而紛雜的原因所在。

四　零星編錄

　　種種跡象表明，在孔子亡故到曾子亡故的半個世紀左右時間裏，

8　〔南宋〕朱熹：《四書章句集注》，260頁、261頁，北京，中華書局，1983。

除了前述兩次重大的《論語》材料編集之外，還可能存在若干次零星的材料錄入。這些零星錄入也不可忽視，一些材料往往因其精彩而久傳遠播，令人難以割捨。1993年，湖北荊門出土的郭店楚簡，除了迄今所見最早的《老子》摘抄三種之外，還有一批與曾門子思一派相關，甚至是已逸的《漢書・藝文志》所謂《子思子》二十三篇的簡書殘編。隨同出土的散簡有編為《語叢》者，其中可辨出書有「志於道，據於德，依於仁，游於藝」「毋意，毋固，毋我，毋必」諸簡。[9]這些文字分別見於《論語》的《述而篇》《子罕篇》，並且認定它們記述著孔子言行，在前面加上「子曰」或「子絕四（孔子戒絕之四事）」。這種情形表明，一些材料久經口傳而被記錄，最後經過認定，加上人物背景的說明而轉錄入《論語》。沒有錄入的，就失散，或被他書吸收了。由於存在過口傳到筆錄的過程，筆錄中也不可避免餘留著口傳的某些痕跡。從上面所引的兩句竹簡文來看，第一句使用排比法，第二句使用數位法，都便於記誦，便於格言化，便於口傳耳受而入心記憶。《論語》未失口傳耳受之風，因而這兩類修辭法比比皆是。排比法有「正排比」，有「反排比」。正排比之句如：「己欲立而立人，己欲達而達人」（《雍也篇》），「知者不惑，仁者不憂，勇者不懼」（《子罕篇》），「恭而無禮則勞，慎而無禮則葸，勇而無禮則亂，直而無禮則絞」（《泰伯篇》），可以通為肯定句，也可以通為否定句，句數二、三、四句不拘。反排比則一般為兩句，或詞義相反，或句式（一肯定、一否定）相反，如「君子坦蕩蕩，小人長戚戚」（《述而篇》），「君子和而不同，小人同而不和」「其身正，不令而行；其身不正，雖令不從」（《子路篇》）。排比句式以孔子自語者甚多，說明它們可以脫離具體情境流行，具有相當的普泛性，也便於口耳相傳。

9　荊門市博物館編：《郭店楚墓竹簡》，211頁、212頁，北京，文物出版社，1998。

五　修辭觀

　　數位修辭把數種思想組成單元，數種行為排成次序，把原來處於不同角度、不同層面的思想行為梳理成相互糾纏的辮束，改變其雜亂狀態而便於把握和記憶。清代阮元已經看出這種修辭方法在口耳相傳中的功能：「古人簡策繁重，以口耳相傳者多。且以數記言，使百官萬民易誦易記。《洪範》《周官》尤其最著者也。《論語》以數記文者，如一言、三省、三友、三樂、三戒、三畏、三愆、三疾、三變、四教、絕四、四惡、五美、六言六蔽、九思之類，則亦皆口授耳，受心記之古法也。」數位處於語言記憶的前端，是把語言條理化、有序化的基本手段。古傳結繩記事，是把事整理成數，便於記憶。初民在陶器上刻畫數位記號，甲骨文記數體系極其完備，都可以從記憶心理學探討之。

　　《論語》中以數字強化記憶，使之從一到九，屈指可數。有以「一言」來概括事物者，其在顯示高度概括力之時，一錘定音，令人印象深刻。「子曰：《詩三百》，一言以蔽之，曰：『思無邪』。」（《為政篇》）三百歸一，借用《魯頌・駉》中的「思無邪」來闡發《詩》的旨趣，以奇特的方式聯繫兩個熟知而遠離之事，發人深省。又有子貢問「有一言而可以終身行之者乎？」子曰：「其恕乎！己所不欲，勿施於人。」（《衛靈公篇》）終生行一言，此言在儒學中的要緊地位，令人難忘。值得注意的是，數字修辭法多用三，因為二為一之分，三為多之始，能生萬物的三是非常關鍵的。曾子一日三省吾身（《學而篇》），三是概數，多而不繁，簡而不單，執其中而多少斟酌之。孔子又說，「君子有三戒：少之時，血氣未定，戒之在色；及其壯也，血氣方剛，戒之在鬥；及其老也，血氣既衰，戒之在得。」（《季氏篇》）以三戒把握人之一生的年齡心理氣質，節制其過盛越軌

而復歸於禮的規範。數之大者為九，一事而言至九，可見其為重要中的重要。孔子曰，「君子有九思：視思明，聽思聰，色思溫，貌思恭，言思忠，事思敬，疑思問，忿思難，見得思義。」（《季氏篇》）如此多思，就是重視思維的理性在人的生存方式中的價值，凡事都得想一想，是一種知自律、會講究、有追求的教養，由此造成的中國古風君子與西方紳士的精神氣質多有不同的行為風範。

　　既然討論《論語》的修辭法，就不能不聯想到孔子對文辭的態度。孔子說：「辭達而已矣。」（《衛靈公篇》）這句話看似平實，但達有通的意義，要使作者之意通讀者之心，不務繁詞，不落枯澀，講得非常到位，確是《論語》修辭的一大本事。與修辭相關，有必要考察一下孔子的「文」的觀念。這個觀念並不純粹，對它的理解須從孔子教學入手，「子以四教：文，行，忠，信。」（《述而篇》）前人如此解釋：文謂詩書禮樂，凡博學、審問、慎思、明辨，皆文之教也。行為躬行也，中以盡心曰可以學禮。此四者，皆教成人之法。這種說法是有可信度的，因為孔子說過：「若臧武仲之知，公綽之不欲，卞莊子之勇，冉求之藝，文之以禮樂，亦可以為成人矣。」（《憲問篇》）清心寡欲和知、勇、藝，與忠、信、行略有對應，再輔以禮樂之文教，就可以造就「成人」。相對於仁與禮，文在儒學中的位置是非中心性的。孔子這樣排列它們的次序：「弟子入則孝，出則悌，謹而信，泛愛眾，而親仁。行有餘力，則以學文。」（《學而篇》）但是文既聯繫著學，如孔子所謂「敏而好學，不恥下問，是以謂之『文』也」，那就關乎孔子為人的一個重要的特徵，那就是「十室之邑，必有忠信如丘者焉，不如丘之好學也」（《公冶長篇》）。孔子對仁、禮與文之關係的思考，又帶有相容性，在其互動中尋求互補。他由此提出文質之辨：「質勝文則野，文勝質則史。文質彬彬，然後君子。」（《雍也篇》）對於這種文質不可偏廢的思想，聰明的子貢是心領神會的，他

惋惜衛國大夫棘子成「君子質而已矣，何以文為」的偏頗，主張文與質互蘊，「文猶質也，質猶文也」，如果把虎豹的皮革去掉毛，那就看不出它和去掉毛的犬羊皮革有多少區別了。(《顏淵篇》)

　　文質彬彬是孔子論文的中和境界，也是理想境界。這種文質彬彬的觀念，滲透於孔子的歷史觀察和教學過程，他認為堯帝取法於天而得其大，「巍巍乎其有成功也，煥乎其有文章」(《泰伯篇》)，又認為周朝借鑑夏商兩代，「鬱鬱乎文哉」(《八佾篇》)，都是值得遵從和景仰的。法乎天而綜乎史，是孔子文質觀的基本思路，他在這裏綜合了人文與自然。傳統孔子在教學中，也一再地宣導「博學於文，約之以禮」(《雍也篇》及《顏淵篇》)，甚至連他最得意的弟子顏回也慨歎要在這方面達到高標準，實在有很大壓力：「仰之彌高，鑽之彌堅。瞻之在前，忽焉在後。夫子循循然善誘人，博我以文，約我以禮，欲罷不能。」(《子罕篇》) 在歷史和教學體驗的基礎上，更進一步的是孔子以「斯文」自任。他在匡地（今河南長垣縣）遭受困厄的時候，把自己的斯文脈絡和命運與周文王相對接：「文王既沒，文不在茲乎？天之將喪斯文也，後死者不得與於斯文也；天之未喪斯文也，匡人其如予何？」(《子罕篇》)

六　開放的文獻之學

　　從餘力學文到斯文自況，孔子關於文的觀念豐富而複雜。孔門四教，文居其先；孔門四科，文學卻居其後。這裏的文學，也是指文獻和博學。夫子述而不作，編次上古文史經籍，在先秦諸子中最重文獻，是以文獻學授徒和奠定學派基礎的第一人。他不無得意地自稱：「吾猶及史之闕文也。」(《衛靈公篇》)，「夏禮，吾能言之，杞不足徵也；殷禮，吾能言之，宋不足徵也。文獻不足故也。足，則吾能征

之矣。」(《八佾篇》)孔子的文獻搜集工作,方式和方法多種多樣而相互參證。他身居文獻和禮儀甚為豐足的魯周公之國,卻千里迢迢適周問禮於周守藏室之史老子,以備同代之禮的周與魯橫向參照。他還探尋異代文獻遺存於封以續夏祀的杞國以及封以續殷祀的宋國,從而貫通夏、商、周三代文獻的縱向比較。需要注意的是,孔子徵集上古遺事,突破了華夷之間、文獻與口傳之間的界限,從而調動散落於民間的口傳的、民俗的、四夷的材料,與華夏文獻進行不同文化層面之間的穿透性參證,其思想方法近乎後世的文化人類學。孔子27歲那年,「東夷」郯子朝魯,魯大夫昭子在國宴上問及「少暤氏鳥名官」,郯子回答:「我高祖少暤摯之立也,鳳鳥適至,故紀於鳥,為鳥師而鳥名。」孔子聞而向郯子問學,並評議:「天子失官,學在四夷。」

由於這次精神啟動,孔子的華夷論不像後世儒者華夷之辨那麼狹隘,而帶有不應忽視的某種開放性。孔子稱:「道不行,乘桴浮於海,從我者,其由(子路)與?」(《公冶長篇》)孔子弟子中有不少類乎子路的野人、賤人,他們並不是伯禽赴少暤之墟曲阜建國而帶來的周室子弟,而在本根上出自「東夷」部族,若說孔門多夷風,似也不為過。因此孔子說:「夷狄之有君,不如諸夏之亡也。」(《八佾篇》)又記載,「子欲居九夷。或曰:『陋如之何?』子曰:『君子居之,何陋之有?』」(《子罕篇》)對於這些記述的詮釋,有必要重新檢討漢宋儒者之言,是否符合孔子的生存狀態和精神心理狀態。考慮到殷與西周的甲骨、金文未見「仁」字。孔子之前的文獻,《尚書》僅一「仁」字,《詩三百》有二「仁」字,《逸周書‧大聚解》中的周公五德,德教、和德、仁德、正德、歸德五者並列,「仁」未居中心地位,而且沒有多少精解。與此形成對照的,是「東夷」民俗中「仁」的特徵非常突出。《說文解字‧羊部》說:「唯東夷從大。大,人也。夷俗仁,仁者壽,有君子不死之國。」這同孔子所說「君子」「仁

者，人也」「仁者壽」，難道沒有一點關係嗎？《漢書・地理志》說：
「東夷天性柔順，異於三方之外。」《後漢書・東夷傳》又說：「東方
曰夷……仁而好生……故天性柔順。」[10]這些為古代治史地者熟知的
材料，可以使人窺見孔子精神世界中欲居「夷」的獨特側面的理由所
在。由此不難推知，孔學中的核心概念：仁、禮、孝，禮來自周公制
禮，孝來自孔子祖族殷人的祖宗崇拜；至於仁，則脫不掉與「夷俗
仁」，「仁而好生」的干係了。孔子的文獻之學的思路四通八達，通向
歷史，通向民間，通向官方，通向「四夷」，通向典冊，通向口頭，
從而使自己擁有的文化資源浩浩乎，巍巍乎，托出了一個在歷史上有
廣泛的適應性和詮釋可能性的思想體系。

七　樂與詩

　　博學，是一個聰明絕頂、發憤忘食的智者，在古代農業社會學科
區分未及精細之時的知識形態。這就是何以人稱「夫子聖者與，何其
多能也」，孔子解嘲說：「吾少也賤，故多能鄙事」（《子罕篇》）。若要
尋找文學藝術領域，孔子又說：「志於道，據於德，依於仁，游於
藝。」（《述而篇》）六藝或眾藝須以道德為根據，眾藝互滲互補，學
習的方式講究出入自如的游動。歌詩舞樂相混一的狀態，曾一度徘徊
於孔門的墨子分而述之：「誦《詩三百》，弦《詩三百》，歌《詩三
百》，舞《詩三百》。」[11]這不妨與孔子斯言相參：「吾自衛反魯，然後
樂正，《雅》、《頌》各得其所。」（《子罕篇》）其中透露一個消息，
《詩》之《雅》《頌》本是合樂的，但到了春秋晚期出現了樂失其正

的變化，歌詩舞樂混一狀態開始分解，需要博通詩樂的孔子對之進行校訂補正。孔子的音樂造詣極其精深，史載他從師襄子學鼓琴，境界數進，既習其曲，復得其數，更通其志，悟出其作者是黝黑頎長、眼如望羊的周文王，果然曲名是《文王操》。[12]孔子對於音樂不僅知之，而且好之、樂之，「子與人歌而善，必使反之（重唱），而後和之」。最能體現他對音樂能知其妙而樂之深者，莫過於孔子36歲「在齊聞《韶》（舜樂），三月不知肉味」，讚賞說：「不圖為樂之至於斯也。」（《述而篇》）必須進一步說明的是，孔子對《韶》的稱賞，不是緣於純粹的音樂美，而是緣於它的善美兼備，而且達到極致。《八佾篇》說：「子謂《韶》，『盡美矣，又盡善也。』謂《武》，『盡美矣，未盡善也。』」這裏蘊含著政治倫理判斷，因為舜以禪讓得天下，周武王以征伐得天下，表現他們的文德或武功的音樂在盡善盡美上也就存在價值的高低了。

　　抱持著樂與政通、以禮節樂的觀念，孔子到了子游當長官的魯國小邑武城，聽到絃歌之聲，莞爾而笑，說：「割雞焉用牛刀？」子游回答：「昔者偃（子游姓名為言偃）也聞諸夫子曰：『君子學道則愛人，小人學道則易使也。』」（《陽貨篇》）孔子是首肯這種禮樂與為政之道相通的思想的。抱持著這種功利性的觀念，孔子反觀處在禮敗樂壞過程中的音樂本身，提出了「惡鄭聲之亂雅樂」的命題。他回答顏回問治國之道的時候說：「行夏之時，乘殷之輅，服周之冕，樂則《韶舞》。放鄭聲，遠佞人。鄭聲淫，佞人殆。」（《衛靈公篇》）這裏的文化姿態帶有復古傾向。值得注意的是，它是對夏、商、周的曆法、車制、衣冠和音樂，採取綜合考量、擇善而從的開明復古傾向。春秋之末，禮崩樂壞，包括《韶》樂在內的雅樂，受到了鄭衛新聲的

12 〔西漢〕司馬遷撰：《史記》，1925頁，北京，中華書局，1959。

衝擊和挑戰。《禮記・樂書》載賓牟賈侍坐於孔子，問《大武》之樂，孔子云「有司失其傳也」，但他卻能詳言《大武》樂儀。魏文侯問樂子夏云「端冕而聽古樂則唯恐臥，聽鄭衛之音則不知倦」。孔子的音樂觀是崇古非新的，但新樂逐漸怡悅和沖蕩朝野人心，殊難阻遏。因此隨著雅樂禮制的不斷失落，鄭衛新聲紛紜而起，雅樂與詩的紐帶發生斷裂，樂歌落拓為徒詩，解詩也進入了重於求義的時代。《論語》雖談論「正樂」「雅、頌各得其所」，但最終未能完全恢復周制，成了樂不得其正的輓歌。

　　《論語》說詩，是與說文、說樂的觀點一脈相承的。例如，上海博物館藏戰國楚竹書《詩論》所云：「孔子曰：詩亡（無）隱志，樂亡隱情，文亡隱言（意）。」[13] 隱的意思，已有學者引《論語・季氏篇》「言及之而不言謂之隱。」《述而篇》中「子曰：二三子以我為隱乎？吾無隱乎爾。」這是「無」與「隱」連用成詞，可與楚簡《詩論》之「亡隱」相參證。「亡隱」即是「耀明」，如《國語・楚語上》記申叔時語：「教之詩而為之導廣顯德，以耀明其志。」只不過「無隱」用否定句式，強調了「詩言志，樂言情，文言意」，並以「詩無隱志」，上承《尚書》的「詩言志，歌永言」，下啟《毛詩序》的「詩者，志之所也，在心為志，發言為詩」。然而在孔子看來，詩可以發興志趣，卻需要禮加以規範而得其正，樂加以應和以涵養性情，這就是「興於詩，立於禮，成於樂」，足以視為孔門文學的綱領了。由此可以解釋，孔子為何以一言概括《詩三百》，拈出「思無邪」，卻依然以「興」作為詩的第一項功能性的特徵。他對詩的功能作出系統性解說：「小子何莫學夫詩？詩可以興，可以觀，可以群，可以怨。邇之

13　馬承源主編：《上海博物館戰國楚竹書（一）》，上海，上海古籍出版社，2001，《詩論》簡1。

事父，遠之事君；多識於鳥獸草木之名。」(《陽貨篇》)詩的直接性功能是感發意興、觀知世俗、溝通群情、怨刺弊端，引申性或附帶性功能是奉事君父、博物多識。可以說「興」「觀」「群」「怨」的四項詩學功能是由內及外，始於心理學而止於倫理學的。

《論語》中涉詩的章節不算多，但它們相當全面地涉及詩的興、觀、群、怨各項功能。孔府庭訓被記載下來者，均為論詩。可見詩禮傳家，已是孔府家族文化的標誌性傳統。孔子問孔鯉：「女為《周南》、《召南》矣乎？人而不為《周南》、《召南》，其猶正面牆而立也與！」(《陽貨篇》)《周南》《召南》為《詩三百》開頭兩篇，用來標誌研習詩之始。如果不開始學詩，就像面壁而立，封閉心靈和視野，隔斷興與觀。庭訓的精義，又見於孔子訓示孔鯉的話：「不學詩，無以言」；「不學禮，無以立」(《季氏篇》)。言志立身，是離不開詩與禮的。這種以詩養志立身的功能，在「南容三復白圭，孔子以其兄之子妻之」(《先進篇》)中得到印證。《詩‧大雅‧抑》中說：「白圭之玷，尚可磨也；斯言之玷，不可為也。」魯人南容能反覆地從詩中汲取潔身謹言的教訓，在邦有道無道的複雜形勢中都能進退有據，所以孔子把兄長孟皮的女兒嫁給了他。至於群體情感，孔子本著「近者悅，遠者來」的仁愛之心，也甚為關注。他曾引用逸詩：「唐棣之華，偏其反而。豈不爾思？室是遠而。」他由此質疑說，「未之思也，夫何遠之有？」(《子罕篇》)只要思念真切，空間距離是擋不住情感交流的。還須補充，這裏引逸詩「唐棣之華」，可與《詩‧小雅‧常棣》開頭的「常棣之華」的起興相參照。為什麼唐棣的花在風中翻動，就使思念遠人的心思恍惚；同樣的花在陽光下花萼發亮，又可以聯想到兄弟親情呢？孔子之所謂「多識草木鳥獸之名」其實在起興的思維中，草木鳴獸已牽引歌詩的情志盡興暢遊，物我之間互相感染著生命的體驗了。

八　言詩法式

　　儒者有探考微言大義的興趣，言詩也非純粹的審美體驗，而往往借詩述禮，附會政治人事，由此形成孔門言詩的獨特法式。《八佾篇》記子夏借用《詩·衛風·碩人》中「巧笑倩兮，美目盼兮，素以為絢兮」三句一句（後一句為逸句），問其微言大義。本是讚美女性容貌的詩行，孔子卻引申出絢彩成繪後，以素色勾文的技藝方法；子夏則進一步引申出美色須以禮為素質，孔子因此稱讚子夏是能啟發自己的人，「始可與言詩矣」。值得注意的是，這則材料也許來自子夏，子夏後來傳詩，就把這種二度引申和附會作為「可與言詩」的秘訣，直接影響了孔門詩學的品格。可資比較的是《論語》中孔子也稱為「始可與言詩」的子貢。當孔子說「貧而無諂，富而無驕」比不上「貧而樂，富而樂禮」時，子貢引《詩·衛風·淇澳》的句子，說這就是「如切如磋，如琢如磨」的意思吧。子貢所引詩句，本是說斐然有文采的君子，如切磋骨器，琢磨玉石一樣修煉品德，與孔子之論並無不合，只不過能舉一反三，或像孔子稱讚「告諸往而知來者」（《學而篇》）。這就在孔門出現兩種言詩法式：子貢式、子夏式，一者告往知來，一者引申附會。二者出自對夫子言詩的個人理解，只是後來子貢式不傳，子夏式獨大了。經過二度引申附會的詩的功能，可以斷章取義地用為政治外交場面，如孔子所說：「誦詩三百，授之以政，不達；使於四方，不能專對；雖多，亦奚以為？」（《子路篇》）他大力鼓勵的詩何為，是用之從政和使四方，沒有舉一反三和引申附會的能力是難以進行這種超專業的操作的。然而，當時政治對孔子並不賞臉，作為布衣傳學的偉人，孔子對當時權貴好德不如好色以及昏聵僭越一類行為頗有微詞。因此，他對詩可以怨的認同，包含著他深切的時世感和身世感。孔子55歲時，齊人饋贈八十女樂和三十駟（一組四

四）文馬給魯君和季桓子，使他們三日不聽政，又不分送郊祭的烤肉給大夫。孔子憤於這種荒政失禮的行為，連郊祭的禮帽都未及脫下，就離開魯國。朋友來送行，孔子說，「吾歌可夫？」歌曰：「彼婦之口，可以出走，彼婦之謁，可以死敗。蓋憂哉遊哉，維以卒歲！」[14]此歌是一首典型的怨詩，他以自作怨詩開始了「累累若喪家之狗」遊謁列國諸侯的漫漫歷程，因而是刻骨銘心的。孔學是一個說不盡的民族思想文化命題，若以《論語》同孔子及孔門弟子的記傳雜錄、出土文獻進行多維參究，可發現先秦第一學派及其文學理念是如何發生的，從而使孔子和孔子思想也由此形神畢現，有血有肉，為現代人反觀這個思想軸心拓展豐厚的資源和開闊的空間。

---

14 〔西漢〕司馬遷撰：《史記》，1918頁，北京，中華書局，1959。

《莊子》還原

　　先秦諸子對中國人的審美悟性和文學趣味啟發之大，莫過於莊子，說並世難得第二人也不過分。他以汪洋恣肆、詭異多態的曠世文章，為中國文化提供了超越性的審美空間、想像方式以及自然的和方外的人生意象，形成了一個靈氣蕩漾的「莊周世界」。莊子不但能以自己的思想文章形成道脈，而且還能形成「世界」，這在先秦時期，不為多見。

一　宋人楚學之謎

　　莊子的學脈上承老聃，令人不禁有道家多奇才之歎。「老學」對後世影響很大，西漢前期文化思潮傾於黃老治世之學，這是一條外向的路線，在爭辯如何治世中轉入儒學；其後魏晉思潮傾於老莊，在經學變玄中，走了一條內向的治心之學的路線，雖同屬「老學」，但路徑不同。就西漢前期而言，莊學不顯，司馬談《六家要旨》推崇道家無為無不為，精神專一，應物變化，以治天下，可以感受到他尊黃老而非尊老莊的消息。因此，司馬遷述先秦諸子，對莊子只作附傳，附於《老子韓非列傳》，語焉不詳地說：「莊子者，蒙人也，名周。周嘗為蒙漆園吏，與梁惠王、齊宣王同時。其學無所不窺，然其要本歸於老子之言。」[1]蒙為戰國宋地，這是漢代學者的共識，這有《史記索

---

[1]　〔西漢〕司馬遷撰：《史記》，卷六十三，7冊，2143頁，北京，中華書局，1959。

隱》引劉向《別錄》、《淮南子・脩務訓》高誘注、《漢書・藝文志》班固自注為證，張衡《髑髏賦》也描說：「吾宋人也，姓莊名周。」漢人離戰國不遠，當不至於被後世的地理沿革弄走了眼神。梁惠王、齊宣王在位年代的上下限為公元前369年至前301年，這大概就是莊子活動的中心區域和年代。

遺憾的是，本傳並未交代莊周的祖脈，而祖脈則是莊周繼承老子學脈而變異成自身形態的發生學之重要根據。由於祖脈未明，後世對莊學的歸屬多有猜測。朱熹說：「莊子自是楚人……大抵楚地便多有此樣差異底人物學問。」（《朱子語類》卷一百廿五）近代劉師培作《南北文學不同論》，認為荀卿、呂不韋之書，為秦、趙之文，屬於北學；老、莊、列屬於南學，並注明「老子為楚國苦縣人」「莊子為宋人，列為鄭人，皆地近荊楚者也」。這就是朱自清稱「莊子宋國人，他的思想卻接近楚國人」（《經典常談・諸子第十》）的依據。莊子宋人楚學的文化地理學上難以通解的謎，使我們在還原《莊子》時，有必要從春秋戰國的姓氏制度和家族遷移入手，以明莊子的身世。

對於莊子的身份，學者自然可以依據湖北雲夢睡虎地秦墓出土的《秦律雜抄》竹簡，推斷莊子當過監管植漆和制漆的「漆園嗇夫」[2]。但《莊子》書中只有兩處涉及漆，一為《人間世》：「桂可食，故伐之；漆可用，故割之。」另一為《駢指》：「待鉤繩規矩而正者，是削其性；待繩約膠漆而固者，是侵其德也」云云，並不能說明他對種漆制漆何等精通，這份吏事也沒有給他帶來富裕。人們也許會猜測，這個微末職位的獲得，或是由於他與某些由楚遷宋的制漆家族有聯繫，因為出土文物表明，戰國漆器，以楚國最為精美。但是這種猜測，充其量只能當做破解莊周身世之謎的難以把捉的某種端緒。

2　《睡虎地秦墓竹簡》，138頁，北京，文物出版社，1978。

二 楚國流亡公族苗裔的身份

在《莊子》中，我們發現，莊子對於楚國的表述，實在耐人尋味。例如，對楚國政治，《人間世》篇借楚狂接輿嘲諷孔子之口，稱德衰以至於「方今之時，僅免刑焉」，除了躲避刑罰外，難有作為，《則陽》篇，更是稱說「楚王為人，形尊而嚴，其於罪也，無赦如虎」，明智之士是不會自投虎口的。這些說法多少透露了莊子心目中的楚國政治，隱含著某種切膚之痛的陰影。莊子在楚王之聘中感受到要把他當成廟堂祭品：

> 莊子釣於濮水，楚王使大夫二人往先焉，曰：「願以境內累矣！」莊子持竿不顧，曰：「吾聞楚有神龜，死已三千歲矣，王巾笥而藏之廟堂之上。此龜者，寧其死為留骨而貴乎？寧其生而曳尾於塗中乎？」二大夫曰：「寧生而曳尾塗中。」莊子曰：「往矣！吾將曳尾於塗中。」[3]

這個辛酸的寓言背後，或許隱藏著什麼精神的傷疤，因為「楚王之聘」故事於莊子，簡直如影隨形。《列禦寇》篇雲，「或聘於莊子，莊子應其使曰：『子見犧牛乎？衣以文繡，食以芻菽（大豆），及其牽而入於太廟，雖欲為孤犢，其可得乎！』」此故事未明言是何人聘莊子，《史記》的記述，則點明是楚威王聘莊子：「楚威王聞莊周賢，使使厚幣迎之，許以為相。莊周笑謂楚使者曰：『千金，重利；卿相，尊位也。子獨不見郊祭之犧牛乎？養食之數歲，衣以文繡，以入大廟。當是之時，雖欲為孤豚，豈可得乎？子亟去，無污我。我寧遊戲

3　〔清〕王先謙撰：《莊子集解》，147頁、148頁，北京，中華書局，1987。

污瀆之中自快，無為有國者所羈，終身不仕，以快吾志焉。」[4]對於一位「其言洸洋自恣以適己，故自王公大人不能器之」的草野人物，尚處在強國地位的楚國驟然許為卿相，這是不可設想的。但這類故事在《莊子》書內外反覆出現，尤其是經過太史公的選擇而錄入本傳，是不能簡單地視為空穴來風的。與莊子同時而好與士遊的梁惠王、齊宣王並沒有聘用莊子，唯獨並無好客記載的楚威王派出專使去迎聘莊子，這表明莊子與楚的因緣深於齊、梁，也深於只給當個漆園吏的宋。不是說喜歡記述人物家世的《史記》沒有直言莊子的祖脈嗎？這則故事隱含著對莊子祖脈的不言之言。

假若從上古姓氏制度作進一步考察，莊子家族淵源的信息就可能浮出水面。《通志・氏族略》說：「以謚為氏。周人以諱事神，謚法所由立。生有爵，死有謚，貴者之事也。氏乃貴稱，故謚亦可以為氏。莊氏出於楚莊王，僖氏出於魯僖公，康氏者衛康叔之後也。」又在「莊氏」一目下作注：「芈姓，楚莊王之後，以謚為氏。楚有大儒曰莊周，六國時嘗為蒙漆園吏，著書號《莊子》。齊有莊賈，周有莊辛。」[5]此前，唐人林寶《元和姓纂》卷五釋「嚴」姓云：「芈姓，楚莊王支孫，以謚為姓。楚有莊周，漢武強侯莊不識，孫清翟為丞相。會稽莊忌夫子，生助，後漢莊光，避明帝（劉莊）諱，並改為嚴氏。」南宋施宿等撰《會稽志》，有陸游序，其卷三《姓氏》云：「莊氏，楚莊王之後，以謚為姓。六國有莊周。」這已是中國古代姓氏書的共識。而且莊氏到楚威王時猶有存於楚者，如《史記・西南夷列傳》載：「楚威王時，使將軍莊蹻，將兵循江上略巴蜀黔中以西。莊蹻者，故楚莊王苗裔也。」太史公的這一筆，印證了楚國莊氏，是以

4　〔西漢〕司馬遷撰：《史記》，卷六十三，2145頁，北京，中華書局，1959。
5　〔南宋〕鄭樵：《通志》，卷二十五、卷二十八，440頁、470頁，杭州，浙江古籍出版社，1988。

楚莊王諡號為氏的，可資與楚威王欲聘莊周的故事相參照。因此，莊氏屬於楚公族，當為可信。但莊子的年代距離楚莊王（公元前613-前591年在位）已經200餘年，相隔六七代以上，只能說是相當疏遠的公族了。楚莊王作為春秋五霸之一，向北擴張勢力，曾破洛水附近的陸渾戎，觀兵於周郊，問九鼎於周室。一些楚公族可能充實到新開拓的國土上。大概在莊子出生前二十餘年，楚悼王任用吳起變法，「明法審令，捐不急之官，廢公族疏遠者，以撫養戰鬥之士」「於是南平百越，北並陳、蔡，卻三晉，西伐秦」（《史記·吳起列傳》），並且「令貴人往實廣虛之地，皆甚苦之」（《呂氏春秋·貴卒》），甚至降為平民耕於野。及悼王死，宗室大臣作亂而攻吳起，射吳起並中悼王屍，吳起被新即位的楚肅王論罪夷宗死者七十餘家，莊子的家族可能受牽連，避禍遷居宋國。

以上的梳理若能得到認可，那麼莊子家族於楚是有國難歸的逐民。正由於家族奔宋，已破落為平民，他論「至德之世，同與禽獸居，族與萬物並」「禽獸可系羈而遊，鳥鵲之巢可攀而窺」（《馬蹄》），就彷彿閃爍著他的童年記憶。又由於雖然流亡，畢竟是公族，在那個學在官府的時代，他有可能於學「無所不窺」，才能寫出如此奇妙的《莊子》，這是非有高文化素質不辦的事。莊周窮如涸轍之鮒，靠貸借升斗之粟為炊，「處窮閭巷，困窘織屨，槁項黃馘」，在那個等級森嚴的時代，也只有憑著破落貴族後裔的身份，才有可能與士人、官員甚至王者交往，也唯此才可能發生楚王派使者對流散的公族中有才能者訪聘之事。楚威王即位離吳起變法已四十餘年，肅王之後又隔了宣王一代，身邊還有莊蹻一類公族大臣以及與「夷宗死者七十餘家」有關係者的推動，是有可能萌動糾正冤案，對流亡公族後裔「落實政策」的念頭。但莊子難忘家族破毀的記憶，寧可曳尾於塗，也不願再當政治鬥爭的犧牲品。如此梳理莊子的家族淵源，我們就獲

得一把鑰匙，真切地解開《莊子》一書為何寫成這個樣子的秘密，比如他筆下的楚國故事，如郢匠揮斤、痀僂承蜩、漢陰抱甕丈人何以如此神奇，因為那是祖輩父輩所講述的遙遠的故鄉傳說；而宋國漂絮者有不龜（皸）手的祖傳妙藥，只能世世漂絮，而別人用此藥於吳越冬日水戰，卻可裂土封爵，此類宋人愚拙故事，是由於莊氏家族流亡後未能融入宋國的緣故。總之，以此角度讀《莊子》，你時時會感受到一個破落流亡貴族之苗裔在宋地作楚思的活生生的情境和秘密。

由於莊子家族被迫離開故土，所以，這個家族有著遷徙的精神底色，這就是《莊子》中鮮明的南方情結的深層心理原因。在《秋水》中，莊子由於受故人惠施無端懷疑要謀取其梁相地位，在國中搜查三日三夜，就向惠施講了一則辛辣的寓言，其中說道：「南方有鳥，其名為鵷鶵（鸞鳳之屬），子知之乎？夫鵷鶵發於南海而飛於北海。」莊子家族生於南方，他便自居為「南方有鳥」，而且自擬為楚人崇尚的鸞鳳。其家族遷於北方，便說「發於南海而飛於北海」，在鳥由南飛北的敘述中，隱含著莊子家族由楚至宋遷徙的蹤跡。鵷鶵受鴟的腐鼠之嚇，是有鳥自南，發於南海而飛於北海，那麼在《逍遙遊》中，鯤鵬受斥鴳鶵之譏，是有鳥圖南，發於北冥而飛於南冥，這同樣可以體驗到莊子有一種南方情結和大遷徙情結，這可能無意識地隱含著他的家族歷史記憶。

三　「大鵬」意象背後的楚民俗信仰

深入考察可以發現，大鵬逍遙，牽繫著深厚的民俗信仰資源，尤其是莊子家族記憶聯繫著的楚民俗信仰資源。人不能飛而思慕著飛，就把自己的精神，甚至靈魂都託付於飛鳥，託付於飛鳥的雙翼。殷墟出土的一片武丁時期的甲骨，即《甲骨文合集》14294版，記錄了商

人神話中四方神與四方風神的名稱:「東方曰析,風曰協;南方曰
夾,風曰微;西方曰夷,風曰彝;北方曰宛,風曰役。」這裏的
「風」字是根據《山海經‧大荒經》中對四方風神的記載比對推釋出
來的,卜辭原字是一個高冠豐羽的大鳥,郭沫若、于省吾釋為鳳,李
圃《甲骨文選注》則釋為鵬[6]。也就是說,鳳、鵬與商人天地四方結
構中的四方風神相通。《莊子》中的「絕雲氣,負青天」,乘風圖南的
鯤鵬,正是汲取了這種古老的民俗中風神信仰的資源而加以哲學化,
從而極其雄奇地展示了道之化境。商人崇拜玄鳥,《詩經‧商頌‧玄
鳥》云:「天命玄鳥,降而生商。」《史記‧殷本紀》也記載了商始祖
的這則異生神話:「殷契,母曰簡狄,有娀氏之女,為帝嚳次妃。三
人行浴,見玄鳥墮其卵,簡狄取吞之,因孕生契。」商代銅器有玄鳥
婦壺,「玄鳥婦三字係合書,玄字作『8』,金文習見,右側鳥形象雙
翅展飛」「作壺者係以鳥為圖騰的婦人,這個婦人既為簡狄的世裔,
又屬商代的貴族。『玄鳥婦』三字合文宛然,是一幅具體的圖繪文
字,它象徵著做壺的貴族婦人係玄鳥圖騰的後裔是很明顯的」[7]。

　　楚人崇鳳,源於楚人與商人都來自東方部族,《白虎通‧五行
篇》稱楚祖祝融,「其精為鳥,離為鸞」。楚國出土器物多見鸞鳳形
飾,著名者如江陵李家臺楚墓出土的虎座立鳳木雕、江陵望山楚墓出
土的虎座鳳架鼓、江陵馬山楚墓出土的三頭鳳繡絹以及鳳鬥龍虎羅衣
繡樣。與莊子家族淵源有關者,有《史記‧楚世家》記楚莊王以鳥自
喻:「三年不蜚,蜚將衝天;三年不鳴,鳴將驚人。」在楚國的民俗
信仰中,鳥還可能是靈魂的寄身,或具有引領靈魂昇天,或歸故里的
功能。崔豹《古今注》說:「楚魂鳥,一名亡魂鳥。或云楚懷王與秦

6　李圃:《甲骨文選注》,25頁-33頁,上海,上海古籍出版社,1989。
7　于省吾:《略論圖騰與宗教起源和夏商圖騰》,載《歷史研究》,1959(11)。

昭王會於武關，為秦所執，囚咸陽不得歸，卒死於秦。後於寒食月
夜，入見於楚，化而為鳥，名楚魂。」[8]一頭聯繫著楚國民俗信仰，
一頭聯繫著莊學淵源，還有《藝文類聚》卷九十引《莊子》佚篇：

> 老子見孔子，從弟子五人。問曰：「為誰？」對曰：「子路為
> 勇，其次子貢為智，曾子為孝，顏回為仁，子張為武。」老子
> 歎曰：「吾聞南方有鳥，其名為鳳，所居積石千里。天為生
> 食，其樹名瓊，枝高百仞，以璆琳琅玕為實。天又為生離殊，
> 一人三頭遞臥遞起以伺琅玕。鳳鳥之文，戴聖嬰仁，右智左
> 賢。」[9]

此段佚文可與《秋水》篇的「南方有鳥，其名為鵷鶵」相參照，
雖詞意淺陋，當是莊子後學所為，但在楚人鳳鳥信仰上是一致的。莊
子點化了這類民俗信仰的資源，化生出鯤鵬展翅的「洋洋乎大哉」的
道之世界，為思想和文學開拓了宏大的精神空間。因而它又借無名
人，即道之化身說：「予方將與造物者為人，厭則又乘夫莽眇之鳥，
以出六極之外，而遊無何有之鄉，以處壙埌之野。」這就是乘鳥逍遙
所能達到的蒼茫空間的詩意表述了，看來，對於楚人鳳鳥信仰的深層
記憶，無疑進入莊子的思維與寫作之中。

四 「鼓盆而歌」與楚人喪俗儀式

我們知道，莊子喪妻時的行為很是驚世駭俗。

8　袁珂：《中國神話傳說詞典》，398頁，上海，上海辭書出版社，1985。
9　〔清〕王先謙撰：《莊子集解》，71頁，北京，中華書局，1987。

莊子妻死，惠子弔之，莊子則方箕踞鼓盆而歌。惠子曰：「與
人居長子，老身死，不哭亦足矣，又鼓盆而歌，不亦甚乎！」
莊子曰：「不然。是其始死也，我獨何能無慨然！察其始而本
無生，非徒無生也，而本無形，非徒無形也，而本無氣。雜乎
芒芴之間，變而有氣，氣變而有形，形變而有生，今又變而之
死，是相與為春秋冬夏四時行也。人且偃然寢於巨室，而我噭
噭然隨而哭之，自以為不通乎命，故止也。」[10]

　　莊子此則寓言頗受儒者訾病，因為《周禮·春官·大宗伯》說：
「以凶禮哀邦國之憂，以喪禮哀死亡」，這是常情，豈能違之？竟使
喪妻被後世文人稱為「鼓盆」。但這也事出有因，它與某些原始民俗
有著微妙的關係。據《明史·循吏列傳》：「楚俗，居喪好擊鼓歌
舞。」[11]對此，清同治五年湖北《長陽縣志》卷一可以驗證：「喪次擂
大鼓唱曲，或一唱眾和，或問答古今，皆稗官演義語，謂之打喪鼓、
唱喪歌。」清同治五年湖北《巴東縣志》載：「舊俗歿之夕，其家置
酒食邀親友，鳴金伐鐃，歌呼達旦，或一夕，或三五夕，謂之暖
喪。」這些風俗記載所涉是楚地西境，至於貴州、浙江、嶺南的少數
民族地區，更不乏此類風俗。以至雍正十三年十一月初二皇帝上諭：
「朕聞外省百姓有生計稍裕之家，每遇喪葬之事，多務虛文，侈靡過
費。甚者至於招集親朋鄰族，開筵劇飲，謂之鬧喪。且有停喪處所，
連日演戲，而舉殯之時，又復在途扮演雜劇戲具者……此甚有關於風
俗人心，不可不嚴行禁止。」[12]這種到明清時期猶存楚地的古俗，說
明莊子妻死鼓盆而歌出自家族風俗記憶，因為在古中國的習慣中，其

---

10 〔清〕王先謙撰：《莊子集解》，150頁、151頁，北京，中華書局，1987。

11 《明史》，卷二八，24冊，7210頁，北京，中華書局，1974。

12 《浙江通志》，卷一百，四庫全書本。

他生活方式或可入鄉隨俗，唯有「喪祭從先祖」[13]，這個慣例是不能隨便變更的。只不過也許莊子流亡異地，家窮無法邀集親友或延請巫師擊鼓歌舞，只好獨自為之。

從莊子向惠子闡述為什麼「鼓盆而歌」的原因來看，莊子已將古俗哲理化了。莊子看透了人之生死只不過是天地之氣的聚散，通曉了萬物皆化的道理，所以，在鼓盆而歌的行為中，便自然含蘊著見證天道運行的儀式。從《莊子》書記載三友論生死以及友死鼓琴相和而歌，我們同樣能夠感到古俗的哲理化：

> 子桑戶、孟子反、子琴張三人相與友曰：「孰能相與於無相與，相為於無相為？孰能登天遊霧，撓挑無極，相忘以生，無所窮終？」三人相視而笑，莫逆於心，遂相與友。莫然有間，而子桑戶死，未葬。孔子聞之，使子貢往侍事焉。或編曲，或鼓琴，相和而歌曰：「嗟來桑戶乎！嗟來桑戶乎！而已反其真，而我猶為人猗！」子貢趨而進曰：「敢問臨屍而歌，禮乎？」二人相視而笑，曰：「是惡知禮意！」[14]

這種臨屍而歌的行為，是與儒家之禮（喪禮）相左的。臨屍而歌的音節，則帶有《呂氏春秋・音初》之所述「候人兮猗」的「南音」情調。對喪事楚俗的哲學化，使莊子把家族記憶有機地納入自己的思想體制中，從而令人在其畸行奇思中感受到對自然辯證法若有所悟的超脫。

值得注意的是，莊子既以這種生死意識對待妻、對待友，又以之

---

13 〔清〕焦循：《孟子正義》，328頁，北京，中華書局，1987。
14 〔清〕王先謙撰：《莊子集解》，64頁、65頁，北京，中華書局，1987。

對待自己，這不僅顯示了莊子對楚俗信仰記憶的深刻性，而且顯示了
莊子把楚俗信仰轉化為人生哲學的徹底性。《列禦寇》可能出自莊子
後學的手筆，其中這樣記載，「莊子將死，弟子欲厚葬之。莊子曰：
『吾以天地為棺槨，以日月為連璧，星辰為珠璣，萬物為齎送。吾葬
具豈不備邪？何以如此！』弟子曰：『吾恐烏鳶之食夫子也。』莊子
曰：『在上為烏鳶食，在下為螻蟻食，奪彼與此，何其偏也。』」這種
生死體驗是與東魯儒學迥異其趣的，儒者有言「鳥之將死，其鳴也
哀；人之將死，其言也善」（《論語・泰伯篇》曾子語）。而莊子將死，
其言卻非哀非善，超越哀善，思以天地萬物、日月星辰為己葬儀，己
也融入萬物齊一、萬物皆化的巨流之中。楚人擅長的生死想像與天地
想像相結合，使萬物皆化進入未始有極的狀態，超越生死大限而直抵
宇宙起源的混沌之根，未及鼓盆而聆聽到天地生滅的哲理之歌。

五　家族流亡與地域體驗的反差

由於莊子的精神之根在楚國，所以，他筆下的楚國自然便是一個
神奇的、令人神往的地方。「楚之南有冥靈者，以五百年為春，五百
年為秋」，《莊子・逍遙遊》中此語，亦見於《列子・湯問篇》。東晉
張湛注冥靈為「木名也，生江南，以葉生為春，落葉為秋」。也就是
說，在儒者以「五百年」為道統承續標誌之時，莊子以「五百年」為
自然生命榮衰的交替，以此生命樹標識一個恒遠的時空，昭示莊子潛
意識中的家國情懷。在《莊子・應帝王》中，他給南海之帝取名為
「儵」，給北海之帝取名為「忽」，同樣帶有莊子與楚文化之間的精神
臍帶。《九歌・少司命》：「荷衣兮蕙帶，儵而來兮忽而逝。」《楚辭・
招魂》：「雄虺九首，往來儵忽，吞人以益其心些。」看來這個義為迅
速疾急的詞語，源於楚地，源於莊子的家族記憶。以之命名南海、北

海之帝，蘊含有楚人的宇宙體驗和思維方式。在《齊物論》中，「大澤焚而不能熱，河漢沍而不能寒，疾雷破山、飄風振海而不能驚」，大澤、疾雷、飄風，是南方當時屬於楚地的地理氣候特徵，雖是以乘雲騎月的綺麗想像超越人間利害的寒熱煎熬，但奇譎想像的背後，仍然有著對於楚國的記憶。

莊氏家族離開楚，由其苗裔在回憶中寫楚，一種「月是故鄉明」的意識使其筆下的楚人，也多能悟道。《莊子‧達生》中記載了傳言是孔子親歷的「痀僂承蜩」（駝背者黏取蟬）的故事，痀僂者的承蜩之道是「形全精復，與天為一」「不反不側，不以萬物易蜩之翼，何為而不得！」這位能悟道的痀僂者便是楚人。「匠石運斤」是莊子講的一個楚國故事。楚國郢都有一位鼻尖黏了薄如蒼蠅翅膀的一層白泥巴的人，讓石工匠用板斧把它砍掉。石工匠運斧如風，只聽見一陣風聲，白泥巴被砍乾淨，鼻子沒有受傷，郢人面不改色地站立著。鼻尖上黏了白泥巴的楚人，察人之深，楚國的石工匠，技藝高超，在這個只能靠想像來體驗的故事中，莊子對於楚人的深情，不難體會。

然而當這類悟道故事流傳到宋國後，我們發現，《莊子》中的宋人，多數樸拙，甚至拙劣。最明顯的莫過於「運斤成風」故事的後半部分，宋元君聽說石工匠的技藝如此了得，就請來為自己表演砍削，石工匠敬謝不敏：「臣則嘗能斲之。雖然，臣之質死久矣！」楚國石工匠技藝高超，宋元君請石工匠來表演，顯見是喜歡跟風，結果又被石工匠拒絕，兩廂對照，楚石匠的機智和宋貴族的笨拙，清晰可見。《莊子‧外物》記述的宋元君夢見神龜出使河伯之所，河伯崇拜本是魏、秦之地的民俗信仰，可見，這種民俗已蔓延及宋。而《莊子‧秋水》中寫了河伯的旅行，還述及河伯與北海若的對話，打破了包括莊子居留地宋在內的空間封閉狀態，這裏隱隱從反面透出宋國文化的封閉性。《莊子》既反感於宋國的封閉性，又對宋國勢利之徒深惡痛

絕。《列禦寇》篇記宋人曹商為宋王使秦，得車百乘返宋，嘲笑莊子窮處巷的落魄相，莊子則反諷其為吮癰舐痔者流，說是「秦王有病，召醫，破癰潰痤者得車一乘，舐痔者得車五乘，所治癒下，得車愈多。子豈治其痔邪，何得車之多也？」考究莊子何以對宋人如此反感，在《莊子》中，我們發現，莊子山行多見巨樹狸雁，可知他的家族流落於宋，居處荒蕪，身近自然。這就表明，莊子於宋國，是未能融入的客族，故寫宋人便心存隔膜。如果進一步考釋，就會發現宋人的愚拙與宋國政治的封閉性有關。梳理《左傳》對列國政治的記載，可知宋國始終以公族執政，不崇客卿。莊子在宋國位居不合高士身份的「漆園吏」卑職，大概與這種不崇客卿的封閉性有關。這種自持而排他的政治結構，造成游動於列國的諸子對於宋人愚拙的反感，就不限於莊子一人，如《孟子》的「揠苗助長」及《韓非子》的「守株待兔」，都是著名的「宋國故事」。

魏國鄰宋，為莊子游蹤多及，常以冷眼觀察此鄰國的政治。莊子曾穿補衣，以麻繫鞋去見梁惠王，辯解自己「貧也，非憊也。士有道德不能行，憊也；衣弊履穿，貧也，非憊也，此所謂非遭時也……今處昏相亂上之間，而欲無憊，奚可得邪？此比干之見剖心，徵也夫！」（《山木篇》）這些話都是冷峻而帶鋒芒的。憑這種態度，他在宋國卸去漆園吏後，不可能在鄰國當上客卿。莊子過梁，曾被惠施疑為謀取他的相位而搜查三日三夜，致使他很不屑地以「鵷作腐鼠之嚇」嘲諷惠施。（《秋水篇》）但從莊子過惠施墓，歎息「自夫子之死也……吾無以言之矣」（《徐無鬼篇》）來看，這並不影響他隨時到大樑與惠施論學。惠施是在協助梁惠王與齊威王「會徐州相王」（公元前334年）時出任梁相的，幾年後他被張儀擠出相位，遊楚歸宋，與莊子辯學就更為頻繁投契了。在莊子心目中，魏君好聽遊士大言，卻不明用賢之法。魏文侯還好，聽田子方言其師東郭順子悟道葆真，歎

息「吾聞子方之師，吾形解而不欲動，口鉗而不欲言。吾所學者，直土梗耳，夫魏真為我累耳！」（《田子方篇》）魏武侯則等而下之了，聽魏國隱士徐無鬼說相狗、相馬而「大悅而笑」，其所欲「愛民而為義偃兵」，已被徐無鬼指責為「愛民，害民之始也；為義偃兵，造兵之本也」（《徐無鬼篇》）。梁惠王就更無足取了，他遷都大樑後，就對周邊國家發動一系列戰爭，於是戴晉人給他講了蝸牛國的故事：「有國於蝸之左角者曰觸氏，有國於蝸之右角者曰蠻氏，時相與爭地而戰，伏屍數萬，逐北旬有五日而後反。」[15]在天道蒼茫中這種蝸角蠻觸戰爭，實在是非常滑稽的小人作為，因此梁惠王只好歎息戴晉人是「大人也」（《則陽篇》）。對於戰國列代魏君的逐一考察，可見莊子對鄰國政治態勢不無關心。但這些故事都發生在魏國馬陵慘敗之前，也在惠施為梁相之前。惠施被張儀擠出梁相之位三年後，孟子才於梁惠王後元末年遊梁。此時，莊子或與惠施遊於濠梁之上，體驗著他觀魚夢蝶的哲學情趣。因此，莊子與孟子雖然年歲相仿，但他們不曾謀面，著書也不相與論及，乃是情理中的事情。

六　孤獨感與兩度放飛思想

　　流亡公族苗裔的孤獨感，即所謂「獨與天地精神往來」的那個「獨」字，對於解釋莊子思想的發生，是非常關鍵的。以這個「獨」字作為邏輯起點，他的思想化沉痛為瀟灑，馭道體而馳於蒼茫，成為先秦諸子中「最能飛的思想」。這就是《文心雕龍·諸子》所說的「莊周述道以翱翔」了。

　　略作統計就會發現，莊子學派以「道」為核心概念，拓展了巨大

15　〔清〕王先謙撰：《莊子集解》，228頁、229頁，北京，中華書局，1987。

的精神空間。幾近66000字的《莊子》，用了360個「道」字，除了極少數指道路、言說之外，絕大多數指天道、人道。這與《老子》五千言，用了73個「道」字相輝映。「道」是一個終古不變、不生不死的永恆，永恆地開啟著體驗宇宙人生意義的感悟。《莊子》這樣形容「道」：「至道之精，窈窈冥冥；至道之極，昏昏默默」（《在宥》）「夫道，覆載萬物，洋洋乎大哉！」（《天地》）它把道作為宇宙本根，探究著「道通為一」（《齊物論》），主張「循道而趨」（《天道》），「與道徘徊」（《盜跖》）。由於莊生的道論帶有自然主義的色彩，又散發著生命哲學和審美體驗的氣息，他在亂象、險象叢生的人間世和窮途潦倒的生存困境中，仍然不失本真，悠然高蹈，體認到「天地與我並生，而萬物與我為一」的生命意義，另闢出一個可供思想暢遊的精神家園。他悟道的方式，非常講究「心齋」。《人間世》篇假託孔子、顏回的對話，討論心的齋戒，強調「唯道集虛。虛者，心齋也」「虛室生白」。心的房子被打掃得清潔、寧靜、曠蕩時，就會充滿白花花的陽光，一旦到了「至人之用心若鏡」（《應帝王》）的境界，就有可能使精神超越，把有限的空間幻化為無限，在無限的空間上反思有限，從而深化對宇宙、社會、人生的原始意義的認識。

思想家放飛思想的「第一飛」，往往與其家族文化基調和個體生命原欲相聯繫。莊子思想第一飛，是鯤鵬展翅，即《莊子》首篇首事的鯤鵬逍遙遊的描寫。李白《上李邕》詩中所說的「大鵬一日同風起，摶搖直上九萬里。假令風歇時下來，猶能簸卻滄溟水」：

> 北冥有魚，其名為鯤。鯤之大，不知其幾千里也。化而為鳥，其名為鵬。鵬之背，不知其幾千里也；怒而飛，其翼若垂天之雲。是鳥也，海運則將徙於南冥。南冥者，天池也。《齊諧》者，志怪者也。《諧》之言曰：「鵬之徙於南冥也，水擊三千

里，摶扶搖而上者九萬里，去以六月息者也。」野馬也，塵埃
也，生物之以息相吹也。天之蒼蒼，其正色邪？其遠而無所至
極邪？其視下地也亦若是，則已矣。且夫水之積也不厚，則其
負大舟也無力。……風之積也不厚，則其負大翼也無力。故九
萬里則風斯在下矣，……而後乃今將圖南。[16]

　　王先謙《莊子集解》引方以智云：「鯤本小魚，莊子用為大魚之
名。」這不只是用為名，而在本質上是用以表達「化」，化是莊子道
行的基本形態，極小可以化為極大，魚可以化為鳥。這就是說，一個
「化」字，把莊子在宋地勾渠經常看到的小魚與楚族的大鳥圖騰情結
聯繫起來，成就了莊子思想的「第一飛」。如果說，老子的一樣精華
是「反者道之動也」，那麼莊子的一樣精華就是化者道之動也。老子
之「反」與莊子之「化」，是道家思想精粹所在的雙璧。一個化字，
使物種、物態在超邏輯的變化中，進入了一個超現實的幻設時空，既
可以如蠻觸之爭那樣化大為小，又可以如鯤鵬展翅那樣化小為大，在
時空結構的誇張性變形中，生發出反諷的或崇高的意義。而其中所用
的地名如「北冥」「南冥」「天池」皆非現實地理所有，而是屬於以水
為本原的精神空間。這種精神是高舉的，也是孤獨的，其主體是大寫
的。這都指向「楚之南有冥靈者，以五百年為春，五百年為秋；上古
有大椿者，以八千歲為春，八千歲為秋。」鯤鵬的高飛遠圖，提升著
塵世中人的精神也安上垂天之翼，從「天之蒼蒼」的極高境界，俯視
著這個塵埃飛揚、煙霧彌漫的人間世，俯視著這個有限、有待、有
患、有累、有唧唧喳喳的自鳴得意的蜩、鳩、菌、蛄的熱鬧場。莊子
的鯤鵬展翅的空間，是一個超越性的精神逍遙的自由空間。

---

16 〔清〕王先謙撰：《莊子集解》，1頁、2頁，北京，中華書局，1987。

　　隨著精神空間的無限拓展，莊子之道第二度放飛思想，把生命注入天地萬象之中，使之形成物我之間精神互滲的狀態。天地萬象或自然萬物的「生命化」，成了莊子開發思想的和審美的精神空間的基本方式。一旦天地萬物都能言、能思、能辯，人就可以把他們當做進行宇宙人生哲學對話的對象，以萬物為友，游於天地內外，探究著人間世的焦慮、困惑、疑懼和哀樂，聆聽著自我心靈的宇宙回音。在如此浩渺的精神空間中，虛擬的孔子、顏回師徒討論著以天為徒，人謂之童子；與人為徒，盡禮無疵；與古為徒，雖直不病，都還不足以完全契合於道，都還有「胡可以及化」之歎（《人間世》）。於是莊子超越人間世，把生命投入自然，進行大化運行的對話。大化運行式的對話，作為莊子自然人生探討的獨特方式，乃是一種原邏輯或超邏輯的思維，不斷超越人生困境，又不斷還原人生的自然意義。這典型地體現在《秋水》篇所言：「秋水時至，百川灌河，涇流之大，兩涘渚崖之間，不辯牛馬。」視境可謂遼闊矣，但還是自然視境，還需進入精神視境，於是注入生命：「於是焉河伯欣然自喜，以天下之美為盡在己。順流而東行，至於北海，東面而視，不見水端。於是焉河伯始旋其面目，望洋向若而歎曰，野語有之曰：『聞道百，以為莫己若者。』……吾長見笑於大方之家。」即便「天下之水，莫大於海」，四海在天地之間也不過是大澤的一個小孔；「計中國之在海內，不似稊米之在大倉乎」，如此談論大小，是以茫茫無際的道作為心靈觀察的眼睛，從而進入了形而上的抽象空間。從莊子的事蹟考察，莊子一生未到過海。未到過海而偏言海，是由於他覺察到「人之所知，不若其所不知」，唯有借河伯望洋興歎，才能超越河與海、人與萬物、毫末與泰山、中國與四海的大小相較的有限性，進入「天人之行，本乎天，位於德」的無限性，形成「萬物一齊，孰短孰長」的齊物論，即所謂「道無終始，物有死生，……物之生也若驟若馳。無動而不變，

無時而不移。何為乎，何不為乎？夫固將自化。」[17]

七　混沌思維・方外思維・夢幻思維

由此可知，莊子第一度思想放飛，收穫了「逍遙論」；第二度思想放飛，收穫了「齊物論」。上有鯤鵬，下有海洋，在天覆海涵中揭示齊物論的要義在於使天地萬物生命化，達到物我齊一的境界。兩度思想放飛所收穫的逍遙、齊物二論，在《莊子》書中演繹出三種思維形式，即混沌思維、方外思維和夢幻思維。它們分別以混沌指向宇宙的本根，以方外超越天下的沉濁，以夢幻體驗生命的秘密，形成了指涉天、地、人的三維互動的莊子思維系統。首先考察混沌思維。道的根源性在於混沌。混沌又作渾沌，這個詞語也源於楚人悟道的故事。《天地篇》記載楚之漢陰丈人抱甕灌圃，不用桔槔，認為「有機械者必有機事，有機事者必有機心」，從而引發了「明白入素，無為復樸，體性抱神」的「渾沌氏之術」的議論。混沌的功能形態，在於生天生地，無聲無形，「夫昭昭生於冥冥，有倫生於無形，精神生於道，形本生於精，而萬物以形相生，故九竅者胎生，八竅者卵生。其來無跡，其終無崖，無門無房，四達之皇皇也。」[18]這裏連用了九個「生」字，形成了一種獨特的宇宙混沌生成說。從天地本根上著眼，這一連串的化生都本於無，本於混沌，一旦有了九竅、八竅，就落入了胎生、卵生的具體生死過程，因此《莊子》記載了一則關於混沌與生死的寓言。

---

17 〔清〕王先謙撰：《莊子集解》，138頁-144頁，北京，中華書局，1987。

18 同上書，188頁。

南海之帝為儵，北海之帝為忽，中央之帝為渾沌。儵與忽時相
與遇於渾沌之地，渾沌待之甚善。儵與忽謀報渾沌之德，曰：
「人皆有七竅，以視聽食息，此獨無有，嘗試鑿之。」日鑿一
竅，七日而渾沌死。[19]

前面已引述《九歌·少司命》和《楚辭·招魂》的詩句，說明儵
忽一語來自楚國方言。以它們作為南海、北海之帝來為渾沌鑿竅，當
也屬於王國維所說的「南人想像力之偉大豐富」之列，可與「言大者
則有若北冥之魚，語小者則有若蝸角之國」相媲美（《靜庵文集續
編·屈子文學之精神》）。儵忽屬於時間速度，南海、北海、中央屬於
空間方位。在浩淼的時空中按人的模式去鑿破天然，以分析去破毀渾
融，在自然主義的宇宙觀看來，乃是對道的整體性和生命的整體性的
斫喪。到底以什麼為工具來鑿七竅，這則寓言沒有明言。《人間世》
篇說：「名也者，相軋也；知也者，爭之器也。二者兇器，非所行盡
行也。」功名、知識可以使人開竅，但開竅在莊子看來，也就是淳樸
的喪失。自從儵忽鑿出渾沌七竅，渾沌死而萬物生，人間出現能顰能
笑、多姿多彩的同時，也出現了名韁利鎖、相害相爭，這就是莊子既
憂且慨的「天下何其囂囂也」。

於是莊子啟動他的第二種思維方式：方外思維。在這裏，至人、
真人、神人境界的追求，是莊子人格理想的超人間性想像。既然「以
天下為沉濁，不可與莊語」（《天下》篇），那麼道失而求諸方外。方
外成了方內的超越性批判。人間利害相爭，時陷水深火熱，迅風疾雷
之中，而「至人神矣：大澤焚而不能熱，河漢洹而不能寒，疾雷破
山、飄風振海而不能驚。若然者，乘雲氣，騎日月，而游乎四海之

---

19 同上書，75頁。

外。死生無變於己，而況利害之端乎！」[20]（《齊物論》）這種至人絕美的象徵，凝結為藐姑射山神人：「藐姑射之山，有神人居焉，肌膚若冰雪，淖約如處子，不食五穀，吸風飲露。乘雲氣，御飛龍，而游乎四海之外。其神凝，使物不疵癘而年穀熟。」[21]在這裏，莊子以女性美來論至道，非常值得注意，就是《天道篇》中「嘉孺子而哀婦人」一語，在先秦諸子中也很特殊，與儒者所謂有「唯女子與小人為難養也」（《論語‧陽貨篇》）迥異其趣。

那麼，藐姑射之山到底在何處？《山海經‧東山經》有「姑射之山，無草木多水」，又說「北姑射之山，無草木多石」「南姑射之山，無草木多水」，這些記載都嫌簡陋。《海內北經》載：「列姑射在海河州中。射姑國在海中，屬列姑射，西南，山環之。大蟹在海中。」郭璞注「列姑射」：「山名也，山有神人。河州在海中，河水所經者。《莊子》所謂藐姑射之山也。」又注「大蟹」：「蓋千里之蟹也。」[22]這就使此山、此神人置於邈遠而神奇的空間。但由於《莊子‧逍遙遊》又引申說：「堯治天下之民，平海內之政，往見四子藐姑射之山，汾水之陽，窅然喪其天下焉。」一些史地之書也就把這神人之山和三晉的臨汾坐實起來，如《隋書‧地理志》：臨汾「有姑射山」。唐李吉甫《元和郡縣志》卷十五記晉州臨汾縣：「平山，一名壺口山，今名姑射山，在縣西山八里，平水出焉。」既稱「今名」，可知是後來的傳說，但縣北十三里已有姑射神祠了。宋樂史《太平寰宇記》卷四十三沿襲此說，並與《莊子》「藐姑射之山，有神人居焉」相聯繫。宋王存等撰的《元豐九域志》卷四記述臨汾古跡，有堯廟、姑射

20 〔清〕王先謙撰：《莊子集解》，23頁，北京，中華書局，1987。

21 同上書，5頁。

22 袁玥：《山海經校注》，108頁、109頁、321頁、322頁，上海，上海古籍出版社，1980。

廟、姑射山，並引述《莊子》云，堯臨天下，見四子藐姑射之山。從
史地書尋找莊生寓言的地域落腳點中可以發現，雖然莊子思想的祖根
在楚，但在家族大遷移和戰國思潮大激蕩的多重作用下，已經吸取了
包括三晉、齊魯在內的多樣北方文化元素，實現了相當程度的南北文
化的融合。同時，歷代詩人進行了廣泛的具有精神深度的探索，從姑
射仙姿中獲得靈感，啟發了對女性美的開拓，將之滲透到自然和人間
的美色，如把姑射神人和洛浦宓妃並列而形容美女，並且滲透到飛舞
晶瑩的雪景，如「山明姑射雪，川靜海童埃」（楊慎《明月篇》），滲
透到清純潔白的花卉，包括歷代詩人以之詠梅花、梨花、水仙花、瓊
花和玉蘭花，如王安石賦梅：「肌冰綽約如姑射，膚雪參差是太真」
（《次韻徐仲元詠梅花》）；朱熹《梅》詩：「姑射仙人冰雪容，塵心已
共彩雲空。年年一笑相逢處，長在愁煙苦霧中。」劉貢父賦《水仙
花》也別有靈性：「早於桃李晚於梅，冰雪肌膚姑射來。明月寒霜中
夜靜，青娥素女共徘徊。」莊生寓言不僅把形而下和形而上的時空推
向混沌蒼茫的宇宙本原，而且啟動了錦心繡口的對自然美和包括女性
美在內的人間美的審美潛能，也就是說，它的方外思維的時空機制和
功能是通天心而入人心的。

　　混沌思維和方外思維或可招致荀子對於「莊子蔽於天而不知人」
（《荀子‧解蔽篇》）的批評，但是主張全德養生的莊子並非不關心
人，而是關心人心高於人事，關心治身高於治世，如《大宗師》之所
謂「入於不死不生」，《齊物論》之所謂「遊乎塵埃之外」，《德充篇》
之所謂「道與之貌，天與之形，無以好惡傷其身」，他用另一種方式
關心人與道通的內在精神自由。莊子第三種思維方式，即夢幻思維，
體現了對生命哲學和精神自由的高度關注。夢幻本身並非清醒的理性
的思維，而是給清醒的理性思維無端設置的一個謎。無人不夢，但夢
中超邏輯的生滅、超現實的聯繫，以其象徵性暗示，觸發人們對現實

生存和命運的困惑、疑懼、撫慰和失落，引起人們進行精神自省的持久興趣，如《齊物論》所言：「夢飲酒者，旦而哭泣；夢哭泣者，旦而田獵。方其夢也，不知其夢也。夢之中又占其夢焉，覺而後知其夢也，且有大覺而後知此其大夢也。……予謂女夢，亦夢也。是其言也，其名為弔詭。」如此思辨夢與覺模糊邊界和悖謬真實的弔詭性，是莊子生命哲學的重要發現。因為在先秦諸子中，作為道家祖師的老子不曾言夢，與莊子同時的孟子不肯言夢，《老子》書與《孟子》書找不到一個「夢」字。《莊子》卻寫了11個夢故事，並開拓了一個傳統：人的知識和信仰的開始，不僅探問著宇宙和萬物的起源，而且探問和自己糾纏不休的疾病、恐懼、夢幻、形影的來由、秘密和意義。

夢本為虛幻，但莊子寫夢，充滿著對生命意義的探索。《外物篇》記載，宋元君夢見有人披髮窺門，自稱出使清江河伯途中，被漁夫捕獲。令人占卦解夢，知是一隻神龜。於是從漁夫手中買回這只周圓五尺的白龜，殺而取甲占卜七十二次，次次靈驗。又借孔子的口評議：神龜能託夢，卻不能逃脫漁網，能占卜七十二次靈驗，卻不能躲過破腸殺身的禍患。雖然機關算盡，難逃萬人謀算，魚能逃過漁網卻不能逃過魚鷹，因此只有「去小知而大知明，去善而自善矣」。這種聰明反被聰明誤的寓言，是憂鬱的，充滿著「天地不仁，以萬物為芻狗」的命運莫測感，散發著生存危機意識。危機中求超越，於是有《莊子‧大宗師》的這種追問：「庸詎知吾所謂吾之乎？且汝夢為鳥而厲乎天，夢為魚而沒於淵，不識今之言者，其覺者乎，夢者乎？」這種生命意識衍生了莊子最出色，也最明麗的夢態寓言，即蝴蝶夢：

> 昔者莊周夢為蝴蝶，栩栩然蝴蝶也，自喻適志與！不知周也。俄然覺，則蘧蘧然（莊）周也，不知周之夢為蝴蝶與，蝴蝶之

　　夢為周與？周與蝴蝶，則必有分矣。此之謂物化。[23]

　　這個寓言是如此馳名，以至「夢蝶真人」「夢蝶翁」成了莊子的代名詞，如黃庭堅詩：「夢蝶真人貌黃槁，籬落逢花須醉倒。」（《花光仲出秦蘇詩卷……追憶少游韻，記卷末》）又如祝枝山詩：「頗疑夢蝶翁，與世太相避。曳尾泥中龜，豈希留骨貴。」（《讀莊子逍遙遊》）寓言的生命意義帶有放射性，李白從中悟得飄逸：「莊周夢蝴蝶，蝴蝶夢莊周。一體更變易，萬事良悠悠。」（《古風》其九）溫庭筠從中品到感傷：「杜鵑魂厭蜀，蝴蝶夢悲莊。」（《華清宮和杜舍人》）李商隱從中感受迷惘：「莊生曉夢迷蝴蝶，望帝春心托杜鵑。」（《錦瑟》）陸游從中領略閒適：「出赴盟鷗社，歸尋夢蝶床。愚為度世術，閒是養生方。」（《夏中雜興》）「夢蝶床」的意象在宋元詩中屢見，而馬致遠則由此聯想到人生如夢了：「百歲光陰如夢蝶，重回首、往事堪嗟。」（《夜行船》）但莊子的原意，是要言說道的運行方式是「化」「萬物皆化」。莊周夢蝶、蝶夢莊周都是「物化」，正如鯤可以化為鵬一樣。「臭腐復化為神奇，神奇復化為臭腐」，化化相啣，與彼百化，固將自化，成為時空之多維度、多層面的穿越方式。如此述夢，與孔子歎息「甚矣吾衰也，久矣吾不復夢見周公」，精神指向政治層面存在著根本的不同。莊子述夢，特點是奇幻，並以弔詭，即怪誕的方式，穿透其深在的生命哲學層面，這就是莊子思維的獨特處。莊子在舉世驚夢中，以全德全神之道把夢從恐懼中拯救出來，還原出一個令人堪思堪慕的大化運行式的蝴蝶夢，還原出生命超越、精神自由。在這種意義上說，《莊子》以一隻栩栩然的蝴蝶，點亮了人間黯淡的夢。

---

23 〔清〕王先謙撰：《莊子集解》，26頁、27頁，北京，中華書局，1987。

八 「廣寓言」與林野寫作風貌

　　莊子既然在哲學上主張逍遙和萬化，他的文章也就講究逍遙而不受拘束，萬化而隨任自然，好玄虛飄逸，也好奇詭誇誕，總是神思妙筆，在放飛思想的同時，放飛想像、機趣和語言。這種語言是長著翅膀的，「得至美而游乎至樂」，尤其在一般認為莊子所作的「內篇」，同時其門人後學所作的「外篇」「雜篇」也不乏此風。對此，《史記》本傳稱「其言洸洋自恣以適己」[24]，魯迅稱「其文則汪洋闢闔，儀態萬方，晚周諸子之作，莫能先也」[25]。《莊子‧天下篇》則如此自評：

> 以謬悠之說，荒唐之言，無端崖之辭，時恣縱而不儻，不以觭見之也。以天下為沉濁，不可與莊語；以巵言為曼衍，以重言為真，以寓言為廣。獨與天地精神往來，……其書雖瑰瑋而連犿無傷也，其辭雖參差而諔詭可觀。彼其充實不可以已。上與造物者遊，而下與外死生、無終始者為友。其於本也，宏大而闢，深閎而肆，其於宗也，可謂稠（調）適而上遂矣。[26]

　　這段自評就思想與文體而言，既揭示了這種思想文體產生的原因，在於天下沉濁，不可與莊語，又交代了這種思想文體產生的內在欲求，在於「獨與天地精神往來」，還點出了這種思想文體的表達方式是巵言、重言、寓言，最後還說明了這種思想文體的效果，外之為宏大恣肆，內之為調適而上達。於此有必要對三種文體表達方式略作解釋：巵言的特點是「曼衍」，即隨意敷衍，漫無拘束，像酒杯裝

---

24 〔西漢〕司馬遷撰：《史記》，7冊，2144頁，北京，中華書局，1959。
25 魯迅：《魯迅全集》，9卷，364頁，北京，人民文學出版社，1981。
26 〔清〕王先謙撰：《莊子集解》，295頁、296頁，北京，中華書局，1987。

酒，滿了就漫灑出來；重言的特點是藉重名人，把要說的道理委託他們說出來，把道理引向深刻的似是而非、似非而是的「真實」；寓言的特點是「廣」，把道理寄託給廣泛的人與物，以事寓意而求意之深廣。這也就是《莊子》中所說的「寓言十九，重言十七，巵言日出，和以天倪」[27]了。把三種表達方式錯綜交互為用，並在「遊乎塵垢之外」的天之端倪處加以糅合或融合，就是莊子文體之妙了。

尤其是寓言，作為莊子最具特色的表達方式，有必要著重辨析。莊子寓言與伊索寓言存在著實質性的差異，它不限於以短小故事（特別是動物故事）去印證某種人生格言或道德教訓，而是把本體的認知貫穿其中，以道通為一，與道徘徊的觀念去處理萬物皆化的敘事，隱喻著、指向著和詮釋著一種深在的哲思，一種創造性的學理體系。《經典釋文》釋「寓言十九」說：「寓，寄也。以人之不信己，故托之他人，十言而九見信也。」[28]莊子寓言採取間接性述道的方式，把道之理論寄託在錦心繡口的人與物的故事中，達到入心莫忘的美學效應，從而創造了一種「因理生事，托事言理，事理蘊道」的寓言方式，即莊子式的「廣寓言」。《養生主》篇把養生宗旨深廣地寄託於庖丁解牛。

> 庖丁為文惠君解牛，手之所觸，肩之所倚，足之所履，膝之所踦，砉然嚮然，奏刀騞然，莫不中音。合於桑林之舞，乃中經首之會。文惠君曰：「嘻！善哉！技蓋至此乎？」庖丁釋刀對曰：「臣之所好者道也，進乎技矣。始臣之解牛之時，所見無非牛者。三年之後，未嘗見全牛也。方今之時，臣以神遇而不

---

27 同上書，245頁。
28 〔唐〕陸德明：《經典釋文》，卷二十八，《莊子音義》下，四庫全書本。

以目視，官知止而神欲行。依乎天理，批大郤，導大窾，因其固然。技經肯綮之未嘗，而況大軱乎！良庖歲更刀，割也；族庖月更刀，折也；今臣之刀十九年矣，所解數千牛矣，而刀刃若新發於硎。彼節者有間而刀刃者無厚，以無厚入有間，恢恢乎其於遊刃必有餘地矣，是以十九年而刀刃若新發於硎。雖然，每至於族，吾見其難為，怵然為戒，視為止，行為遲，動刀甚微，謋然已解，如土委地。提刀而立，為之而四顧，為之躊躇滿志，善刀而藏之。」文惠君曰：「善哉！吾聞庖丁之言，得養生焉。」[29]

它不是簡單地展示一種手藝，而是把解牛過程寫成「莫不中音」的古樂古舞。它並不滿足於技，而是好道進乎（過於）技，運刀於牛體筋脈骨節之間，依天理行止，講究神遇而遊刃有餘。它闡明養生須順乎自然，道技兼修於神遇之間，使生命雖然經歷「解牛千數」的磨煉，卻依然保持著「以十九年而刀刃若新發於硎（磨刀石）」的光亮和新鮮。如此說理，語意雙關，以絕招詮釋絕境，令人欣然傾慕。由於採用寓言的表達方式，庖丁解牛故事的意義已不限於養生，而對於順乎自然，修煉技藝絕境以及在各個領域談論道與技的辯證關係，均具有普適性，足以詮釋莊子所謂「以寓言為廣」的本義。

「廣寓言」是莊子獨創的寓言方式，正因其廣，故能融入豐富的文化意蘊和趣味。莊子寓言之廣，不僅施諸外物外人，而且施諸己身己友。寓言而至於物我兼施，就可以稱為「寓言癖」。莊子送葬，經過惠施的墓，環顧跟從的人說出上述「匠石運斤」的寓言，歎息道：

---

29 〔清〕王先謙撰：《莊子集解》，28頁、29頁，北京，中華書局，1987。

「自夫子之死也，吾無以為質矣，吾無與言之矣！」[30]惠施是宋人，出仕於魏，學識淵博，「其書五車」，屬於戰國善辯的名家。據《莊子》記載，他曾經質疑莊子學說「大而無用」，質疑莊子「人故無情」的觀點，質疑莊子能知濠上魚樂的感受方式，莊子也嘲諷惠施以梁相的位置對自己作「腐鼠之嚇」的行為。但是莊、惠之辯，乃是君子之辯，辯時是對手，辯後是朋友。《莊子・天下》篇評述諸家學說，於「惠施多方」尤詳，過惠施墓竟有旗鼓相當的好對手曠世難再求之歎。因此，《淮南子・脩務訓》把莊、惠視為知音之交：「鍾子期死，而伯牙絕弦破琴，知世莫賞也；惠施死，而莊子寢說言，見世莫可為語者也。」莊子在《逍遙遊》《德充符》《秋水》諸篇與惠施辯說成寓言，在《徐無鬼篇》又向惠施致哀悼而用寓言，可知寓言，已深深地嵌入他的人性體認之深處，廣及他體物、交友、悟道的方方面面了。

應該看到，「因理生事，托事言理，事理蘊道」的廣寓言方式，是根源於莊子對道的認知的。在老子「道生萬物」的本根性思考的基礎上，莊子強化了「道通萬物」的周遍性認知，即所謂「夫道，於大不終，於小不遺，故萬物備，廣廣乎其無不容也，淵淵乎其不可測也」（《天道》）。這就引出了莊子那段著名的關於「道無所不在」的思辨，「東郭子問於莊子曰：『所謂道，惡乎在？』莊子曰：『無所不在。』東郭子曰：『期而後可。』莊子曰：『在螻蟻。』曰：『何其下邪？』曰：『在稊稗。』曰：『何其愈下邪？』曰：『在瓦甓。』曰：『何其愈甚邪？』曰：『在屎溺。』」（《知北遊》）如此論道的精神指向很值得注意，它是眼光向下的，不是以道論證廟堂的合理性，而是以道論證萬物存在的自然性。在道的面前，萬物是平等的，正因為能夠看到道無所不在的真相，莊子下筆，便無所不驅，自然成為意到筆到的「廣寓言」了。

---

30 〔清〕王先謙撰：《莊子集解》，215頁、216頁，北京，中華書局，1987。

九　草根人物與言意之辯

　　莊子文章來自水木豐茂、百物繁滋的林野，帶有林野文章的清新、奇異和神秘，是文人呼吸著林野空氣的適意悟道的寫作。他可以隨手拈來林野百物和民間異人的故事，引發哲性奇思。

　　《莊子》的林野風貌，與他多寫草根人物有關。《莊子》常在草根人物身上，發現出人意表的深刻思想，如前面所舉的「庖丁解牛」的故事，取材於廚師，可見道生於草根。「輪扁斫輪」的寓言，說一位名叫扁的工匠在齊桓公的讀書堂下修車輪，多嘴說齊桓公所讀的「聖人之言」是「古人之糟魄（粕）」，惹怒了齊桓公，他解釋說：「臣也以臣之事觀之。斫輪，徐則甘而不固，疾則苦而不入。不徐不疾，得之於手而應於心，口不能言，有數存焉其間。臣不能以喻臣之子，臣之子亦不能受之於臣，是以行年七十而老斫輪。古之人與其不可傳也死矣，然則君之所讀者，古人之糟魄已夫！」[31]人類的經驗和智慧，書面失載的肯定遠大於書面已載的，但已載的也不應全盤否認，多是按當時知識者價值觀選擇的值得記載的精華。莊子以一位行年七十老斫輪評議古人之糟粕，是以一個草根人物，一個民間實踐者的體認，挑戰書面寫作者的話語權，是與「敬惜字紙」的立場持異的。

　　在莊子所寫的草根人物中，畸人是特殊的一類。莊子尤為注意人物的奇特形體、奇特行為和奇特道性，並為此宣導「畸人說」：「畸人者，畸於人而侔於天。」他以人物的奇形怪狀，特異言行，超越世俗成見和規矩，而與天道相通、相等同對待，即所謂「墮肢體，黜聰明，離形去知，同於大通」[32]。被認為論證道德充實於內、形貌符驗

31　〔清〕王先謙撰：《莊子集解》，120頁、121頁，北京，中華書局，1987。

32　同上書，66頁、69頁。

於外的《德充符》篇，集中寫了幾個兀者，即被斬斷一隻腳的人。魯有兀者王駘，跟從交遊的人，和孔子相等。他能守宗化物，游心於德之和，被孔子稱為「聖人」。又有兀者申徒嘉，以其「知不可奈何而安之若命，惟有德者能之」的行為，折服鄭相子產。此外，莊子還寫了兀者叔山無趾，醜人哀駘它，傴僂殘疾無唇者，長大腫瘤者，臉貼肚臍、肩聳頭頂的形體不全者，都以富有衝擊力的敘述方式，引導人們遺其形貌從而冥通天道。但寫得至有特色的畸人寓言，當推「痀僂承蜩」（駝背者黏取蟬），傳言是孔子親歷的一個楚國故事。

> 仲尼適楚，出於林中，見痀僂者承蜩，猶掇（拾）之也。仲尼曰：「子巧乎，有道邪？」曰：「我有道也。五六月，累丸二而不墜，則失者錙銖；累三而不墜，則失者十一；累五而不墜，猶掇之也。吾處身也，若蹶株拘；吾執臂也，若槁木之枝。雖天地之大，萬物之多，而唯蜩翼之知。吾不反不側，不以萬物易蜩之翼，何為而不得！」孔子顧謂弟子曰：「用志不分，乃凝於神。其痀僂丈人之謂乎！」[33]

「痀僂承蜩」講的是凝神結慮，「形全精復，與天為一」的玄理，可是，揭示這個玄理的主人公，卻是一個出入山林間的「痀僂者」。在莊子的筆下心中，這些畸人，對於權貴階層來說，雖屬於政治草根，但他們自由出入於廟堂與林野，他們的根深深紮在民間智慧的土壤中。

莊子既然關注草根人物的智慧，那麼與之相聯繫的民間技藝，他也給予足夠的重視。

---

33 〔清〕王先謙撰：《莊子集解》，158頁，北京，中華書局，1987。

惠子謂莊子曰：「魏王貽我大瓠之種，我樹之成而實五石。以盛水漿，其堅不能自舉也。剖之以為瓢，則瓠落無所容。非不呺然大也，吾為其無用而掊之。」莊子曰：「夫子固拙於用大矣。宋人有善為不龜手之藥者，世世以洴澼絖（漂洗絲絮）為事。客聞之，請買其方百金。聚族而謀曰：『我世世為洴澼絖，不過數金。今一朝而鬻（賣）技百金，請與之。』客得之，以說吳王。越有難，吳王使之將。冬，與越人水戰，大敗越人，裂地而封之。能不龜手一也，或以封，或不免於洴澼絖，則所用之異也。今子有五石之瓠，何不慮以為大樽而浮乎江湖，而憂其瓠落無所容？則夫子猶有蓬之心也夫！」[34]

　　惠子的眼睛朝上，一開口就說魏王贈給他大葫蘆種子；莊子的眼睛朝下，轉過身來說宋國的漂絮平民有使手足不凍裂的祖傳妙藥。貴族社會狹窄而刻板，限制大葫蘆只能在水缸裏舀水；平民社會則遼闊而豐富，可以把大葫蘆連結成舟，浮渡江湖。不龜（皸）手藥本是民間漂絮者的發明，卻也可以用為戰爭物資而求裂土封爵。這個故事的解讀可以有多個角度，但民間技藝中深厚的智慧顯然可見。

　　莊子寫了身懷絕技或興志高潔的廚子、工匠、木匠、船夫、漁夫，做車輪、駕馬車、游泳的能手，牧羊人、伐木者，抱甕灌圃的丈人和漂洗絲絮者，對其性情、技藝都別有發現，非與之日常相處、平等交流是無法措筆的。莊子對這些草根人物的語言細緻轉述，表現出他對民間智慧的認同與推崇。正因這種認同與推崇，莊子證道時才能汲取民間技藝資源，也才能使其虛玄之道因而獲得形象的質感。我們常常折服於莊子之文言理極深、啟迪至廣的特點，無疑是與其非常獨到的民間性有關係的。

---

34 同上書，6頁、7頁。

　　莊子還引入民俗信仰資源，加以轉化和深思，如民俗信仰中影為形的「復身」，夢為魂離體出遊這類現象，就被轉化為哲理思考的命題。《漁父》篇講了一個關於人想擺脫影子的故事：「人有畏影惡跡而去之走者，舉足愈數而跡愈多，走愈疾而影不離身，自以為尚遲，疾走不休，絕力而死。不知處陰以休影，處靜以息跡，愚亦甚矣！」這裏講究全德養生的「休」與「靜」的超然姿態。對影子的進一步深入思考，使莊子虛構了影子（「景」）和影外影（「罔兩」）的對話，影外影的發現，是莊子的一個創造。在《齊物論》中，影外影問影子：「曩子行，今子止；曩子坐，今子起。何其無特操與？」影子回答：「吾有待而然者邪？吾所待又有待而然者邪？吾待蛇蚹蜩翼邪？惡識所以然？惡識所以不然？」這個故事從形影不離的「復身」和「復復身」的行為不能自主的煩惱和困惑中，思考人的精神操守的有待和無待問題。逍遙的獨立性總是相對的，它需要在人際、物際的關係中實現，這是人生自由精神難以擺脫的煩惱。莊子借助民俗信仰資源，而又能超越，可謂出神入化。

　　莊子不僅把論道寓言引向民間百藝，而且把論道寓言引向草木蟲魚，自然萬物。《莊子》中的樹木，比比皆是。惠子嘲諷莊子之言「大而無用」，既像大葫蘆那樣薄而易碎，又像樗樹（大臭椿）那樣，樹幹臃腫不中繩墨，小枝捲曲不中規矩，長在路邊，木匠不屑一顧。莊子反駁說，你擔心大臭椿無用，但正因無用，才無斤斧之災，「何不樹之於無何有之鄉，廣莫之野，彷徨乎無為之側，逍遙乎寢臥其下？」（《逍遙遊》）對此，《莊子》三致意焉。匠石見櫟社樹，徑大十丈，蔭蔽數千牛因其疏脆易敗，「無所可用，故能若是之壽」。南伯子綦見大木，蔭蔽處可以結駟千乘，因拳曲不成材，沒有像其他雜木中道夭於斧斤，從而得終其天年。（《人間世》）莊子山行，見大木枝葉繁茂，伐木者因其「無所可用」「以不材得終其天年」（《山木》）。

游乎塵垢之外而超越世俗功利倫理的「無用而大用」的思想，是莊子學說中重要的組成部分，這些樹木，猶如路標，引導我們進入莊子之道。

莊子寓言寫樹大多辨析有用無用，寫動物則涉及世相百態、道術百端。「寓」字是屋內有禺，《說文》云：「禺，母猴屬，頭似鬼」，這就是屋內有只鬼頭鬼腦的母猴了。但莊子最喜歡的動物似乎是魚和蝴蝶，往往用之自喻，莊周夢蝶，濠梁觀魚，成了盡傳莊生風采的千古佳話。對於猴子，莊子多加捉弄、嘲笑，說它不知禮義法度，像「猨狙衣以周公之服」，定會撕咬毀壞（《天運》），說群狙見吳軍逃入樹叢中，一狙自恃巧捷，在軍前以色驕人，終致被執而死（《徐無鬼》），又說狙公給群狙分發橡實，朝三暮四，眾狙皆怒，朝四暮三，眾狙皆悅，其聰明被玩弄於有名無實的三四個手指之間（《齊物論》）。雖然對動物有喜歡、有嘲笑，但莊子對之渾無惡意，更多親切、平等的感情。莊子有一個廣闊且繁盛的動物世界，既有鯤鵬、鵷鶵，也有斥鴳、鳩雀，既有虎豹狼狙，也有馬牛龜蛇，既有螳螂井蛙，也有蟬蝶豕虱。他似乎喜歡獨自漫遊林間，自小就因出身流亡家族而缺乏鄰居夥伴，因而對林間百物是如此知根知底，知性知情，隨手拈來，喻理證道，恰切、靈動而別有一番機趣。例如，不是孤獨漫遊林間的少年眼光，又怎能發現蝸牛有兩角，又想像出蝸角兩國發生「伏屍數萬」的戰爭？又比如論天然與人工：「牛馬四足，是謂天；落馬首，穿牛鼻，是謂人。」（《秋水》）乍看比喻不倫，細品別有領會，其中還滲透著幾分童真。若要領會以人工粗暴地破壞自然的弊端，只要讀一讀「鳧脛雖短，續之則憂；鶴脛雖長，斷之則悲」（《駢拇》），所獲感受比「落馬首，穿牛鼻」更加深切。人應有知足之時，不妨思考一下，「鷦鷯巢於深林，不過一枝；偃鼠飲河，不過滿腹」（《逍遙遊》）。人若不知天高地厚，不妨比照一下：「騏驥驊騮，一日而馳千里，捕鼠

不如狸狌，言殊技也；鴟鵂夜撮蚤，察毫末，晝出瞋目而不見丘山，言殊性也」（《秋水》）。至於苟且偷安之輩，當戒這種「豕虱哲學」：「擇疏鬣，自以為廣宮大囿，奎蹄曲隈，乳間股腳，自以為安室利處，不知屠者之一日鼓臂、布草、操煙火，而己與豕俱焦也。」（《徐無鬼》）以肥頭胖耳的家畜為靠山的蝨子，自以為居處豐饒，豈不知屠夫一旦用火燎毛，也會一起被燒焦。這裏也透露了當時宰家畜先燒毛的屠宰方式。這些想像都是不失赤子之心始能為之的，從中我們彷彿窺見一個流亡異邦的疏遠貴族家庭的少年，孤身無伴地在街頭看燒家畜毛，在河邊看鼴鼠喝水，在林間看螳螂捕蟬，興致勃勃，充滿敏感的好奇心，「獨與天地精神相往來」，由此養成他終生享有對自然萬物洞察天機的感悟力和想像力。這是那些整年從宅門到學宮的少年所不能擁有的精神狀態。由於《莊子》涉及的動植物世界極為豐富，簡直帶有幾分詩化和哲學化的博物志的意味，也就在先秦的智慧書中別具一格，需要人們用悟性、通變的方法讀之。

同樣需要用悟性來讀的，是《莊子》用與動物相關的捕魚、捕兔作比喻的「言意之辨」：「荃者所以在魚，得魚而忘荃；蹄者所以在兔，得兔而忘蹄；言者所以在意，得意而忘言。」[35]這樣說來，莊子用了那麼多的人事和動植物著為寓言，其內衷也不是要人們滯留在這些有關人事、動植物的言說上，而是要領略其形跡得其神髓，深入地把握這些「言」所寓之「意」。正如《老子》「道可道，非常道」那樣，它以自我否定的形式進行更深一層的超越性肯定。他的解構思維也在解構著自己，難道莊子也帶著其「不可傳」的精華同逝，而只留下「古人之糟粕」，連同他所表述的老斫輪的話？這種解構思維或否定思維可以剝離出的價值，就在於以批判精神放飛思想。

---

35 〔清〕王先謙撰：《莊子集解》，224頁，北京，中華書局，1987。

　　從人文地理的角度考察，老、莊思想都屬於楚風北進，都發生在楚文化與中原文化的結合部，因而一脈相承。但他們又是以各自獨特的方式處在文化結合部的不同位置。老子故里處在楚國東北邊境，進入成周的禮與史文化中心後，又以出關寫作的方法返樸悟道，其書帶有深刻的辯證思想和謀略家的色彩。莊子卻從楚國上層家族中流亡出來，落腳於中原小國的自然荒野，與草木禽獸為友，以平等的態度對待天地萬物，在道中追求高度精神自由，其書充溢著生命體驗和文學情思。由於是流亡異國、身在林野的破落戶，莊子窺破或參透了人間世態炎涼，「以天下為沉濁，不可與莊語」（《天下》），便遊戲前代名流以追求至人境界，又隨手拈來身邊的樹木魚鳥加以幻化，拈來畸人絕技加以誇飾，以成如鑽石一般有多重折射功能的寓言，從而創造了「思之神妙，莫過於能飛」「文之神妙，莫過於能飛」的「莊周世界」。對於重典務實的中國人而言，它展示的無限精神空間和不拘一格的想像，永遠是滋潤靈感的一股清泉。

中華文化思想叢書 A0100057

文學地圖與文化還原—從敘事學、詩學到諸子學　下冊

作　　者　楊　義	
責任編輯　楊家瑜	

發 行 人　陳滿銘

總 經 理　梁錦興

總 編 輯　陳滿銘

副總編輯　張晏瑞

編 輯 所　萬卷樓圖書股份有限公司

排　　版　林曉敏

印　　刷　百通科技股份有限公司

封面設計　菩薩蠻數位文化有限公司

出　　版　昌明文化有限公司

桃園市龜山區中原街 32 號

電話　(02)23216565

發　　行　萬卷樓圖書股份有限公司

臺北市羅斯福路二段 41 號 6 樓之 3

電話　(02)23216565

傳真　(02)23218698

電郵　SERVICE@WANJUAN.COM.TW

大陸經銷

廈門外圖臺灣書店有限公司

　　電郵　JKB188@188.COM

ISBN 978-986-496-082-8

2018 年 1 月初版

定價：新臺幣 320 元

如何購買本書：

1. 劃撥購書，請透過以下郵政劃撥帳號：

　　帳號：15624015

　　戶名：萬卷樓圖書股份有限公司

2. 轉帳購書，請透過以下帳戶

　　合作金庫銀行 古亭分行

　　戶名：萬卷樓圖書股份有限公司

　　帳號：0877717092596

3. 網路購書，請透過萬卷樓網站

　　網址 WWW.WANJUAN.COM.TW

大量購書，請直接聯繫我們，將有專人為您

服務。客服：(02)23216565 分機 610

如有缺頁、破損或裝訂錯誤，請寄回更換

版權所有·翻印必究

Copyright©2016 by WanJuanLou Books CO., Ltd.

All Right Reserved　　　　**Printed in Taiwan**

國家圖書館出版品預行編目資料

文學地圖與文化還原：從敘事學、詩學到諸
子學 / 楊義著.-- 初版.-- 桃園市：昌明文
化出版；臺北市：萬卷樓發行, 2018.01

　　冊；　公分.

ISBN 978-986-496-082-8(下冊　：平裝)

1.中國文學 2.文學哲學

820.1　　　　　　　　　　　107001041